U0127741

德意志文化研究

季羡林 题

第七辑

Studien zu
Deutschen Kulturen

北京外国语大学德意志文化中心 编

顾　问　王　殊　梅兆荣
主　编　殷桐生
副主编　顾俊礼　冯晓虎　崔　岚

外语教学与研究出版社
北京

图书在版编目(CIP)数据

德意志文化研究. 第 7 辑/ 殷桐生主编; 北京外国语大学德意志文化中心编. — 北京: 外语教学与研究出版社, 2011.8
ISBN 978-7-5135-1115-5

Ⅰ. ①德… Ⅱ. ①殷… ②北… Ⅲ. ①文化—研究—德国 Ⅳ. ①G151.6

中国版本图书馆 CIP 数据核字 (2011) 第 159651 号

出　版　人:蔡剑峰
责任编辑:魏　博　辛　欣
执行编辑:包葛耿　张晓玲
封面设计:张　峰
出版发行:外语教学与研究出版社
社　　址:北京市西三环北路 19 号 (100089)
网　　址:http://www.fltrp.com
印　　刷:北京传奇佳彩数码印刷有限公司
开　　本:787×1092　1/16
印　　张:10.75
版　　次:2011 年 8 月第 1 版　2011 年 8 月第 1 次印刷
书　　号:ISBN 978-7-5135-1115-5
定　　价:39.90 元
*　　*　　*
购书咨询: (010)88819929　电子邮箱: club@fltrp.com
如有印刷、装订质量问题, 请与出版社联系
联系电话: (010)61207896　电子邮箱: zhijian@fltrp.com
制售盗版必究 举报查实奖励
版权保护办公室举报电话: (010)88817519
物料号: 211150001

目　　录

语言世界

教育论坛

Deutsches Inhaltsverzeichnis

● 文化鸟瞰

文化、跨文化与跨文化交际

朱小安

【摘要】文化具有继承性、民族性和地域性的特征。研究跨文化的目的并不是简单地对两种文化进行比较，找出它们之间的异同，而是为了更好地进行交际。跨文化交际主要涉及语言与非语言两个层面。在语言层面，由于语言与文化的关系是共生共存的关系，所以许多语言现象是文化的反映。在非语言层面，思维方式、文化价值观和风俗习惯的不同，会对跨文化交际产生影响。正是由于跨文化交际的重要性，所以我们要培养学生的跨文化交际能力，培养他们对文化差异的敏感性、宽容性以及处理文化差异的灵活性。

【关键词】文化，跨文化，跨文化交际，跨文化交际能力培养

一、文化的定义与特征

文化的定义可谓多多，如在 A. Kroeber 和 Clyde Kluckhohn 1952 年出版的《文化概念与定义评述》一书中就列举了近 300 个文化的定义。[①]如果再加上最近 50 多年来对文化的研究，我想，对文化的定义可能远远超出这一数字。

《现代汉语词典》对"文化"这一概念的定义有三项，它们是："1. 指人类在社会历史发展过程中所创造的物质财富和精神财富的总和，特指精神财富，如文学、艺术、教育、科学等。2. 考古学用语，指同一个历史时期的不依分布地点为转移的遗迹、遗物的综合体。同样的工具、用具、同样的制造技术等，是同一种文化的特征，如仰韶文化、龙山文化。3. 指运用文字的能力及一般知识，如学习文化、文化水平。"[②]德国《麦耶百科全书》对"文化(Kultur)"一词的解释也是三项，分别是："1. 指某一人类群体的思想、艺术和实际生活观的总和，受时间和地点的限制；2. 指教养或高尚的生活方式；3. 指细菌、植物等生物的培植或种植。"[③]

以上是辞典中对文化概念的正规定义。但在现实生活中，"文化"一词在近年来使用得越来越广泛，使用的范围也要宽泛得多，大有泛

---

① 胡文仲:《跨文化交际学概论》，外语教学与研究出版社，1999 年，第 29 页。

② 《现代汉语词典》，商务印书馆，1996 年，第 38 页。

③ Meyers Grosses Handlexikon von A bis Z, 1992, S. 473.

滥之势。只要谈到某种现象，在很多情况下就冠以"文化"二字，比如网络文化、企业文化、酒文化等等。

虽然对文化概念有很多的定义，但我们大致可以把它们粗略地分为广义文化与狭义文化两种。广义文化即上述《现代汉语词典》中对"文化"定义的第一项，狭义文化则指具体用于某一范畴的文化定义，如考古学上所指的"大汶口文化"、"半坡村文化"等。我在下面论述跨文化交际时，主要用的是广义文化的定义。

一般认为文化有三个主要的特征，即：1. 传统性或继承性。对于这一特征，人类文化语言学家 Sapir 所持的观点是："文化是社会继承的行为与信仰的总和，它决定着我们生活的性质。"[①] Bose 也认为文化是人类共有的能够世代相传的行为，可以通过语言、教育、模仿、潜移默化的影响等形式代代相传和继承。[②] 2. 民族性。受文化具有继承性和传统性特点的影响，文化也具有民族性的典型特征。不同的民族有不同的文化。从大的方面来说，我们可以谈到中华民族的文化、欧洲的文化、伊斯兰国家的文化等，从小的方面可以谈到某个民族的文化，如在中国就有汉族、维吾尔族、傣族等民族的文化，在欧洲也有斯拉夫民族、日耳曼民族的文化等。文化现象是在特定的自然、历史、社会等条件下产生和形成的，所以文化具有鲜明的民族性。3. 地域性。文化往往具有地域性的特点。某一文化的产生是与特定的地理环境和自然条件密不可分的，而民族又往往比较集中地居住在某一区域，所以文化有地域的限制。但不可否认，随着现代技术的发展，人类交流的增多，文化的传播速度也加快了，出现了所谓的"文化板块"或曰"文化岛"现象。比如，中华民族的文化除了我们中国本土以外，还由散布于世界各地的华侨所代表，他们虽然在国外很多年，但仍然保留了中华民族的文化。

二、跨文化与跨文化交际

跨文化交际是指在两种或多种不同文化之间进行的交往，如中国文化与德国文化或英国文化的交往。语言是交际的重要工具，但交际却不仅仅是通过语言手段实现的。有些学外语的学生有认识上的误区，认为在学校里只要学好外语，有了坚实的语言基础，听、说、读、写、译基本功能力强了，就可以与人交流，可以胜任被交付的任务。这种想法在一定程度上是对的，因为语言是交际的工具，学好了语言就可以与人交流思想，达到互相理解、共同行动的目的。但这一想法又具有一定的片面性。殊不知，仅学会语言还不能完全达到交际的目的，甚至由于语言的使用场合不当或在语言交际中没有注意到对方的行为、习惯、肢体、表情而产生误解，从而达不到交流的目的。所以我们说，学习语言固然重要，但具有交际能力也同样重要，特别是具有跨文化的交际能力就更加重要。

过去，心理学家和教育学家对人类的智商很注意研究，发表了许多文章，出版了不少著作，其主要目的是通过对人类智商的研究，发现人类大脑的秘密，分析认知的能力，从而为今后的教育与人才的培养制定科学的方案，以期达到提高人类智力水平的目标。但这些科学家逐渐观察到，在日常生活中，有的人智商平平，在学校学习成绩也不怎么突出，但他们在毕业后，在工作岗位上却成就斐然，甚至成为名人。于是，科学家又对这些人进行研究，发现人类除了智商以外，还有一种情商对人类的发展至关重要。一个人既有智商又有情商，那就如虎添翼，就会在事业中得心应手。实际上

---

① 胡文仲：《跨文化交际学概论》，外语教学与研究出版社，1999 年，第 30 页。
② 同上，第 31 页。

我们上述谈到的语言能力和跨文化交际能力的关系与智商和情商的关系有些类似。语言能力严格地说属于智商的范畴，因为学习和掌握一门外语需要智力的付出，外语学习成绩的好坏，在一定的程度上取决于人的智商。而跨文化交际能力则更多的属于情商的范畴。当然，对这一说法有的人可能要提出异议：跨文化交际也是一种智商，因为对各国文化的掌握也需要一个学习的过程！应该说，这一疑问具有其合理性。对文化确实需要一个学习掌握的过程，你对一个国家，一个民族的文化知识掌握得越多，你的交际能力就越强。但另一方面又不可否认，跨文化交际能力主要强调的是交际能力，交际能力又因人而异，它与一个人的性格、所处的环境息息相关，它发展的个性特点与情商有着紧密的关系。

研究跨文化的目的并不是简单地找出某种文化的特点，然后把两种文化加以比较，找出它们之间的异同。我们研究跨文化的目的是为了交际，在这里，"交际"一词至关重要。在当今经济全球化和信息数字化飞速发展的时代，我们的地球已成为"村庄"，国家已成为村庄中的"家庭"，人与人之间的交往已打破了界限与障碍。伴随着人类的大规模和大范围的交往，文化的传播和相互影响是不可避免的。比如，在我们中国就可以深刻地感觉到语言与文化的交流在以一种怎样的速度和广度发展着。像经历过"文化大革命"的一代对此的感觉就更加深刻。那时，我们国家基本是闭关锁国，对外交流很少，外国人到中国来的也寥寥无几。而现在，我们国家同世界各国在政治、经济、文化、教育、军事等各个方面的交流与日俱增，规模可谓空前。仅在经济领域，我们国家与外国公司成立的合资企业就数不胜数。但在合资经营的过程中，也出现了不少的问题和矛盾，有的经营时间不长，便由于矛盾重重而分道扬镳。这其中的原因固然很多，比如，双方经营理念的不同、资金和管理方面的问题等，但在

跨文化交际方面出现的问题也不容忽视。

对合资企业中出现的跨文化交际问题的研究最近几年方兴未艾，相关人士也发表和出版了不少论文和著作。如陈飞飞在一篇研究中德合资企业中跨文化经济合作的文章中，就从谈话方式、谈判模式、合同概念、对矛盾冲突的态度和处理方法等四个方面对经济活动中中德双方行为（行为也属于文化的范畴，属于跨文化研究的范围）的差异进行了调查研究，得出的结论是：在谈话方式方面，中国人在谈话之前喜欢用"引子"开头，比如先聊天气或其他日常生活话题，然后再进入谈话主题，希望以此种方式"拉近乎"并建立一种相互之间的信任关系；在谈话中，中国人喜欢围绕某一主题，但始终不直接触及，其信息运动方式是螺旋式的，而德国人则习惯于直接进入主题，其信息运动方式呈直线模式。在谈判模式方面，德国人的谈判方式可用"开始—发展—结果"这样的线型模式来表示，谈判结果的质量随着谈判过程的推移而不断提高。相反，中国人的谈判模式则是"螺旋上升"式，即"开始—信息协调—发展—再进行信息协调—发展—结果"。这种谈判模式的结果比较扎实、稳定，谈判质量也不断提升。在合同概念方面，中方的特点是，合同应以双方信任为基础，以建立长远关系为目标。合同只是合作的开始，所以合同的精神是最重要的，合同本身只是活的文本，可随情况而改变。合同文本应从整体上去把握和理解。而德方的特点则是，合同应以法律为基础。合同就是合同，是谈判的终结，因此合同是不可更改的。合同的具体文字是最重要的，对合同的理解应是分解式和细节化的。中方和德方对矛盾和冲突也各持不同的态度和处理方法。中国人处理矛盾和冲突以达到和谐为目标，所以首先注重调解，调解不成再上法院或诉诸仲裁；而德国人则认为应该直接面对矛盾，有矛盾冲突就上法

院或诉诸仲裁，让法院决定对错。①

陈飞飞的调查结果实际上涉及到的是一种"文化冲突"。在合资企业的经济活动中，由于双方文化和价值观的不同，常常出现矛盾和误解，如果处理不好，就会导致双方交际的失败，甚至会导致整个经济合作的失败。从这一例子我们可以看到跨文化交际的重要性。但需要指出的是，陈飞飞的调查和分析结果尚不具有普遍性。因为，第一，其调查的范围太窄（只调查了 20 名中方和德方的经理），因此调查结果不具有全面性；第二，鉴于以上第一点的局限性，所以调查的结论具有先入为主的嫌疑，有些结论则不符合目前中国在经济活动中的行为方式，比如，喜欢用"引子"开头的这种谈话方式也并不总是中国人使用，英国人谈话时也喜欢有一个"开场白"，在英语中称为 small talk，其目的也是为了"拉近乎"，创造谈话的亲热气氛。②再比如在对待合同的态度问题上，中国目前也越来越重视合同的法律效力和合同文本的不可更改性。

跨文化交际不仅在经济活动中起着重要的作用，而且在我们日常生活中所起的作用也不可小觑，它关系到具有不同文化背景的双方交流的成功与否。从这一意义上讲，学生在大学的四年，就不仅仅应该把目标定位于学好一门外语，而是也应该培养自己的跨文化交际能力。正是因为跨文化交际能力在当今经济全球化的过程中所起的作用越来越大，所以，在 2006 年新版的《高等学校德语专业德语本科教学大纲》中，将培养语言交际能力和跨文化交际能力放到了同等的地位："专业课程教学中不仅要使学生具有扎实的语言基本功，还要注意培养学生的语言交际能力。应利用各种途径，为学生创造机会参加各种语言实践活动，在具体的语言环境中提高其语言运用能力。另外，在专业课程的教学过程中，要有意识地对中德两国文化的异同进行比较，培养学生对文化差异的敏感性、宽容性以及处理文化差异的灵活性，提高他们的跨文化交际能力。"③

三、跨文化交际中出现的问题

跨文化交际涉及方方面面，从大的方面来讲，主要涉及语言与非语言两个层面。

1. 语言方面。语言与文化有着密切的联系。广义的文化包括语言，同时文化又在影响着语言。语言与文化的关系是共生共存的关系，这就是说，语言不能离开文化而存在，文化也不能脱离语言而生存。由于语言的产生和发展，人类文化才得以产生和继承。可以说语言是文化的载体，文化使语言更加丰富。每一种语言都代表着一定的文化，而一个民族的存在也是以其使用的语言为标志的，语言承载着一个民族在历史发展过程中流传下来的独特的文化传统。

语言既是文化的载体，又是文化的写照。语言与人类的文化生活有着千丝万缕的联系，许多词汇来自于生活。语言文化相对论的代表 Whorf 对语言与文化的关系所持的观点是，在文化与语言互相共同发展的地方，它们的主要特征之间存在着一致关系，这也就是说，文化的特征能够借助语言反映和表达出来。④比如，爱斯基摩人生活在冰天雪地的北极，雪对他们

---

① 陈飞飞：中德三资企业中跨文化经济合作的研究，朱建华、顾士渊编著：《中德跨文化交际论丛》，同济大学出版社，2000 年，第 244–246 页。

② Pelz, Heidrun: Linguistik für Anfänger, Hamburg 1992, S. 30。

③《高等学校德语专业德语本科教学大纲》，上海外语教育出版社，2006 年，第 14 页。

④ Whorf, B. L.: Sprache, Denken, Wirklichkeit, Hamburg 1963, S. 15。

的生活影响很大，他们同雪打交道也很多，所以在他们的语言中雪的词汇也就非常丰富。再比如，在日语中有丰富的词汇表示与大米有关的概念，如 ine（稻子），momi（稻种），kome（大米），meshi, gohan, i-i, mama（米饭），kayu（大米稀饭）。[①]类似的情况同样也可以在汉语或越南语中观察到，如在汉语中，也有大量关于大米的词汇，如稻米、大米、糯米、籼米、精米、长米、黏米等，而在德语、英语和法语中却缺少相对应的词，只有一个词作为集合概念表示大米，即 Reis 、rice 和 riz。这是因为在、我国、日本和东南亚国家盛产大米，大米与人民的生活及文化息息相关，因而这方面的词汇就比较丰富，而在德国，没有耕种稻谷的条件，人们的主要食物是面食，因而在语言中大米的词汇就相对缺乏。造成这种词汇不同的原因可能有很多，但其中一个重要的原因是与各自生活的自然条件与环境以及与之打交道的经验有关。

再一个说明语言与文化的例子就是称呼语。称呼作为沟通人际关系的桥梁，反映出交际双方的社会关系和社会地位。汉语中最常使用的称呼代词是"您"和"你"，在德语中则是 Sie 和 du。尽管这两种语言中有这种称呼的对称，也各有对应的词汇，但在实际的运用中，却并不存在完全的对应性。其使用的差别主要体现在文化内涵与社会关系两个方面。在文化内涵方面，德语中的称呼形式和汉语中的称呼形式主要取决于交际双方的亲疏程度。在德语中，只有在交际双方经历过一个由疏到亲的接触过程后，经双方商定同意，才能由尊称 Sie 改为 du；而汉语称呼代词通常都使用"你"，其重要性大大超过德语的 du，适用于任何交际场合。汉语中的"您"作为尊称只是"你"的一种补充形式，其使用频率远远低于德语人称

代词 Sie。在社会关系方面，由于受个人本位价值取向以及平等社会关系的影响，德语国家成人交际的双方崇尚对等式称呼。人们视称呼为平等式社会关系的标志，要么互相称呼 du，要么称呼 Sie；而在中国，由于受宗法人伦文化传统的影响，称呼要体现社会地位的尊卑上下和等级层次，因此汉语中存有大量的非对称式称呼语。"您"的使用，也同样反映了"上下有别"、"长幼有序"的宗法人伦观念。[②]

2. 非语言方面：非语言方面的跨文化交际涉及的面很广。由于篇幅的关系，我下面主要从三个方面讨论跨文化交际问题：

（1）思维与文化。谈到思维，可能有的人要问：思维是通过概念实现的，与文化没有关系，怎么也把思维作为跨文化交际的范畴去讨论呢？不可否认，思维是概念性的，但概念又是如何形成的呢？概念基本上还是通过语言构成的，所以我们说思维与语言有着紧密的关系。思维是通过用语言组成的概念实现的，而语言又是文化的产物，语言的形成受到文化的影响，具有文化的痕迹。思维也受到文化的间接影响，所以从根本上讲，思维也属于广义文化的范畴。思维虽然是共性的，是以现实为基础的，是在对现实的感知下而做出的大脑活动，但由于思维受到语言的影响，当然也有文化的影响，所以它又具有特性的一面，体现了思维的民族性特点。一个民族的思维方式在一定程度上反映了该民族的文化传统。如中国人"重经验直觉"的思维方式反映在汉语词序上，则是一种"绘画型"或"临摹型"的语言，即汉语词序的先后反映实际生活经验的时间顺序，如"他骑车走了"，是先骑上车，然后才走；中

① Pelz, Heidrun: Linguistik für Anfänger, Hamburg 1992, S. 35。
② 顾士渊：论德汉称呼代词语义的非对应性，朱建华、顾士渊编著《中德跨文化交际论丛》，同济大学出版社，2000 年，第 19-20 页。

国人"长于综合，短于分析"的思维方法反映在语法上则是"意合句"，如"风大，船不开了"，两句之间没有连词"因为"、"所以"相连接，两句之间的因果关系是要听者或读者从逻辑关系中去推断出的。[①]相反，德国人"重严密的逻辑思维"方式反映在语法层面上则是通过各种连词严密地逐级结构串联起来的，所以，在德语中便出现了所谓的框形结构及大句套分句，分句再套小句的复杂的句式。但需要强调的是，无论是汉语还是德语，我们都是从整体论述思维方式在语法层次上的反映。涉及到具体情况，两种语言则都有例外。在德语中也有无连词的"意合句"，在汉语中也有有连词的主从复合句。

(2) 文化价值观。跨文化交际中出现的问题还反映在价值观方面。由于中国和德国是两个社会制度和文化传统完全不同的国家，因此出现不同的价值观也不足为奇。在跨文化交际中，如果不对此加以重视，就会引起误解和矛盾。比如，过去我们中国的传统是礼轻情义重，在亲朋好友有喜庆或好事时，送上一件小小的礼物，对方就非常高兴，把它看作是友情的表达。但随着社会的改变，这种价值观也发生了变化。现在在日常交际中有的人很注重送礼，而且礼物越送越重，如朋友结婚，过去送一份小礼物或几十元钱就可以了，但现在，结婚送份子的钱越来越多，没有几百上千是拿不出手的。目前，这种习惯也扩展到了海外。我们有的留学生到国外学习，为了给教授或老板留下好印象，第一次见面就送大礼，结果不仅没有取得效果，反而倒使对方认为你可能能力不行，有事有求于他，反倒对你产生疑心，增加了对你的不信任感。在德国现在还是礼轻情义重，朋友结婚、过生日或遇到什么值得庆贺的事情邀请你参加时，你只需带一份小礼物就可以了，如一瓶葡萄酒、一本书、一件中国的

小特产等，客人会很高兴的，绝不会因礼物小而看不起你或因此而怪罪于你。

另外还有一种文化价值观则深深扎根于一个民族的经验和思想之中，它们在很多情况下是以概念隐喻的形式来表示的，作为一种民族的经验系统地存在于我们的思维和语言之中。如 Lakoff 和 Johnson 就认为，一个民族的文化价值在很大程度上是通过概念隐喻来表达的，概念隐喻反映了一个民族的文化价值观。[②]例如，"时间宝贵"这一价值观念既存在于中国的文化之中，也存在于德国的文化中，它是通过作用于思维之中的概念隐喻"时间是金钱"（德语为：**ZEIT IST GELD**）来体现的，而这一概念隐喻又通过许许多多在日常生活中所使用的隐喻语言表达形式来实现的，如"花时间"、"浪费时间"、"一刻千金"、"一寸光阴一寸金"等。虽然中国和德国都把时间看作金钱，但由于民族文化价值观的不同，看问题的角度也不一样。德国人很少在隐喻中强调时间的价值胜过金钱，而中国人除了把时间看作金钱外，更重视时间或光阴比金钱重要、胜过金钱的一面，所以中国人常说，"一寸光阴一寸金，寸金难买寸光阴"。这种时间价值观是中国人长期生活经验的智慧结晶，它作为中华民族的经验和传统逐渐积淀到中国文化之中，并受到继承，影响着一代又一代的中国人。

文化价值观的形成往往是潜移默化的，因此，我们在同另一种文化的人打交道时往往不知不觉地从自己的价值观出发去发表意见或处理问题，而对方也常常坚持自己的价值观，试图用自己的观念去影响别人。这样在交际中就容易发生冲突，导致双方交际的失败。有的时候这种冲突往往是在人们根本没有意识到的情况下发生的。

(3) 风俗习惯。跨文化交际中出现问题或

---

① 游汝杰：《中国文化语言学引论》，高等教育出版社，1993 年，第 178–179 页。

② Lakoff, G. & Johnson, M.: Metaphors We Live by, Chicago 1980, S. 22。

误解的原因还来自于不同的风俗习惯。风俗习惯是一个民族悠久的历史文化传统，是在各自的历史长河中逐渐形成的，它作为一个民族的文化结晶连贯古今。中德两国不同的文化和社会背景，导致形成了大不相同的风俗习惯。作为学习外语的人，一定要了解对象国的风俗习惯，否则，就会在跨文化交际中遇到问题，引起麻烦或误解，从而导致交际的失败。比如在上面提到的赠送礼物的例子中，中德双方除了对礼物价值观的文化差异外，接受礼物的方式也存在不同。德国人在收到礼物后，为了表示自己高兴的心情，总是当着客人的面打开礼物欣赏、称赞并感谢，但我们中国人的习俗则不同，我们一般是不当着客人的面打开礼物的，往往是等客人走了以后再细看礼物，这主要是出于礼貌，考虑到客人的面子，担心由于礼物大小或价值的不同，使送礼物的客人尴尬。再比如，微笑人人有之，是一种体态行为，是人的情感的直接流露。微笑当然也受到风俗习惯和社会文化的影响，不同的文化对微笑的理解也不尽相同。在交际中，如果对微笑这一行为方式没有跨文化交际的敏感性，不了解对方微笑的习俗和含义，就会发生误解。在中国，微笑的含义有很多。根据不同的场合，微笑既能表达一个人的高兴愉快之情，也可以表达赞同的态度，还可以表达尴尬、羞涩、歉意，甚至讽刺、谢绝的态度。由于对微笑的理解不同，在跨文化交际中，德国人面对中国人的微笑常常感到捉摸不透和不可思议，有人甚至称之为'不可捉摸的微笑'。微笑成为最常被德国人误解而感到难以应付的一种行为。[1]对于微笑所带来的跨文化交际问题，张帆针对5种中国人常常微笑的场合（尴尬时的微笑、表达道歉时的

微笑、表达间接拒绝时的微笑、表达安慰的微笑、发生冲突时的微笑）曾在德国人中（他们都在中国逗留过，时间从一个月至十几年不等）做过一次问卷调查，其调查结果发人深省："中国人的微笑不仅可以掩饰真实的感情，还可以表达复杂的信息，富有神秘色彩，不免让人感到难以应付，从而对中国人的微笑产生一些疑虑和误解。……可见，中国人用自己的礼节对待德国人并非总会成功，德国人运用自己的文化准则破译中国人的微笑也会失败，因而彼此会产生一系列不良情绪和偏见，并会继续左右着其他的交际行为。"[2]

四、跨文化交际能力的培养

以上我们论述了什么是文化、什么是跨文化以及跨文化交际所涉及的范围和交际中出现的问题等等。我在上述章节中之所以列举了如此多跨文化交际中出现的问题，是想以此引起大家对跨文化交际研究的兴趣和对培养跨文化交际能力的重视。

关于跨文化交际能力的培养，我在本论文的第一章中已经提到了2006年新版的《高等学校德语专业德语本科教学大纲》中对培养跨文化交际能力的要求，即："在专业课程的教学过程中，要有意识地对中德两国文化的异同进行比较，培养学生对文化差异的敏感性、宽容性以及处理文化差异的灵活性，提高他们的跨文化交际能力。"[3]

我想在这里着重强调跨文化交际能力的培养问题。对对象国的文化，我们首先要学习掌握。正如我在文章的开头所讲到的那样，我们不能只学习语言，而是要在学习语言的同时

---

① 张帆：从德国人的视角透视中国人的微笑，朱建华、顾士渊编著《中德跨文化交际新论》，外语教学与研究出版社，2007年，第114页。

② 同上，第132页。

③ 《高等学校德语专业德语本科教学大纲》，上海外语教育出版社，2006年，第14页。

学习对象国的国情知识，包括政治、经济、外交、军事知识等等。只有掌握了对象国的丰富的国情知识，才能有对异文化的自觉与意识，在同对方打交道时才能做到心中有数，从而做到上面这段话中所要求的"三性"，即对跨文化的敏感性、宽容性和灵活性。

什么是对文化差异的敏感性？我认为敏感性就是要对不同文化始终保持浓厚的兴趣，要在交际中时刻意识到跨文化可能带来的问题，要对这些问题有敏锐的反应，在遇到误解或障碍时应具有迅速解决问题的能力。只有保持对文化差异的敏感性，我们才能发现问题，找到适合于双方的共同点，才能达到交际成功的目标。所谓对文化差异的"宽容性"，就是要对不同的文化有一定的容忍度、宽容度。不能总认为本国或本民族的文化好，不愿意学习对方的文化。在交际中，要考虑到如何适应对方的文化，吸收对方文化中好的东西。在日常的交往中，要善于理解和尊重交际对方的风俗习惯，学会入乡随俗。只有这样，才能在交际中达到互相理解和谅解，才能使双方的合作取得成功。在交际中，还要善于从对方的角度出发考虑问题，设身处地地从对方文化和社会的角度出发去观察问题和认识问题。这种对文化差异的"宽容性"不仅应体现在个人的交际中，也应该体现在国与国之间的交往中。但在现实生活中，却常常出现戴着本民族社会文化的有色眼镜去观察另一民族社会文化的问题，比如在对待中国的问题上，某些西方记者就缺少这种宽容性，不能正确理解中国的国情和正在中国发生的变化，喜欢用欣赏"欧洲油画"的标准去欣赏"中国的水墨画"。处理文化差异的"灵活性"与对文化差异的"敏感性"息息相关，只有对异文化有高度的敏感性，才能在行为中有所反应，才能对由于文化差异而引起的问题和矛盾及时灵活地处理。

总之，跨文化交际能力的培养不是一蹴而就的，需要一定的学习和实践，只有在实践中逐渐体会摸索，积累经验，才能习得跨文化交际的能力，从而使自己在跨文化交际中做到得心应手。

作者简介：朱小安，解放军外国语学院教授，博士，博士生导师。

莱布尼茨——最后一位百科全书式的天才

冯晓虎

【摘要】莱布尼茨被称为欧洲最后一位"百科全书式的天才",然而,他的天才覆盖面到底有多广,他为多少学科作出了杰出的贡献,不仅普通大众,即使是学习德语的人,也未必清楚。其实,科学研究到达一个高度,它们都是相通的。科学研究中,既有深入某一学科曲径通幽的专才,也有博览群书、涉猎广泛的通才,而莱布尼茨是后者最典型的范例。而且,对于中德语言学交流史来说,有意义的是,莱布尼茨不仅对普通语言学,而且对汉语汉字,都有非常深刻独特的研究。本文是莱布尼茨系列文章的开始。

【关键词】莱布尼茨,汉字研究,中德语言学交流

哥特弗里德·威廉·封·莱布尼茨男爵(Gottfried Wilhelm Freiherr von Leibniz, 拉丁文名 Gottfrido Guilelmo Leibnitio, 1646–1716)被公认为"17–18 世纪欧洲最伟大的科学家和哲学家之一,是一位百科全书式的伟大人物(张西平 2005:001)。后世英国著名哲学家罗素称他为"千古绝伦的大智者"(罗素 2004:106)。不过,罗素对莱布尼茨讨好王公后妃颇有微词,虽然他作为一个英国人在牛顿与莱布尼茨微积分发明权争夺战中立场相当公正。从欧洲思想史上,博览群书、涉猎万象的莱布尼茨经常被称为"最后一位百科全书式的天才",他不仅是彪炳世界哲学史的伟大哲学家,也是那个时代德国最伟大的自然科学家、数学家、工程师、物理学家、历史学家、法学家、外交家、律师和图书馆学家。

莱布尼茨出生于德国东部城市莱比锡一个虔信新教的书香门第,其父弗里德里希·莱布尼茨 (Friedrich Leibniz, 1597–1652) 是法学家,同时是莱比锡大学伦理学教授,其母卡塔琳娜·史睦克 (Catharina Schmuck, 1621–1664) 也出自教授世家。莱布尼茨六岁丧父,但父亲留下的丰富藏书仍然让他熟读古希腊罗马经典和中世纪经院哲学,还包括拉丁诗歌。当时他的监护人甚至担心他变成诗人或经院哲学家,后来莱布尼茨说过:"他们有所不知,我的精神永不满足于单一事物"(Sie wussten nicht, dass mein Geist sich nicht durch eine einzige Art von Dingen ausfüllen ließ)。

1654 年, 8 岁的莱布尼茨进入附近尼古拉学校, 修习拉丁文、希腊文、修辞学、算术、逻辑、音乐及《圣经》和路德教义。1661 年,

15 岁的莱布尼茨直接进入莱比锡大学二年级，主攻法学，同时自修哲学和科学。他的阅读面非常宽，包括培根、开普勒和伽里略等人著作，还对欧几里得几何产生浓厚兴趣。那时，青年莱布尼茨的主要问题是：坚守经院哲学还是投靠经验哲学（Erfahrungsphilosophie）？1663 年 5 月，17 岁的莱布尼茨写出论文《论个体原则方面的形而上学争论——关于"作为整体的有机体"的学说》（Disputatio metaphysica de principio individui），获得学士学位。这也是他第一篇公开发表的作品（陈修斋 1996：vii）。获得学士学位后莱布尼茨继续在莱比锡大学攻读，并于 1664 年 1 月完成论文《论法学之艰难》（Specimendifficultatis in Iure），获哲学硕士学位。同年 2 月 12 日其母去世，年仅 18 岁的莱布尼茨从此孤身闯荡世界。

1665 年，莱布尼茨向莱比锡大学提交博士论文《论身份》（De Conditionibus），一年后被莱比锡大学论文审查委员会拒绝，理由居然是 20 岁的莱布尼茨太年轻了。后来黑格尔经考证说，莱布尼茨在哲学方面投入精力太多，因此招致论文审查委员会成员的不满。莱布尼茨愤而离开莱比锡大学前往纽伦堡附近的阿特多夫（Altdorf）大学，再次提交该论文申请博士学位。该校不仅于 1667 年 2 月授予莱布尼茨法学博士学位，而且还提出聘请他为该校法学教授。

莱布尼茨获法学博士后加入了一个炼金术士秘密团体，虽然他很快就开始嘲笑炼金术，但 1667 年该团体曾任美茵兹政府部长的博内堡男爵约翰·克里斯蒂安（Johann Christian, Freiherr von Boneburg, 1622–1672）把莱布尼茨推荐给德意志民族的神圣罗马帝国总理、美茵兹大主教、选帝侯孙博恩（Johann Philipp von Schönborn, 1605–1673）。他在其手下开始外交工作，并于 1672 年受孙博恩派遣作为外交官出使巴黎，游说法国国王路易十四进攻埃及（以免他来进攻德国）。莱布尼茨在巴黎期间一直未能见到路易十四，却受在巴黎的荷兰物理学家、天文学家和数学家惠更斯（Christiaan Huygens, 1629–1695）启发开始钻研高等数学，结识法国哲学家马勒伯朗士（Nicolasde Malebranche, 1638–1715）和阿尔诺（Antoine Arnauld, 1612–1694年）等人，又接触到笛卡尔、"业余数学家之王"费马（Pierre de Fermat, 1601–1665）和物理学家、数学家、哲学家帕斯卡（Blaise Pascal, 1623–1662）等人的著作，由此走上他规模无以伦比的创造大道。

1672 年 10 月，美茵兹选帝侯去世，28 岁的莱布尼茨失业，仅靠充当家庭教师糊口。1673 年 1 月，莱布尼茨从巴黎转往伦敦调解英荷争端，同样劳而无功，但再次收之桑榆，见到了与他通信已三年之久的英国皇家学会秘书、数学家奥登伯（Henry Oldenburg, 亦作 Oldenbourg, 1618–1677）、物理学家胡克（Robert Hooke, 1635–1703）和化学家波义耳（Robert Boyle, 1627–1691）等人，正因为有了这些人脉，莱布尼茨 1673 年 3 月回到巴黎，4 月即被推荐为英国皇家学会会员。

1676 年 10 月 4 日，莱布尼茨离开巴黎游历伦敦与荷兰，结识用显微镜发现细菌、原生动物和精子的荷兰微生物学家列文虎克（Antonie van Leeuwenhoek, 1632–1723），在海牙结识了荷兰哲学家斯宾诺莎（Benedictus Spinoza, 1632–1677），并与后者相处月余。在莱布尼茨的再三要求下，斯宾诺莎给他看了自己尚未发表的《伦理学》，但后来莱布尼茨竭力否认自己曾受斯宾诺莎影响，淡化此次拜访的意义，甚至参与攻击斯宾诺莎（陈修斋 1996：xi），原因是 1677 年斯宾诺莎未经他同意就把他的一封信发表在自己的文集中。

此后，因多方在外交界和法国科学界谋职未果，莱布尼茨接受布伦瑞克—佳伦堡公爵约翰·弗里德里希（Johann Friedrich von

Braunschweig-Calenberg, 1625–1679)^①之 邀，于1677年1月从巴黎到达汉诺威 (Hannover) 担任布伦瑞克公爵图书馆长，同时负责公爵的法律事务和家族史撰写，从此莱布尼茨定居汉诺威，不久被提拔为宫廷枢密顾问，进入上层社会。

1682 年，莱布尼茨与莱比锡大学的伦理学与政治学教授门克 (Otto Mencke, 1644–1707) 共同创办拉丁文科学杂志《学人辑刊》(Acta Eruditorum, 1682–1782)^②，该杂志系效仿巴黎《学者杂志》(Journal des Sçavans, 1665 年发刊) 和意大利的《意大利学人杂志》(Giornale de' letterati d' Italia, 1668 年发刊) 创办。这份总共发行 117 期的杂志是近代科学史上著名的科学杂志，莱布尼茨的绝大多数数学和哲学文章都刊于该杂志。

1679 年 12 月公爵突然去世，其弟奥古斯特 (Ernestus Augustus) 继任，莱布尼茨保留原职。奥古斯特之女索菲 (Sophie Charlotte Herzogin von Braunschweig und Lüneburg, 1668–1705) ——民间称"汉诺威公主"——后来成为普鲁士王后。她是莱布尼茨的崇拜者，一般认为，莱布尼茨的名言"世上无两片树叶一模一样"即出自他与索菲的谈话。

莱布尼茨被公认为是欧洲最后一位全才加通才，他的天才甚至可以在数学上与牛顿分庭抗礼，而他并非只是一个数学家。莱布尼茨的研究领域涉及数学、力学、光学、化学、机械、生物学、海洋、地质、地理、解剖、动物学、植物学、气体学、航海学、法学、语言学、逻辑、历史、外交、神学等 41 个领域，而且几乎在每一个领域中他的成果都出类拔萃，在每一个领域都足以进入世界历史。事实上，莱布尼茨也常常抱怨自己涉猎太广，经常不知应当先干哪件事情才好，但是，他并不愿意放

弃那些"灵魂的闪光"。

当时欧洲科学界的学术兴趣集中在数学，著名数学家雅可比·伯努利 (Jakob Bernoulli, 1654–1705) 及其弟约翰·伯努利 (Johann Bernoulli, 1623–1708)，还有伽利略门生维维安尼 (Vincenzo Viviani, 1622–1703) 等都热衷于参加回答悬赏征求数学答案的问题。

1667 年，莱布尼茨发表他的第一篇数学论文《论组合术》(De Art Combinatoria)，这篇讨论数理逻辑的文章试图用计算来论证理论的真理性，莱布尼茨凭此跻身数理逻辑创始人之一。1673 年，他提出"特征三角形" (characteristic triangle)，亦称"微分三角形" (differential triangle)。

1684 年 10 月，莱布尼茨在《博学新星纪事》(Nova Acta Eruditorum) 上发表论文《一种求极大极小和切线的新方法，它也适用于分式和无理量，以及这种新方法的奇妙类型的计算》(Nova Methodus pro Maximis et Minimis, itemque tangentibus, quae necfractas, necirrationales quantitates moratur, et singulare pro illis Calculi genus)，这篇仅六页的论文是历史上见诸文字最早的微积分文献。

这实际上就是微积分的创始。莱布尼茨认为微积分打通了数学和物理，并将形而上学体系一到一个原则上：上帝身上 (Widmaier 2006：LXVII)。

微积分思想可追溯到古希腊的阿基米德等人，积分用来求面积，微分用来求切线斜率 (导数)。在莱布尼茨与牛顿之前，微分和积分是两种不同的数学运算和两类不同的数学问题。意大利数学家卡瓦列里 (Francesco Bonaventura Cavalieri, 1598–1647)、英国数学家、牛顿恩师巴罗 (Isaac Barrow, 1630–1677)

---

① 因其公爵官邸在汉诺威而经常被简称为汉诺威公爵，其实历史上并无汉诺威公爵。

② 亦译《博学者》或《学术纪事》，后改名 Nova Acta Eruditorum（《博学新星纪事》），亦译《教师学报》或《新学人辑刊》。

和英国数学家沃利斯（John Wallis，1616–1703）等人都是这样研究微积分的。真正将微分和积分统一起来研究，是从莱布尼茨和牛顿开始的，他们找到了两者的内在联系：微分与积分互为逆运算，从而使微积分成为普遍适用的数学计算方法。

然而，为争夺微积分发明权，牛顿与莱布尼茨打过一场著名的官司。在那场相当不体面的官司中他与牛顿两败俱伤，但微积分中至今使用的仍是莱布尼茨发明的符号。牛顿研究微积分是从物理学出发，而莱布尼茨是从数学本身出发，所以其严密性和系统性超过了牛顿。虽然他在那场官司中输给了牛顿，但在这个战场上，他的符号却因其合理性而永远战胜了牛顿。

现在数学界一般认为他们是"各自独立地"发现了微积分。1713 年，莱布尼茨发表论文《微积分的历史和起源》（Historia et origo Calculi differentialis），总结自己创立微积分学的思路。莱布尼茨发表微积分论文三年之后，牛顿于 1687 年出版《自然哲学的数学原理》（Philosophiae naturalis principia mathematica），在第一版和第二版中他明确写道："十年前我与最杰出的几何学家莱布尼茨通信时已告诉他，我已知道确定极大值和极小值的方法、作切线的方法以及类似的方法，但我在交换的信件中没有说明这种方法……这位最卓越的科学家回信说他也发现了一种同样的方法。他描述了他的方法。除措词和符号之外，它与我的方法几乎没有什么不同"。但是，因为争夺发明权，从第三版（1726）开始，牛顿在《自然哲学的数学原理》多次再版时都删去了这段话。

莱布尼茨在积分方面的成就主要体现在 1686 年 5 月发表在《博学新星纪事》上的论文《潜在的几何与不可分量和无限的分析》（De Geometria recondita et Analysi Indivisibilium atque Infinitorum）中。

除了微积分之外，莱布尼茨还讨论过负数和复数的性质、线性方程组、消元法、矩阵（Matrizen）、行列式（Determinaten）等数学理论。莱布尼茨被称作数学大师，其来有自。

除去数学理论，莱布尼茨在计算机方面也有惊人发现。1642 年，刚满 19 岁的法国数学家帕斯卡发明了一台加法器，这是世界上第一台计算机。帕斯卡 39 岁英年早逝，莱布尼茨读了他留下的一篇加法器论文，立刻为之倾倒。在还未见到帕斯卡的加法计算机时，他就独立研制了一台算术机（machina arithmetica），甚至有莱布尼茨研究者认为，当时英国皇家学会是因此而发展他为会员的。1673 年从伦敦回到巴黎后，在物理学家马略特（E. Mariotte，1620–1684）的帮助下，莱布尼茨委托巴黎工匠几经试验，终于在 1674 年制造出可以运算加减乘除及开方的机械乘法器。莱布尼茨在加法器上增加了一个步进轮（Staffelwalze），这是个九齿长圆柱体，九个齿轮依次分布于圆柱表面，另一个小齿轮沿轴向移动，逐次与步进轮啮合。小齿轮每转一圈，步进轮便根据自己与小齿轮啮合的齿数分别转动 1/10、2/10 圈……直到 9/10 圈，这样它就可以连续重复做加减法，并依手柄的转动将重复加减演变为乘除运算。乘法器是莱布尼茨对帕斯卡发现的发展，但他对计算机的贡献并不仅限于此，他对计算机最伟大的贡献与中国有关。

1679 年 3 月 15 日，莱布尼茨在论文《二进制算术》（De l'arthmetique binaire）中提出二进制，并与十进制进行了详细比较。1695 年 5 月，在一次两人谈话中，鲁道夫·奥古斯特公爵认为一切数都可从 1 和 0 创造出来这一点证明了《圣经》的"创世纪"。1701 年，莱布尼茨把自己的二进制表给了法籍中国传教士白晋[①]Joachim Bouvet，1656–1730），同时把二进制论文交给

---

① 白晋认为伏羲八卦即二进制，因此莱布尼茨发现二进制算"重新发现"。白晋和莱布尼茨都希望让中国皈依基督教，但是他们想走的道路不一样（Nr.44.S.337f.）（Widmaier 2007：C）。

巴黎科学院，但要求暂时不发表。1701 年 11 月，白晋将宋代邵雍（1011–1077）的"伏羲六十四卦顺序"和"伏羲六十四方位图"寄给莱布尼茨，莱布尼茨发现《易经》的图可以看成 0–63 的二进制数表。用二进制轻易破解"六十四卦方圆图"后，莱布尼茨兴奋地说："几千年来难解的奥秘被我破解了，应该让我加入中国籍吧！"1703 年，他将论文修改后命名为《关于仅用 0 与 1 两个标记的二进制算术的说明，并附其运用以及据此解释古代中国伏羲图的探讨》（Explication de l`arthmetique binaire, quise sent des seuls caracteres 0 et 1, avec des remarques Surson utilite, et Sur ce quelle donne Le Sense des aneiennes figures Chinoises Fohy）送巴黎科学院发表，二进制从此问世。

虽然乘法器仍采用十进制，但莱布尼茨在人类历史上第一次提出二进制运算，从而在理论上稳坐计算机理论始祖之位。在这个方面，牛顿根本都没资格跟他打官司。而且，这些文献也表明，莱布尼茨并非是受《易经》启发而发明二进制，而是先发明了二进制，才发现可以用二进制来破解《易经》图式①。而且这两者实际上在内容上也毫不相干（Widmaier 2006：XXI），但莱布尼茨自己认为八卦就是二进制，并从而证明中国哲学很优越（Widmaier 2006：LXXXIX）。

歌德所著的《颜色学》，是因为歌德的文学成就才进入了历史。但即使只有数学研究成就，莱布尼茨也足以走进世界历史。

数学之外，莱布尼茨的物理研究也是非常深入的专业研究。

1671 年莱布尼茨发表论文《物理学新假说》（Hyphotesisphysica noua），其中的"具体运动原理"（Theoriamotus Concreti）献给英国皇家学会，"抽象运动原理"（Theoriamotus Abstracti）献给巴黎科学院。在这部论文中莱布尼茨提出具体运动和抽象运动的原理，认为任何物体都只能带着处于完全静止状态的物体的部分一起运动，并把力分为"死力"与"活力"，提出"死力"是静止物体的压力或拉力，是外来的，其度量是物体质量乘以物体由静止到运动的速度，而"活力"是物体的内在力，它才是物体的真运动。他还讨论了笛卡尔提出的"动量守恒原理"，提出了"能量守恒原理"雏型，并于 1685 年在《博学新星纪事》上发表论文《关于笛卡尔和其他人在自然定律方面显著错误的简短证明》（Breuis demonstratio erroris memorabilis Cartesii et aliorum circa Legem naturae），证明动量不能作为运动的度量单位，并且引入动能概念，第一次提出动能守恒是普通物理原理。

此外，莱布尼茨还证伪"永动机"，否定牛顿的绝对时空观。他认为"没有物质就没有空间，空间本身不是绝对的实在性"，而且"空间和物质的区别就象时间和运动的区别一样，但这些东西虽有区别，却不可分离"，后来的物理学大师马赫和爱因斯坦都受到莱布尼茨这些观点的影响。

1684 年，莱布尼茨在《固体受力的新分析证明》（Demonstratonsnovae de Resistentia Solidorum）一文中证明纤维可以延伸，其张力与伸长成正比，并因此将胡克定律应用于单根纤维，这一假说后来在材料力学中被称为马里奥特—莱布尼茨理论。

此外，莱布尼茨还利用微积分的求极值方法推导出折射定律，并尝试用求极值来解释光学的基本定律，从而对光学研究也作出了自己的贡献。

1685 年起，奥古斯特公爵委托莱布尼茨撰写家族史，为此莱布尼茨从 1687 年至 1690 年间前往南德、奥地利和意大利查资料，并于 1688 年 5 月抵达维也纳，见到奥地利皇帝利奥

---

① 参见张小礼、张祖贵：http://www.docin.com/p–266413.html 中莱布尼茨词条。

波德一世（Leopold I）。皇帝对莱布尼茨提出的一系列经济和科学规划印象深刻，但拒绝莱布尼茨为奥地利建立"世界图书馆"的设想。随后莱布尼茨前往威尼斯和罗马，并当选罗马科学与数学科学院院士。

莱布尼茨这项研究的结果证明公爵所在的韦芬（Welfen）家族确实源于意大利北部贵族，这个研究结果导致韦芬家族提出扩大家族领地的政治要求，奥古斯特公爵也因此于1692年获得选帝侯头衔，莱布尼茨则被提拔为枢密顾问。

1686年莱布尼茨发现了以保护能源为目标的动力学。同年他写了《形而上学论》（Discours de Metaphysique），第一次总结了他的哲学。

在地质学上，1693年莱布尼茨发表一篇关于地球起源的论文，后扩充为专著《原始地球》（Protogaea），解释火成岩与沉积岩的形成原因，认为地层中的生物化石反映生物物种的演进，其原因是自然界的变化，而非来自神迹。莱布尼茨的地球成因学说对法国生物学家、发明了"生物学"这个术语的拉马克（Jean Baptiste Lemarck，1744–1829）和英国地质学家赖尔（Sir Charles Lyell，1797–1875）等人有不小启发，一定程度上促进了19世纪地质学理论的进展。

1714年，莱布尼茨在《单子论》（Monadologie）中从哲学角度提出存在介于动物和植物之间的生物，水螅虫的发现证明了莱布尼茨的观点。

气象学方面，莱布尼茨曾亲自组织进行过大气压和气候观察。

心理学方面，1696年莱布尼茨曾提出身心平行论，强调统觉（synaestesia），他的身心平行论与笛卡尔的交互作用论和斯宾诺莎的一元论构成当时心理学的三大理论。此外，他还提出了"下意识"理论的初步思想。

工程技术方面，1691年，莱布尼茨写给最先把蒸汽动力技术设想付诸实施的法国著名物理学家、工程师巴本（Denis Papin，1647–1712）

的信中就提到蒸汽机的基本思想，1700年前后他又提出无液气压原理，完全省去液柱，在气压机发展史上位列重要发现。

法学方面，莱布尼茨本科学位就是法律。他在1667年发表论文《法学论辩教学新法》（Nova methodus discendae docendaeque Jurisprudentiae），在法学方面有一系列深刻的思想。

史学方面，莱布尼茨担任布伦瑞克—汉诺威选帝侯史官，著有《布伦瑞克史》三卷，在历史延续性、由宏观入微观的研究方法和搜集整理史料的方法各个方面都对日后历史研究的德国哥廷根学派产生了不小的影响。

逻辑学上，莱布尼茨首先提出充足理由律，成为逻辑学上同一律、矛盾律和排中律之外的另一条基本定律。

尽管有众多伟大的理论发展，但莱布尼茨并非仅仅是一个理论家。他非常重视实践。他一生奉行的名言就是"理论结合实践"（Theoria cum praxi）。

在采矿业上，1680–1685年间莱布尼茨试图用风车抽空哈尔茨山银矿的积水来提高布伦瑞克公爵银矿的产量，为此曾30次进山考察，断断续续在山里住了三年之久，后来因技术问题和矿工反对而失败。

1677年莱布尼茨写成论文《磷的发现史》（Geschichte der Erfindung der Phosphois），深入论述磷元素的性质和提取方法，并提出分离化学制品和使水脱盐的技术。

此外，他还提出潜水艇和风速仪的雏形、改进门锁技术、建议医生定期测量体温并且建立了一家寡妇孤儿基金，等等。

需要特别指出的是，莱布尼茨的绝大多数学术论文在生前并未发表，而今天，德国有专门研究莱布尼茨的学术刊物《莱布尼茨》。

对于本研究项目最重要的是，莱布尼茨是欧洲提出中欧文化交流的先行者之一，也是欧洲最早研究中国文化的主流学术大师。他向在华耶稣会士闵明我（Domingo Navarrete，1618–1689）请教了许多中国养蚕纺织、造纸印染、冶金矿产、天文地理、数学文字等知识并编辑成册出版。在基督教大肆扩张、"欧洲文化中心论"深入欧洲人心的那个时代，莱布尼茨对中国的评论却非常正面，切望中欧交流达致双赢："全人类最伟大的文化和最发达的文明仿佛今天汇集在我们大陆的两端，即汇集在欧洲和位于地球另一端的东方的欧洲——中国"（莱布尼茨 2005：001），在当时的历史条件下，莱布尼茨已经完全明白中国的重要性："中国这一文明古国与欧洲相比，面积相当，但人口数量则已超过欧洲"，"在日常生活以及经验地应付自然的技能方面，我们难分伯仲。我们双方各自都具备通过相互交流使对方受益的技能。在思考的缜密和理性的思辨方面，显然我们要略胜一筹……在时间哲学，即在生活与人类实际方面的伦理以及治国学说方面，我们实在相形见绌。"（莱布尼茨 2005：02）。

莱布尼茨是人类思想史上数一数二的天才加通才，所以他轻轻跳脱学术大师惯于画地为牢的窠臼，面向科学和全人类发言。顺理成章，他是欧洲第一个呼吁成立科学院的先行者。从 1695 年起莱布尼茨便四处奔波游说成立柏林科学院。1700 年，莱布尼茨第二次访问柏林时终于获得普鲁士国王弗里德里希一世（即弗里德里希大帝）及王后索菲·夏洛特（Sophie Charlotte）①的赞助，于 7 月 11 日创立柏林科学院并出任首任院长，为德国科学开天辟地。弗里德里希大帝后来说莱布尼茨"一个人就是一所科学院"（陈修斋 1996：XV）。

正是在此次柏林之行中，莱布尼茨与王后索菲多次长谈，叙述他与法国启蒙运动先驱培尔论战的观点，索菲鼓励他把所谈内容写成文章。1705 年王后过世，莱布尼茨在 1710 年出

版《神正论》（Essais de Théodicée）缅怀，在其中莱布尼茨认为，正因为世界充满痛苦和灾难，因此上帝的存在是合理的。

莱布尼茨与一般的思想家相反，他不太热衷于发表自己的著作，他的绝大多数著作生前都未发表，哲学著作最早是 1695 年发表在莱比锡《博学新星纪事》（Acta Eruditorum）上的拉丁文《动力学文范》（Specimen Dynamicum）和在法语《学者杂志》（Journal des Savants）上发表的《新系统》（Système Nouveau de la Nature des Substance）。他生前出版的唯一一部哲学专著就是《神正论》。此外，他的《单子论》一般认为是应萨瓦（Savoyen）亲王欧根（Eugene）所写（陈修斋 1996：xiv）。

莱布尼茨的另一部哲学名著《人类理智新论》（Nouveaux Essais sur l'entendement humain，德语：Neue Abhandlungen über den menschlichen Verstand）是为反驳英国哲学家约翰·洛克（John Locke，1632–1704）而作。洛克成名作《人类理智论》出版后，莱布尼茨在与朋友通信时评论了几句，洛克对此表示十分不屑，莱布尼茨于是写了这部著作。全书完成时洛克已经去世，莱布尼茨不愿意批评一个去世的人，所以出版就拖下来，结果直到他逝世 50 年后才正式出版（陈修斋 1996：xiii）。

1700 年 2 月，莱布尼茨当选法国科学院院士，成为当时科学界全冠王：一人入选世界四大科学院英国皇家学会、法国科学院、罗马科学与数学科学院和柏林科学院。1713 年，维也纳皇帝任命莱布尼茨为帝国顾问并邀请他前往建立科学院。俄罗斯的彼得大帝 1711–1716 年访问西欧时也数次会晤莱布尼茨，听取他对建立俄罗斯科学院的设想。1712 年，彼得大帝委任莱布尼茨为带薪数学和科学宫廷顾问。1712 年前后，莱布尼茨同时担任维也纳、布伦瑞克、柏林和彼得堡等欧洲王室要职，积极鼓吹编写

---

① 汉诺威继任公爵奥古斯特之女。

百科全书，建立科学院以及用技术改造社会。他去世后不久，维也纳科学院和彼得堡科学院先后建立。此外，他还曾通过传教士给中国的康熙皇帝写信呼吁在北京建立科学院（陈修斋1996：XV）。

莱布尼茨的哲学代表作是《单子论》。莱布尼茨写作这部著作的初衷并非想全面建立一个形而上学体系，他本来也并不想出版这部著作。他写作的初衷是向法国柏拉图主义哲学家和神学家尼古拉斯·弗朗索瓦·雷蒙（Nicolas François Rémond）及其朋友说明自己哲学体系中的形而上学基本元素（Komponente）。该书以法文写成，于1714年7月送交雷蒙时标题是《单子说明》（Eclaircissement sur les Monades）。1720年克勒（Heinrich Köhler）出版其德文译本时用"单子论"命名，1721年迪唐（Louis Dutens）又据德译翻译成拉丁文，1840年爱特曼（J. E. Erdmann）在莱布尼茨手稿中发现此文，收入他所编的《莱布尼茨哲学全集》。

《单子论》篇幅并不浩大，内容却包罗万象，全书共分90节，大体可分两部分：1—48节论述一切实体的本性。莱布尼茨提出世界万物由最小精神性实体"单子"（Monaden）构成，它是最单纯的东西，不能再分，本身具有内在能动原则。49—90节主要论述实体之间的关系，包括他最著名的论断"前定和谐"（prästabilierte Harmonie）和人类世界是"一切可能世界之最佳世界"（Beste aller möglichen Welten）。关于后者，我们要分清楚，莱布尼茨的意思并不是人类世界的"现状"已是"最佳世界"，而是人类世界中蕴藏的发展前景使它成为"一切可能世界中的最佳世界"。

在形式逻辑方面，莱布尼茨深入研究理性真理（必然性命题）和事实真理（偶然性命题），并首次在逻辑学中引入"充足理由律"（拉丁语：principium rationis sufficientis；法语：raison suffisante），至今仍在哲学研究中广泛应用。莱

布尼茨哲学后由其精神传人沃尔夫（Christian Freiherr von Wolff, 1679–1754）完善成为莱布尼茨—沃尔夫理论（Leibniz-Wolffsche Philosophie），统治德国哲学直到康德。

狄德罗（Denis Diderot, 1713–1784），启蒙运动的伟大领袖，法国《百科全书》第一任主编，欧洲公认的全才加通才。他在撰写《百科全书》中"莱布尼茨主义"词条时这样向莱布尼茨致敬："当一个人考虑到自己并把自己的才能和一位叫莱布尼茨的人的才能作比较时，就会弄到恨不得把书都丢了，去找个世界上极偏僻的角落躲藏起来以便安静地死去。这个人的心灵是混乱的大敌：最错综复杂的事物一进入他的心灵就秩序井然。他把两种几乎不相容的品质结合在一起，即探索发现的精神和讲求条理秩序的精神；而他借以积累起最广泛的各种不同种类知识的最坚毅又最五花八门的研究，既没有削弱这一种品质，也没有削弱另一种品质。就哲学家和数学家这两个词所能具有的最充分意义来说，他是一位哲学家和一位数学家……没有任何一个人比莱布尼茨读得更多、研究得更深、思考得更多、作品更多"（陈修斋1996：xviii）。

费尔巴哈说："近代哲学领域内，继笛卡尔和斯宾诺莎之后，内容最为丰富的哲学乃是莱布尼茨"。

1698年，奥古斯特选帝侯去世，继任公爵是素不喜莱布尼茨的盖奥格·路德维希（George Ludwig, 1660–1727，即后来的英国国王乔治一世）。1714年，68岁的莱布尼茨听说路德维希前往就任英国国王，立即从外地赶回汉诺威，9月14日到达后方知路德维希已于三天前出发。因与牛顿争夺微积分发明权，英国人当时普遍认为莱布尼茨是科学骗子，路德维希因此根本就不打算带他到英国，后来莱布尼茨申请去伦敦宫廷担任历史学家，也被路德维希拒绝。18世纪时很多文章都称莱布尼茨为"男爵"，但事实上至今并无书面记载证明莱布尼

茨确实曾被封为贵族。

随着路德维希拒绝莱布尼茨去英国，他在欧洲王室的地位开始下降，经济状况随之恶化。1716 年 11 月 14 日，在胆结石引起腹绞痛卧床一周后，莱布尼茨孤独地离开了人世，终年 70 岁。

莱布尼茨一生未婚，从未当过大学教授，虽然频繁与基督教传教士通信，但并非虔诚信徒，几乎从不进教堂，被上流社会称为"一无所爱"（Löve-nix，下德意志方言，等于 Glaubenichts）（陈修斋 1996：vii）。法国作家、主教鲍修埃（Jacques Bénigne Bossuet，1627–1704）与他通信 25 年之久，一直劝莱布尼茨皈依天主教，结果还是失败。1686 年，莱布尼茨为布伦瑞克宫廷修史时去意大利搜集材料，也有人劝他皈依天主教，并许以梵蒂冈图书馆馆长的高位，同样无功而返。据说他在罗马参观早期受迫害基督教徒避难所在的墓窖时曾带回一块染有殉教者鲜血的玻璃供化验用（陈修斋 1996：xi）。

也许出于这个原因，莱布尼茨去世时只有他最信任的医生还有秘书艾克哈特（Johann Georg von Eckhart，也称 Johann Georg Eccard，1664–1730）相伴，连临终忏悔的牧师也没有。莱布尼茨去世后布伦瑞克宫廷不闻不问，无人吊唁，教堂还拒绝为他安排葬礼。艾克哈特发出讣告后，仅法国科学院秘书丰泰奈（Bernard le Bovier de Fontenelle，1657–1757）在科学院例会时向莱布尼茨致了悼词。

莱布尼茨下葬于汉诺威的新城区教堂（Neustädter Kirche），棺材上刻着他的名言："过去的每一小时都意味着生命的一部分消逝。"（So oft eine Stunde verloren wird, geht ein Teil des Lebens zugrunde.）。

1793 年，汉诺威为莱布尼茨建立纪念碑，1883 年，在莱比锡为他竖立雕像，1983 年汉诺威市政府按原样重建毁于二战的莱布尼茨故居供游人瞻仰。

参考文献

陈修斋：《译者序言——莱布尼茨及其哲学简介》，莱布尼茨，1996。

莱布尼茨：《莱布尼茨致读者》，载：《中国近事——为照亮我们这个时代的历史》，李文潮 / 张西平（主编），001–013，大象出版社：郑州。

罗素：《西方哲学史》（下）马元德译，商务印书馆：北京，2004。

张西平：《莱布尼茨〈中国近事〉中文本序》，《中国近事——为照亮我们这个时代的历史》，李文潮 / 张西平（主编），001–008；大象出版社：郑州。

Widmaier, Rita: Einführung, Leibniz und China, in: Der Briefwechsel mit den.

Jesuiten in China (1689–1714) Hrsg. Rita Widmaier, Felix Meiner, Verlag: Hamburg.

作者简介：冯晓虎　对外经济贸易大学外语学院德语系教授，博士后。

汉学家缪勒及其"中文之钥"①

吕巧平

【摘要】文章以德国 17 世纪汉学家缪勒为研究对象，简述了缪勒生平及汉学成就，重点评述了缪勒研究"中文之钥"的历史背景、具体内容及其影响。缪勒一生以语言天赋与中文研究而闻名，发表了德国最早的一批汉学研究著作，晚年因为探索学习汉语捷径、寻找"中文之钥"而受到各方质疑。尽管缪勒的"中文之钥"是历史之谜，但"中文之钥"所引发的学术讨论构成了欧洲 18 世纪"中国热"的前奏，进而推动了中西方语言学交流。缪勒为中德语言学交流以及中西文化交流做出了不可磨灭的贡献。

【关键词】"中文之钥"，汉字汉语研究，中德语言学交流

在中德语言学交流史上，与基歇尔 (Athanasius Kircher, 1602–1680) 同时代、同时较早对中国语言文字感兴趣，并进行学术研究的德国学者有两位，一位是缪勒 (Andreas Müller, 1630–1694)，另一位是门策尔 (Christian Mentzel, 1622–1701)。这两位德国学者均在当时普鲁士王国首都柏林探索掌握汉语的捷径，他们先后都对外宣称，自己发现了"中文之钥"。

就"中文之钥"展开的汉语汉字讨论构成 17 世纪下半叶欧洲学术界的风向标，它将欧洲学者的注意力引向了遥远的中国。他们两位的探索揭开了欧洲本土学者研究中国语言文化的大幕，并为欧洲在 18、19 世纪逐步开展专业汉学研究打下了基础。鉴于这两位学者对汉字的开拓性研究，当代美国汉学家孟德卫 (David E. Mungello)②称他们为德国最早的两位"前汉学家"③。

---

① 本文为对外经济贸易大学校级科研课题"德国网络媒体中的中国文化"（批准号：10YBYYX01）的阶段性研究成果。

② 孟德卫，美国汉学家，著有《1500–1800：中西方的伟大相遇》、《好奇的土地：耶稣士的调解与汉学的起源》等书。

③ Noack, Lothar: Der Berliner Prost, Orientalist und Sinologe Andreas Müller (1630–1694). Ein bio-bibliographischer Versuch. [OL]〔2009–12–30〕http://www.uin–hamburg. de/Japanologie/noag/niag 1955–5.paf（诺阿克:《缪勒传纪》，1955）.

在这两位学者当中，缪勒的"中文之钥"之说在先。缪勒本人从未离开过欧洲，他的确掌握了汉语吗？如果掌握了汉语，他又是如何掌握汉语的？他声称的"中文之钥"可能会包含哪些具体内容呢？这是本文试图探讨的问题。

本文拟首先介绍缪勒生平及其汉学成就，然后就"中文之钥"的来龙去脉进行梳理。除中国学者的前期有关研究外，本文主要参考德国哈姆堡大学学者劳塔·诺阿克（Lothar Noack）1995 年所发表的文章《柏林修道院院长、东方学家、汉学家安德里亚斯·缪勒（1630–1694）—— 传记与文献研究》（下文简称《缪勒传记》），诺阿克的这部传记是在查阅柏林图书馆馆藏缪勒文献的基础上写成的，他提供了缪勒生平以及"中文之钥"详尽而可靠的内容。

一、缪勒生平①

缪勒的一生主要可分为三个阶段：青少年时期（1630–1664）、柏林时期（1665–1685）与归隐时期（1685–1694）。青少年时期即从缪勒出生、在家乡格莱芬哈根（Greifenhagen）与施太廷（Stettin）接受中小学教育、在欧洲各大学游学

游教，直至前往柏林任职。这一时期的缪勒少年得志，因其语言天赋与知识逐渐成为欧洲著名学者，可谓春风得意。柏林时期即缪勒接受普鲁士国王任命，在柏林担任宗教教职，并进行语言学、尤其是中国语言文字的研究，直到卸任归隐为止；在柏林任职期间，缪勒经历了从深受国王倚重、到因"中文之钥"而受到各方质疑，是一段从辉煌到落寞的过程。从柏林离任以后，缪勒返回故土，直至终老；这一时期的缪勒尽全力试图出版"中文之钥"，终因无人珍视，而将手稿焚之以炬，让后人唏嘘不已。

缪勒于 1630 年生于德国波莫瑞地区的格莱芬哈根（Greifenhagen），缪勒的父亲约翰·缪勒（Joachim Müller）是一位富有的地主和商人，母亲名叫卡特琳娜·格里克（Katheria Gericke）。缪勒的家庭十分富裕，他的父亲拥有大片土地，而且父亲也非常重视儿子的教育，因此缪勒接受了当时当地最好的教育。父亲送缪勒到位于施太廷（Stettin）的公爵教育学院（das Fürstliche Pädagogium）（即后来著名的卡罗林中学）读书。缪勒中学时期就十分出色，他展露出超乎寻常的语言天赋，16 岁时，缪勒就能够用希腊语、拉丁语和希伯来语写诗歌了。

表一：缪勒的大学时期 *

时间	大学	专业 / 职务
1649 –1654 年	罗斯托克大学	神学、东方语言学
1653 年	威滕堡大学	东方语言学
1657 年	格莱夫斯瓦尔特大学	哲学
1658 年	荷兰莱顿大学	不详
1660 年	罗斯托克大学	哲学

* 根据诺阿克《缪勒传记》制作

---

① 缪勒生平历史资料参阅 Noack, Lothar: Der Berliner Prost, Orientalist und Sinologe Andreas Müller（1630–1694）、Ein bio–bibliographischer Versuch. [OL]〔2009–12–30〕http: //www.uni–hamburg.de/ Japanologie/noag 1995_5.paf （诺阿克:《缪勒传纪》，1955）

中学毕业后缪勒开始读大学，从 1649 年至 1660 年这 11 年期间，缪勒从一个 19 岁青年成长为 30 岁的学者。在这一阶段，除了两次短暂的工作经历外（1653 年，任柯尼斯堡学校校长；1655 年，任特赖坡妥夫（Treptow）修道院院长），缪勒主要在欧洲各大学游学，他往往同时辗转于不同的大学，学习不同的专业，在罗斯托克大学（Universität Rostock）他还两进两出，由于时间顺序十分混乱，为了说明缪勒的大学教育情况，笔者不得不制作一个时间表（见下表）。具体地说，他曾经在罗斯托克大学（Universität Rostock）、威滕堡大学（Universität Wittenberg）、格莱夫斯瓦尔特大学（Universität Greifswald）和荷兰莱顿大学（Universität Leiden）求学，他的大学时期直到 1660 年前往英国编写《多语圣经》才告一段落。

令人注目的是，东方语言学从一开始就是缪勒的学术兴趣中心，他在威滕堡大学从师于著名东方语言学家塞纳特[①]（Andreas Sennert, 1605–1689），缪勒的东方语言学知识因而得到进一步提高。

1660 年，英国剑桥大学的东方学家瓦尔顿（Brian Walton）和卡斯特罗（Edmund Castello）邀请缪勒到英国参与《多语圣经》和《多语圣经字典》的编写工作，缪勒欣然前往，并于 1660 年来到英国。在英国，缪勒就住在卡斯特罗家里，他的东方语言学知识得到进一步完善。

1661 年缪勒从伦敦返回德国。在伦敦时，缪勒就与当地许多学者建立了联系，缪勒经常与这些学者通信，他的学者朋友圈子越来越大，而且他在伦敦也为自己的语言研究搜集了大量资料，这些资料他带回了德国，回到德国后他开始研究分析这些资料，而且缪勒作为东方语言学家的声誉日隆，各地闻名。

终于有一天选帝侯威廉一世[②]（Friedrich Wilhelm, 1688–1740）也对缪勒的名声有所耳闻，鉴于缪勒在东方语言学上的造诣，他提名缪勒担任柏尔瑙修道院新院长（Propst von Bernau）。于是，从 1664 年起，缪勒开始了自己的宗教任职。

在 21 年的职业生涯中（1664–1685），缪勒步步高升，教务责任逐年增加。1664 年至 1667 年，缪勒首先任柏尔瑙修道院院长；1667 年 7 月 7 日起，他成为柏林圣尼古拉修道院院长；1675 年，他担任了天主教红衣主教会议成员。对于担任天主教教务要职的人来说，其日常公务何其繁忙，仅他所留下的悼词就有三卷之多，目前存放在柏林国家图书馆[③]。而缪勒竟然还能够挤出时间进行学术研究，其涉猎的研究领域又如此广泛，这本身已经令人十分惊异，诺阿克因此称缪勒是一位"勤奋而富有天赋"[④]的学者，可以说名副其实。

实际上，从 1664 年开始，缪勒就与柏林普鲁士皇家图书馆结下不解之缘，他不但阅览图书，进行大量的文献整理、编目、出版工作，而且从 1680 年至 1685 年，也就是在缪勒完全卸任之前，他一直负责普鲁士皇家图书馆的中文馆藏资料的图书编目和整理。

缪勒当时闻名于世，尤其以研究中国语言文字而著名。缪勒多次因为自己的中文造诣而接受特殊任务，并受到特殊礼遇，这里以时间顺序仅举三例为证：1）1674 年，他受选帝侯

---

① 小塞纳特，化学家达尼尔·塞纳特（Daniel Sennert）之子，威滕堡大学的东方语言学家。

② 史称威廉一世，普鲁士国王（1713–1740 年在位）。

③ Noack, Lothar: Der Berliner Prost, Orientalist and Sinologe Andreas Müller（1630–1694）、Ein bio-bibliograp hischer Versuch. [OL]〔2009–12–30〕 http：//www.uni-hamburg.de/Japanologie/noag 1995_5.paf（诺阿克：《缪勒传纪》，1955）第 7 页。

④ 同上。

委托，与一位荷兰籍东印度公司前高级职员进行谈判，以便从他手里购买一批中文书籍。2) 1680 年，普鲁士皇家图书馆馆长去世之后，缪勒接到新任务，为图书馆书籍及所有东方语言学书籍编写目录。3) 1682 年，奥地利国王利奥波德一世 (Kaiser Leopold I) 给缪勒发了一封亲笔信，特招缪勒前往维也纳，以便缪勒帮助翻译中国文字，尽管没有资料能够证明，维也纳之行是否确实已经成行。

可以肯定，假如缪勒没有"中文之钥"这一大胆设想，他会终生享受世人的尊敬，"中文之钥"项目是缪勒学术生涯中惟一的"痛处"，导致他后来黯然离开柏林。

从 1681 年起，因为"中文之钥"的研究，缪勒渐渐失去普鲁士王室的信任。但由于缪勒对中文资料的解读能力无人能及，所以在 1683 年，他仍然被委以重任，这一年，普鲁士新进了一批中文图书，缪勒负责管理这批新进的中文图书，并为普鲁士皇家图书馆编写中文书目。1685 年前后，另一位重要的前汉学家门策尔开始引起普鲁士王室的注意，这意味着，能够接替缪勒工作的合适人选出现了。就是在 1685 年，缪勒退休返回了家乡施太廷。

从 1685 年至 1694 年，缪勒在家乡施太廷度过老年。缪勒终于从他的教职中解放出来，可以完全专注于研究了。但此时的缪勒已经与柏林时期的缪勒大有不同。由于"中文之钥"的秘而不宣，他引起大家的质疑。他没有能够再得到普鲁士皇家的委托，他也没有再找到一家出版社愿意出版他的研究成果。1694 年 10

月 26 日，缪勒卒于施太廷，临终销毁了大量文献，包括"中文之钥"的手稿。

三、缪勒的汉学成就

缪勒在他那个时代是位博学的东方语言学家，他对各种语言均有不同程度的造诣。据诺阿克查证[①]，缪勒通晓土耳其语、波斯语、叙利亚语与阿拉伯语。他的论著中所引用文章的语言包括亚美尼亚语、科普特语[②]、日语、古印度语和马来语，而且缪勒能懂土耳其方言和蒙古方言；此外，他作为欧洲学者，也掌握欧洲学者的一般语言，即拉丁语和古希腊语；而且他也懂匈牙利语、俄语和当代希腊语。所以缪勒的一生都在搜集字母和主祷文的译文。可以说，缪勒是位天才语言学家，他的语言天赋与才华在当时无人能及，这里举例说明[③]：1) 1677 年，德国安提奥语 (äthiopisch) 语言文学专业创始人、著名东方学家鲁道夫 (Hiob Ludolf，1624–1704) 将一份他看不懂的文件寄给缪勒，而缪勒正确辨认出，这份文件是用科普特语 (koptisch) 夹杂着安提奥语字母写成的主祷文，这件事使缪勒声名远扬。2) 1680 年，缪勒以笔名哈格乌斯 (Barnimus Hagius) 发表了一份用 100 种语言写成的主祷文。3) 在缪勒去世之后，柏林灰色教堂中学的副校长史塔克 (Sebastian Gottfried Starck，1668–1710) 于 1703 年将缪勒的主祷文译文以及缪勒所搜集的万国语言中的 70 个字母整理出版。由此可见，缪勒作为语言学家并非徒有虚名。

① Noack, Lothar：Der Berliner Prost, Orientalist and Sinologe Andreas Müller（1630–1694）、Ein bio-bibliograp hischer Versuch. [OL]〔2009–12–30〕http：//www.uni-hamburg.de/Japanologie/noag 1995_5.paf（诺阿克：《缪勒传纪》，1955）第 3 页。

② 古埃及人的后裔所用的语言。见《德汉词典》，上海译文出版社，1982 年，第 725 页。

③ Noack, Lothar：Der Berliner Prost, Orientalist and Sinologe Andreas Müller（1630–1694）、Ein bio-bibliograp hischer Versuch. [OL]〔2009–12–30〕http：//www.uni-hamburg.de/Japanologie/noag 1995_5.paf（诺阿克：《缪勒传纪》，1955），第 4–5 页。

缪勒尽管掌握多种语言，但当时为缪勒真正带来巨大声誉的则是他对汉字的研究。那么缪勒的中文研究开始于什么时候？他从哪里获得大量中文文献资料？他有哪些汉学成就呢？

首先，对于有着如此语言天赋的人，缪勒掌握一定数量的汉字，对汉字与汉语文献具有一定的识别能力应该不是难事。今天的德国学者诺阿克认为，缪勒的中文识别水平已经到达了在他那个时代、在他所具有的条件之下所能达到的最高水平[①]。因此，笔者推断，缪勒的"中文之钥"绝非空穴来风。

其次，根据德国学者诺阿克分析[②]，缪勒开始接触中文应该是在荷兰莱顿，而开始研究中文是在柏林工作的时候。在成为"前汉学家"之前，缪勒已经完成了一名东方语言学家的转变过程。他首先师从德国东方语言学家塞纳特，后与英国东方学家瓦尔顿和卡斯特罗合作而完善了其东方语言学知识；在莱顿大学求学时，缪勒与一些研究中国语言文字的学者有过接触，缪勒应该也从他们那里取得了一些中文文献资料。缪勒自移居柏林后，对中文研究的热情大增。如上文所述，缪勒于1664年担任柏尔璐修道院院长，这里离勃兰登堡选帝侯的官邸很近，所以缪勒有机会经常在皇家图书馆[③]的东方语言部接触到那里的文献资料。诺阿克[④]认为，也就是在这段时间里，缪勒把教务之外的主要精力全部放在了对中国语言文字的研究上来。与

此同时，缪勒也开始就中文研究与当时欧洲著名学者通信联系，比如，缪勒与基歇尔保持着密切的书信来往，基歇尔的1667版《中国图说》鼓舞了缪勒，增加了缪勒研究汉语的兴趣；与缪勒保持联系还有法国国王路易十四（Ludwig XIV）的皇家图书馆馆长泰维诺（Melchisedech Thévenot）及其周围的一些法国学者等。缪勒与众多学者保持密切的通信联系，使他在中文研究方面能有更好的长进。

那么，缪勒的中文资料来自于哪里呢？首先，他可以接触到皇家图书馆的中文资料，上文已经多次提及缪勒不仅可以使用图书馆，而且后来被委托管理图书馆，国王也屡屡命他采购中文图书。其次，也是最重要的一点，缪勒的大部分中文资料是他自己投资、自己购买的。这一点令人十分惊讶。对此，诺阿克写道："尽管缪勒可以从皇家图书馆为自己的私人研究借阅各种手稿——但是他的大部分资料是他自己购买的，他以这种方式为自己的学术研究投入了大笔金钱。"[⑤]最后，缪勒采取了一切可能的措施来获取中文资料。据诺阿克查据[⑥]，缪勒的中文资料来源之一是荷兰阿姆斯特丹市市长卫森（Nicolas Witsen），另一位则是柏林药剂师托内冰德（Joachim Tonnenbinder）的儿子。诺阿克的推论不无道理：卫森曾于1666年到俄罗斯旅游，并带回一份中国地图，他本人在1692年才发表这份地图，而缪勒于1680

---

① Noack, Lothar：Der Berliner Prost, Orientalist and Sinologe Andreas Müller（1630—1694）、Ein bio-bibliograp hischer Versuch. [OL]〔2009—12—30〕http：//www.uni-hamburg.de/Japanologie/noag 1995_5.paf（诺阿克：《缪勒传纪》，1955），第19页。

② 同上，第7页。

③ 建于1661年，今天的普鲁士国家图书馆。

④ Noack, Lothar：Der Berliner Prost, Orientalist and Sinologe Andreas Müller（1630—1694）、Ein bio-bibliograp hischer Versuch. [OL]〔2009—12—30〕http：//www.uni-hamburg.de/Japanologie/noag 1995_5.paf（诺阿克：《缪勒传纪》，1955）第7页。

⑤ 同上，第10页

⑥ 同上。

年就发表了以这份地图为依据的文章《中华帝国地图志》(Imperii Sinensis Nomenclator Geographie-Cus),缪勒在文中不仅给出1783个中国地名,并标出了这些地方的长与宽。缪勒为柏林药剂师托内冰德所写的悼词中提及,他的儿子克里斯蒂安(Christian)当时已经在东印度阿姆博尼亚(Amboina)岛上任职六年,具有获得中文资料的便利。此外,为了将自己的作品付梓,缪勒自费搜集了大量木质汉字模子,构成其作品《中文字汇》(Typographia Sinica)。

诺阿克在《缪勒传记》一文之后,对缪勒在德国图书馆馆藏作品悉数列出,包括书信与手稿,有上百种之多。这里仅列出缪勒的主要汉学成就:

1671年,缪勒将《马可·波罗游记》拉丁文版进行了整理再版;

1674年,缪勒发表了《关于契丹国的历史和地理论集》,是一本关于中国历史、天文、地理的书,这本书包括7篇文章;

1676年,缪勒出版了《中国的碑刻》(Monumenti Sinici),缪勒因此书成为德国第一位介绍中国金石学的汉学家;

1678年,缪勒根据波斯文编译了《中国历史》;

1680年,缪勒发表了《中华帝国地图志》;

1683年,缪勒为普鲁士图书馆新进的276本中文年历和两本字典编写目录,并发表了自己为编目而研究的附表《中国皇帝年表》。该表包括了中国公元前425年至14世纪的皇帝,是缪勒在翻阅中国年历的基础上制作的。

最后,就是缪勒自费收集的《中文字汇》,共计3287个中文字,是当时德国以及欧洲最大的中文字收藏。

在17世纪的欧洲与德国,缪勒凭借其语言天才与巨大的研究热情,发表了如此大量的汉学著作,这些著作无疑是继基歇尔的《中国图说》之后德国最重要的汉学研究成果,属于最早的一批汉学奠基之作。缪勒做出了他那个时代一个汉学家所能完成的最好工作,他不愧为德国最早的"前汉学家"。

四、"中文之钥"始末

缪勒引起我国学者关注的原因首推他的"中文之钥",张西平[①]与李雪涛[②]等在谈及西方早期汉语学习史、德国汉学史时,均会在不同讨论主题背景下涉及到"中文之钥"的内容及其影响。本文从中德语言学交流史的角度、从缪勒这位前汉学家的角度论及"中文之钥",关注"中文之钥"产生的背景、试图回答"中文之钥"的可能内容以及缪勒为"中文之钥"出版所受煎熬和曾经付出的努力。

缪勒自己以及后来许多学者、包括当时以及现代的学者均一致认为,所谓"中文之钥",就是一种汉语学习方法,可以使人在短时间内掌握汉字[③]。

那么,缪勒对"中文之钥"进行研究的背景是什么呢?或者从欧洲本土学者的角度来看,为什么缪勒要研究"中文之钥"呢?对此,德国学者诺阿克分析了欧洲学者的需求,认为缪勒本意要编撰出工具书或者汉语教材,以便学者能够更深入地研究中文文献:

欧洲本土学者开始对位于远东的中国感兴趣始自17世纪初,耶稣会士开始通过信

---

① 张西平:西方人早期汉语学习史的研究初探——兼论对外汉语教学史的研究,《国外汉语教学动态》,2003年第4期;张西平:莱布尼茨时代的德国汉学,《文景》,2008年第9期。

② 李雪涛:《日尔曼学术谱系中的汉学——德国汉学之研究》,外语教学与研究出版社,2008年。

③ 张西平:西方人早期汉语学习史的研究初探——兼论对外汉语教学史的研究,《国外汉语教学动态》,2003年第4期;[OL] [2008-12-30] http://www.fltrp.com/hydt/2003-4/2003-4-5.pdf。

件和报告不断提供给欧洲学者有关中国的信息，而且这些信件中也有一些印刷品，另外这一时期也出现了大量的游记文学，这些游记文学也对欧洲本土人士对中国的印象更加具体化。[……]，这时候，缪勒就意识到，欧洲学者要研究中国语言与文化，正缺少必要的词典或者语言教学工具，以便能够更好地研究中文，缪勒于是决定在这个领域开始自己的工作，而且缪勒的工作为中国语言的研究起了决定性的推动作用。[……]①

这一分析与我国学者董海樱的观点一致。董海樱在《17–18 世纪西方汉字观念的演变》②一文中，就"中文之钥"及其在欧洲对汉语认识方面的作用进行了探讨："当汉字进入欧洲学者视野并受到关注之后，如何在短时间内掌握汉字就成为他们研究的首要目标。探寻汉语学习的捷径，用当时的说法，即寻求'中文之钥（Clavis Sinica）'。这种寻求是从德国学者缪勒开始的。"

可见，缪勒以一个学者的眼光，认识到中文文献的重要性和研究的必要性，并从欧洲本土学术研究的需要出发，认为寻求"中文之钥"是必经之路；不仅如此，缪勒毫不畏惧这种探索性工作可能带来的负面作用，坚持不懈地进行研究，这本身是值得后人尊敬的。实际上，"中文之钥"使缪勒在晚年落魄寂寞，却也使他永垂西方汉学史册。

缪勒的"中文之钥"研究工作自 1668 年就开始了。根据缪勒自己的回忆，1668 年 11 月 8 日，

"……在阅读阿拉伯语文件时突然读到了另外一种文字，突然想到，如何能把中文变得容易一些……"③他用了六年时间实验并检验自己的想法。1674 年 2 月 14 日，缪勒的研究工作初见成效，他递交给选帝侯一份报告，宣布自己发现了"中文之钥"，可以使人很容易地学习汉语。普鲁士国王要求他尽快公布研究结果，并要他寻找一个研究机构或者资助方，以便缪勒能够继续这项研究，并因为这项研究获得酬劳。随后缪勒又发表了《关于"中文之钥"的声明即勃兰登堡声明》，在这份声明中，缪勒强调自己的研究非常重要，但并没有谈及"中文之钥"的具体内容。这一消息立即在欧洲学术界传播开来，引起强烈反响。当时许多学者都采取各种方法期望他能够公开自己的研究成果。但缪勒始终没有发表自己的"中文之钥"，不能证明自己的发现，所以大家开始对他产生怀疑。而怀疑本身似乎不无道理：缪勒从未到过中国，他不仅掌握中文、而且找到了迅速掌握中文的学习方法，而中文数量又如此之多，迅速掌握汉语似乎不大可能。1681 年普鲁士皇室也开始因为"中文之钥"对缪勒不再信任。直到 1685 年他返回施太廷，缪勒也没有能够抓住机会，发表自己的研究成果④。

当时许多学者都曾经试图猜测缪勒的《中文之钥》具体内容，当今许多学者也为缪勒的"中文之钥"毁于一旦而十分惋惜，似乎缪勒的《中文之钥》成为千古之谜。德国学者诺阿克的

---

① Noack, Lothar：Der Berliner Prost, Orientalist and Sinologe Andreas Müller（1630–1694）、Ein bio-bibliograp hischer Versuch. [OL]〔2009–12–30〕 http：//www.uni-hamburg.de/Japanologie/noag 1995_5.paf（诺阿克：《缪勒传纪》，1955）第 7 页。

② 董海樱：《17–18 世纪西方汉字观念的演变》，姚小平主编《海外汉学探索四百年管窥》，外语教学与研究出版社，2008 年，第 94 页。

③ Noack, Lothar：Der Berliner Prost, Orientalist and Sinologe Andreas Müller（1630–1694）、Ein bio-bibliograp hischer Versuch. [OL]〔2009–12–30〕 http：//www.uni-hamburg.de/Japanologie/noag 1995_5.paf（诺阿克：《缪勒传纪》，1955），第 11–12 页。

④ 同上。

《缪勒传记》提供了一些重要信息，这些信息为揭开"中文之钥"的具体内容提供了一些线索。尽管这些线索可能也不是真正的"中文之钥"的内容，但是可以说明，缪勒这位汉学家为研究中文付出了巨大努力。

缪勒号称"中文之钥"是一种快速掌握汉语、学会识别汉字的方法。缪勒后来发表了自己与基歇尔的通信，他在信中透露，他想通过"中文之钥"教给人们认识"汉字"，而不是"汉语"，即：他所研究的是写出来的文字，而不是说出来的话，并且缪勒认为，汉字的意思不用大伤脑筋就可以推测出来[①]。后来缪勒的朋友藤策尔（Wilhelm Ernst Tentzel, 1689–1698）透露了更多关于"中文之钥"的内容，根据这些内容以及之前缪勒自己的描述，诺阿克猜测，所谓"中文之钥"实际上是一部字典：

> 显然，缪勒是想编写一部中文字典，（这部字典，笔者加）只给出汉字，不标出读音，但用拉丁文写出汉字的意思。汉字排列起来应该让人比较清楚其结构，让人容易辨认，字典还附上一个使用说明和一个典型例子，可以让人轻易就能找到（汉字的意义）。[②]

诺阿克的这个推测不无道理。汉字作为象形文字，其中有大量文字可以通过想象猜测到汉字的意思。在当时条件下，缪勒认识汉字、可以识别汉字的意思，但他应该是不会念那些汉字。他想做的是，教人们跟他一样很快识别汉字要表达的大意。缪勒之所以一而再、再而三地推迟自己研究结果的发表，是存在客观原因的。在当时条件下编撰出版一部中文字典岂是一年两年能够完成的？而当时学者们

一再要求缪勒立即透露全部内容，这确乎是不可能的。

根据藤策尔的描述，缪勒在 1685 年返回施太廷之后，不仅继续自己的"中文之钥"研究，而且一直努力通过各种途径寻找资助方，他甚至打算以捐赠图书或文献作为交换条件来换取资助，以求得"中文之钥"的出版，可惜均没有成功。

缪勒自己对"中文之钥"自信满满，认为没有瑕疵，而当时竟无人再相信他的"中文之钥"，无人能够认识它的价值，人们甚至因为"中文之钥"开始怀疑他的中文水平。缪勒备受打击，极为痛心。在这种情景之下，他决定将大量东方语言资料以及自己的手稿在临终前付之一炬，与"中文之钥"一起烧毁的还有他与许多学者的信件。他做出这样的决定，应该也是对世人包括欧洲学者们的批判：当时的人们既不能读懂中文，又不去接受"中文之钥"，甚至怀疑"中文之钥"的存在。

缪勒的"中文之钥"始终没有发表，但它却在当时引起了各方面的、一系列的反应，这些反应构成了"中国热"的前奏。基歇尔、东方学家鲁道夫，耶稣会士科钱斯基（Adamandus Kochanski, 1631–1700）、哲学家莱布尼茨（G. W. Leibniz, 1646–1716）都卷入了"中文之钥"的热烈讨论[③]。其中莱布尼茨对"中文之钥"的关注也为中德语言学交流史写下了崭新篇章。莱布尼茨当时正在寻找一种世界通用字符，他在得知缪勒的"中文之钥"之后，开始考虑汉字作为世界通用语的可能性，通过缪勒的"中文之钥"，汉字与世界通用语言的探索就这样相互联结起来，中西方语言交流具体表现为：

---

① Noack，Lothar：Der Berliner Prost，Orientalist and Sinologe Andreas Müller（1630–1694）、Ein bio-bibliograp hischer Versuch. [OL]〔2009–12–30〕 http：//www.uni-hamburg.de/Japanologie/noag 1995_5.paf（诺阿克：《缪勒传纪》，1955），第 11–12 页。

② 同上，第 12 页。

③ 参见董海樱，2008；Noack, Lothar, 1995。

是否借鉴汉字研究通用字符的形式①。因此可以说，缪勒探索"中文之钥"大大促进了中西方语言文化交流，成为中德语言学交流史上一位重要的开拓者。

五、结语

天才东方语言学家、汉学家缪勒凭借其超人的语言天赋，在十七世纪下半叶对汉字以及汉语文献展开了研究，他是德国本土最早进行汉字与汉语研究的学者之一。缪勒一生以其卓越的中文才华而闻名于世，晚年因致力于探索中文学习捷径、寻找"中文之钥"而受到各方质疑。尽管缪勒的"中文之钥"已经成为历史之谜，但它却成为一种导火索，激发了欧洲本土学者探索中文奥妙、学习汉语、进而研究中国语言文化的热潮。在缪勒之后，另一位汉学家门策尔继续研究"中文之钥"②，再后来，又有欧洲学者继续探索中文学习捷径，认识研究汉字，并从语言学角度研究汉字的历史。因此，围绕"中文之钥"进行的学术讨论推动了欧洲十八世纪"中国热"的产生，推动了中西方语言学交流。因此，完全可以说：缪勒为中西方文化交流与沟通做出了不可磨灭的贡献。

参考文献

[1]《德汉词典》[M]．上海译文出版社，1982年。

[2] 董海樱：17–18 世纪西方汉字观念的演变 [ML]，姚小平主编《海外汉学探索四百年管窥》[M]，外语教学与研究出版社，2008 年。

[3] 李雪涛：日尔曼学术谱系中的汉学——德国汉学之研究 [M]，外语教学与研究出版社，2008 年。

[4] 王维江：20 世纪的德国汉学研究 [OL]，[2008-12-12]，http://www.sass.stc.sh.cn/eWebEditor/UploadFile/20060324104541845.pdf。

[5] 张西平：西方人早期汉语学习史的研究初探——兼论对外汉语教学史的研究 [JL]，载《国外汉语教学动态》，04/2003，[OL][2008-12-30] http://www.fltrp.com/hydt/2003-4/2003-4-5.pdf。

[6] 张西平：莱布尼茨时代的德国汉学，原文载《文景》2008/09，[OL/OL] [2009–12–30]：http://www.zhongguosixiang.com/thread-13242–1–1.html。

[7]Engel, Michael: Mentel, Christian[ML], In: Neue Deutsche Biographie (NDB), Band 17, Drucker & Humblot, Berlin 1994, 第 94–96 页。

[8]Noack, Lothar: Der Berliner Propst, Orientalist und Sinologe Andreas Müller (1630–1694), Ein bio-bibliographischer Versuch, [OL][2009–12–30] http://www.uni-hamburg.de/Japanologie/noag/noag1995_5.pdf (诺阿克:《缪勒传记》) 1995。

作者简介：吕巧平，对外经济贸易大学外语学院德语系副教授，博士。

---

① 参见董海樱，2008 ; Noack, Lothar, 1995, 第 94–95 页。
② Engel, Michael: Mentel, Christian. In: Neue Deutsche Biographie (NDB). Band 17. Drucker & Humblot, Berlin 1994, 第 94–96 页。

德国东方学家格林韦德尔评介①

于景涛

【摘要】文章介绍了德国印度学家和中亚研究学者格林韦德尔的生平及其主要作品,包括《印度佛教艺术》(1893)、《蒙藏佛教神话:艾希托姆斯基公爵的喇嘛教收藏览胜》(莱比锡,1990)等,并列举了关于他的传记作品。文章特别介绍了格林韦德尔于 1902 年和 1905 年分别组织的第一次和第三次德国学者对中国新疆吐鲁番等地的考察之旅,描述和评说了德国考察者对丝绸之路上中国佛教壁画的掠夺。他们的考察之旅虽然在客观上增进了人们对丝绸之路沿途的文化、文物的了解和研究,但也损毁了大量的壁画等文物的原址原迹。

【关键词】格林韦德尔,考察之旅,吐鲁番,壁画搬运,文物流失

一、引言

Albert Grünwedel(阿尔贝特·格林韦德尔)(1856—1935)是德国著名的印度学家、藏学家、艺术学者和考古学家,曾两次组织了德国学者前往中国新疆吐鲁番地区的考察之旅。

二、Grünwedel 的生平简介

Albert Grünwedel 是一位画家的儿子。他于 1856 年 7 月 31 日出生在德国慕尼黑,1935 年 10 月 28 日在德国上巴伐利亚地区的小镇兰格里斯去世。Grünwedel 大学学习的专业是艺术史和亚洲语言,他曾师从 Ernst Kuhn(爱恩斯特·库恩)和 Ernst Trumpp(爱恩斯特·特鲁普)学习波斯语。1883 年,他在慕尼黑大学获得博士学位。这时,他已经编辑出版了他的第六本书籍,名为《布达匹亚的关于中印度语言的语法书》(Rūpasiddhi of the Buddhappiya)。②

Grünwedel 自 1881 年起就在柏林的民族学博物馆担任助理。1883 年,他被提升为该博物馆民族学收藏和斯堪的纳维亚古代文物部门的副主任。1891 年,由于他在佛教艺术、中

① 本文为对外经济贸易大学校级科研课题"德国网络媒体中的中国文化"(批准号:10YBYYX01)的阶段性研究成果。

② 参见(作者不详),2009, http://de.wikipedia.org/wiki/Albert_Gr%C3%BCnwedel。

亚考古学和喜马拉雅语言方面发表了的诸多作品，他获得了柏林大学荣誉教授的称号。[①]

1899年，Grünwedel应俄罗斯东方学家Radloff（拉特洛夫）和Salemann（赛尔曼）的邀请，参加了发现丝绸之路古文化遗址的中国新疆北疆地区的考古学研究考察。同一年，他被选为巴伐利亚科学院院士。

Grünwedel的科学工作中第二个和最重要的部分发生在20世纪的头10年里。1902年11月，Grünwedel受他的俄罗斯同事的研究工作启发，组织了德国的第一次吐鲁番考察。那个时期德国共计对中国新疆进行了四次考察，Grünwedel组织了其中的两次，分别是第一次，即1902年11月至1903年3月期间的考察，第三次，即从1905年12月到1907年4月进行的考察。[②]

Grünwedel组织的第一次德国人对中国新疆考察的结果收录在其作品《伊迪库啥里地区考古工作报告》（1905）一书中。他们一行从这次考察的中带回了丰富的材料，因而决定再一次组织考察。德国的第二次和第四次吐鲁番考察由Albert von Le Coq（艾·伯特·冯·勒柯克）组织。Grünwedel本人组织了德国第三次吐鲁番考察，在新疆的图木舒克（Tumšuq）、卡拉萨（Qarašahr）和吐鲁番地区进行。他在《中国土尔克斯坦古佛教寺庙》（1912）一书中对这次考察的结果作了介绍。[③]

1916年，Grünwedel被提名为内阁大臣。在他和Le Coq以及Wilhelm von Bode（威廉·冯·博德）之间发生了争论。与F. W. K. Müller（米勒）之间的冲突涉及到究竟是谁首先发现了摩尼教文字及以这种文字书写的文件具有何种特点。结果是，这一成就应归功于Müller。

Grünwedel于1921年退休，并于1923年回到了巴伐利亚。他在Bad Tölz（巴特特尔次）附近的Lenggries（兰格里斯）度过了余生，撰写了一系列的科学作品。Grünwedel在写作这些后期作品时经受着一种日益恶化的病魔的折磨，使他常常分不清现实和幻像。Ernst Waldschmidt（爱恩斯特·瓦尔特施密特）提到，Grünwedel在他的恢宏巨制《古刹》一书的好几个段落里就已经分不清事实、推测和发明了。这点更体现在其后来的作品中，如《波斯地区的恶魔》、《那罗帕的传说》以及《图斯卡》等书。在最后一本书里，Grünwedel宣称，伊特拉斯坎的问题已经解决了。这些后期作品虽然受到研究同行的尖锐批评，但是也并不应被一概忽略，它们还是有一定影响的。Grünwedel的关于"伊特拉斯坎神庙"的空想后来被Alfred Rosenberg（阿尔弗雷德·罗森贝格）收录到了其编撰的《20世纪神话传说》（慕尼黑，1930）一书中。[④]

三、Grünwedel的主要作品[⑤]

以下是其作品：

《印度佛教艺术》（Buddhistische Kunst in Indien）。柏林，1930。

《蒙藏佛教神话：艾希托姆斯基公爵的喇嘛教收藏览胜》（Mythologie des Buddhismus in Tibet und der Mongolei: Führer durch die lamaistischen Sammlungen des Fürsten E.

---

① 参见（作者不详），2009，http://de.wikipedia.org/wiki/Albert_Gr%C3%BCnwedel。

② 参见 Sundermann，2009，http://www.iranica.com/newsite/index.isc?Article=http://www.iranica.com/newsite/articles/ unicode/v11f4/v11f4008.html。

③ 参见 Sundermann，2009，http://www.iranica.com/newsite/index.isc?Article=http://www.iranica.com/newsite/articles/ unicode/v11f4/v11f4008.html。

④ 参见（作者不详），2009，http://de.wikipedia.org/wiki/Albert_Gr%C3%BCnwedel。

⑤ 笔者根据（作者不详），2009，http://de.wikipedia.org/wiki/Albert_Gr%C3%BCnwedel 内容翻译成中文。

Echtomskij）。莱比锡，1990。

《1902–1903 年冬季在伊迪库刹里及其周边地区的考古研究工作》（Bericht über archäologische Arbeiten in Idikutschahri und Umgebung im Winter 1902–1903）。慕尼黑，1905。

《中国图尔克斯坦古佛教寺庙：1906–1907 年在库卡、卡亚和吐鲁番绿洲的考古工作报告》（Altbuddhistische Kultstatten in Chinesisch-Turkistan. Bericht über archaologische Arbeiten von 1906 bis 1907 bei Kuca, Qara sahr und in der Oase Turfan）。柏林，1912。

《古刹：对中国图尔克斯坦公元头 8 世纪佛教洞穴胶画的考古学和宗教史研究》（Alt-Kutscha. Archaologische und religionsgeschichtliche Forschungen an Tempera-Gemälden aus Buddhistischen Hohlen der ersten acht Jahrhunderte nach Christi Geburt）。柏林，1920。

《波斯地区的魔鬼及其与中亚佛教古画解释学的关系》（Die Teufel des Avesta und ihre Beziehungen zur Ikonographie des Buddhismus Zentral-Asiens）。柏林，1924。

《巫术主要代表那罗帕传说：根据一个古老的西藏手稿证明北方佛教受到了摩尼教秘密教义影响，由 A. 格林威德尔翻译》（Die Legenden des Na. ro. pa, desHauptvertreters des Nekromanten-und Hexentums. Nach einer alten tibetischen Handschrift als Beweis für die Beeinflussung des nördlichen Buddhismus durch die Geheimlehre der Manichaer übersetzt von A. Grünwedel）。莱比锡，1933。

《图斯卡》（Tusca）。莱比锡，1922。

其中，Grünwedel 的两部作品——《印度佛教艺术》（1893）和《蒙藏佛教神话：艾希托姆斯基公爵的喇嘛教收藏览胜》（莱比锡，1990）都很值得一提。在这两部著名的作品中，Grünwedel 提供了明确的证据，证明香风国（健馱邏）艺术的希腊渊源及其在中亚的延续。

Grünwedel 还出版了一些关于中国西藏格萨尔王的作品，包括：

1)《莲花生上师与曼陀罗》，发表在《德国东方学报》第 52 卷，1898 年，455 页注释 11，457 页记有"昌"格萨尔；"罗马凯撒"。

2)《蒙藏佛教神话》，莱比锡，1900 年，其中记有格萨尔是战胜贝则的人。

3)《对福兰阁（春季神话）的书评》，发表在《环球》第 78 卷，1900 年，97–98 页。

4)《格萨尔王传的画像》，发表在《环球》第 79 卷，第 18 页，1901 年，281–283 页。

5)《喇嘛祭祀专题文集简评》，圣彼得堡，1905 年，33、271 页。[1]

四、评说

在那个年代，所有在中亚工作的研究人员不得不决定是仔细地记录考古发现还是干脆尽可能多地将有价值的文物储存起来。与他的同事 All Le Coq 相比，Grünwedel 更倾向于第一种方法。和其他人一样，他也将从洞穴墙壁上整片剥离下来的壁画运回欧洲，但他只有在现场照相和制作出大量的壁画图案后才这样做。与只拿散件相比，他更愿意搬走整幅的壁画。Grünwedel 也强调，手稿绘图也应该属于考古的出土文物之列，虽然它们是少一些轰动效应的手工制品，但也不应剩下来留给当地的宝物藏家。他第一次考察取回的文本不如艺术作品那样被很好地记录和研究，但这并不是他的过错。[2]

Grünwedel 组织的第一次德国学者赴吐鲁

---

① 作者不详，2008，http://www.tibetinfor.com.cn/wenxue/wenxu2002412134908.htm。
② 参见 Sundermann，2009。

番考察发生在 1902 年 11 月至 1903 年 3 月期间，参加者还有 Huth（胡特）和 Bartus（巴图斯），考察的线路是经过伊宁—乌鲁木齐—吐鲁番盆地—北丝绸之路。考察团共运回德国 46 箱考古发现。其中包括绘画、塑像、以摩尼教中波斯语、维吾尔语和日耳曼族最古老文字书写的摩尼教手稿，以印度语、汉语和羌族语言书写的文本，等等。[①]

Grünwedel 组织的第三次德国学者赴吐鲁番考察发生在 1905 年 12 月到 1907 年 4 月期间，参加者还有 A. V. Le Coq、H. Pohrt（博尔特）和 Th. Bartus。考察的线路是 Kašghar—图木舒克（Tumšuq）（1906 年 1 月）—克孜尔（Qïzïl–Kuča–Qumtura（1906 年 2 月，洞穴寺庙）—克孜尔的洞穴寺庙，Kiriš（1906 年 2–5 月），—Qorla/Šorčuq 的寺庙和洞穴—吐鲁番盆地（1906 年 7 月）—乌鲁木齐—哈密—土峪沟（1907 年 1 月）—第六窟（1907 年 2–3 月）—吐鲁番，回程经过乌鲁木齐（1907 年 4 月）。考察团共运回德国 118 箱考古发现，其中包括绘画和佛教文本等。[②]

德国四次吐鲁番考察的发现先是被保存在民俗学博物馆的印度部门。在成立了印度艺术博物馆后，1963 年这些物品被转到那里，时至今日还保存在博物馆位于柏林 Dahlem 区域的馆中。印度艺术博物馆如今是亚洲艺术博物馆的一部分。[③]

Grünwedel 组织的吐鲁番考察和从考察中运回德国的壁画、图画和以诸多文字书写的摩尼教文本和佛教文本、手稿等在客观上给德国的东方文化包括中国文化研究提供了资料，为研究中亚、东亚包括中国文化和各种文字奠定了一定的基础。但是，这种从德国角度看来十分有价值的考古发现是伴随着中国的珍贵文物的大量流失而实现的，是在当时中国贫弱、列强欺凌、时局不稳、政府无力监管的情况下取得的。

特别是组织了德国第二次和第四次吐鲁番考察并参加了第三次吐鲁番考察的 Le Coq，对壁画采用狐尾锯切割的方法，将新疆吐鲁番、库车等古代佛教遗址的壁画分割取下，给当地的壁画文物造成了极大的破坏。Le Coq 毫不掩饰地说，他们首先以极其锐利的刀子沿着每幅画的四周割开。刀子一直穿到画在墙壁上与泥土、麦草、骆驼粪、灰泥混合物的深处，然后在画边再用鹤嘴钳、铁锤和凿子等挖出一个足以使狐尾锯插入的洞，然后才能大面积地锯开壁画。对于那些大的壁画，则要先锯成数片，下锯的地方要避开人物脸部和其他"具有艺术特点的地方"。[④] 这种强盗行径遭到 Grünwedel 的反对。Grünwedel 反对将庙宇里的东西一股脑儿都搬走，尤其是壁画。一次，Le Coq 要把一座佛寺绘有图画的整个屋顶搬回柏林去，Grünwedel 表示坚决反对，提出建议说，对图画进行测量和描绘，以便回到博物馆重新加以复制。还有一尊非常好的塑像，Grünwedel 也不同意搬走。但是 Le Coq 不听，后来还是寻找机会把这些文物运走了。无论如何，是以 Le Coq 为代表的德国考察者最早用狐尾锯对位于中国新疆丝绸之路上的壁画等文物进行了肆无忌惮的切割和盗取。此后，英国人、日本人也纷纷效仿他们继续对发现的壁画进行切割掠夺，让本来属于中国的珍贵文物遭受了严重破坏和流失。这不仅是中国的损失，也是人类文明史上的耻辱。

Grünwedel 虽然对 Le Coq 的行为不满，

---

① 参见（作者不详），2009，http://idp.bbaw.de/pages/collections_de.a4d。

② 同上。

③ 同上。

④ 参见（作者不详），2009，http://www.xj169.com/history/dsnb/2004/04/122809.htm。

但他毕竟也没有避免打着考古名义对吐鲁番珍贵文物的掠夺和破坏。在 Grünwedel 死后，学术界在为他写的悼文中作了如下评价：

"他避免对那些遗址作肤浅的表面观察，他不同意去攫夺那些引人注目的壁画艺术作品。他的目的是以科学的态度对待每一个遗址，并把遗址当作一个整体来进行研究。所以他的办法是对新的发现物都要描绘和测制轮廓图。如果把壁画搬走，除了意味着猎奇盗窃之外，不会有别的意义"。①

作者简介： 于景涛，对外经贸大学外语学院德语系讲师，博士。

① （作者不详），2009，http://www.xj169.com/history/dsnb/2004/04/122809.htm。

佛教文化在德国的交流——探索新世纪中国日耳曼学者的使命

包汉毅

【摘要】 19 世纪下半叶以来，佛教文化才真正传入德国。对佛教文化在德国交流历史与现状的分析表明，物质基础和人为推动是促进文化交流的两个外在条件；同时，可以看出，佛教文化在德国乃至西方具有很强的生命力。但很遗憾的是，与南传小乘、日本禅宗和藏密相比，作为佛教文化主要载体的中国大乘佛教，它在德国的播扬极微。文化的交流应该是双向的，输出文化也是负责任的大国形象所在，因此，笔者提出，新世纪中国日耳曼学者的使命在于推动以儒释道为代表的中国文化在德国以至世界的交流；笔者认为，完成这种使命是完全可能的，也对促进交流的具体途径作了一些思考。

【关键词】 佛教文化，德国，交流，使命

I. 引言

人类进入 21 世纪，全球化的趋势愈来愈彰显。但在此大的背景下，文化不应该一体化，而恰恰相反，应该保持其多样性。2001 年 11 月，联合国教科文组织第 31 届大会在巴黎通过了《世界文化多样性宣言》，即明确指明文化多样性对于人类民主和发展的重要性：

"文化多样性是交流、革新和创作的源泉，对人类来讲就像生物多样性对维持生物平衡那样必不可少……文化多元化与民主制度密不可分，它有利于文化交流和能够充实公众生活的创作能力的发挥。"①

文化的多样性自然基于单个文化的生命力。然而，一种文化能够保有活力，是很困难的。英国学者阿诺德·汤因比 (Arnold J. Toynbee, 1889–1974) 在其著作《历史研究》中列述了世界历史上的总计 26 种文明（文化），最后断言，没有哪一种文化是能够永存的。这一观点也为中国著名的翻译家、佛学家季羡林 (1911–2009) 所认同；但是，季羡林提出了一个问题：为什么从古到今，中国文化构成了一个例外，能够一

① 《世界文化多样性宣言》，2001，http://www.un.org/chinese/hr/issue/docs/62.PDF。

直永葆青春？对此，季羡林自己回答如下：

"倘若拿河流来作比，中华文化这样一条长河，有水满的时候，也有水少的时候；但却从未枯竭。原因就是有新水注入。注入的次数大大小小是颇多的。最大的有两次，一次是从印度来的水，一次是从西方来的水。而这两次的大注入依靠的都是翻译。中华文化之所以能长葆青春，万应灵药就是翻译。翻译之为用大矣哉！"[①]

由上可见文化交流对于保持文化活力的重要性。而明显地，在文化交流中，起媒介和推动作用的是翻译。当今著名的翻译学学者许钧认为：

"没有在多种文化的接触、碰撞中起沟通作用的翻译，就无法保证世界各民族文化的共存、交融与发展。"[②]

在新的时代中、全球化的背景下，作为中德文化交流媒介的中国日耳曼学者，怎样在文化交流领域予自身以准确的定位，是一个迫切需要研究的课题。中国的传统文化为儒、释、道三家；本文试图以佛教文化为例，分析其在德国传播的历史与现状，得出经验与启示，并探讨新世纪中国日耳曼学者的使命，以及完成这种使命的可能性和具体途径。

II. 佛教文化在德国传播的历史与现状

一、19 世纪中叶以前

佛教真正为西方所了解还只有 150 多年；但早在公元前四世纪，随着马其顿帝国亚历山大大帝（前 356–前 323）东征的步伐，西方人即第一次接触了到佛教；前三世纪，印度孔雀王朝阿育王（前 304–前 232）向叙利亚、埃及和希腊派遣了佛教使团；其后沿着丝绸之路，佛教文化进一步为西方所了解。在古埃及的亚历山大港则长期维持有一佛学学派，其被认为是对古希腊哲学产生过影响。

但在中世纪的大部分时期，东西方文化交流断层，加上伊斯兰教的进入，这些曾有的佛教知讯都渐渐被人遗忘。只是到了公元 14 世纪前后，随着马可·波罗的东方之旅，佛教文化才又重新开始渗传到西方。但此时，在基督文化占据绝对主导的西方世界，佛教的形象主要是"白日梦"、"异端"、"邪说"。

小结：

直至作为欧洲文明史上"黑暗时代"的中世纪，人类社会的生产力低下，生产工具（包括交通工具）极不发达，因此东西方之间政治、经济的往来极微，从而文化的碰撞也甚少。佛教文化在欧洲乃至德国的交流陷入一个停滞期，也就成为理所当然。

二、19 世纪中叶至 1945 年

哥特弗里德·威廉·封·莱布尼茨（Gottfried Wilhelm von Leibniz, 1646–1716）和亚瑟·叔本华（Arthur Schopenhauer, 1788–1860）被认为是西方第一批真正开始研究佛教的代表人物。叔本华甚至自称为欧洲的第一个佛教徒；他在研究印度吠陀哲学的过程中，接触到了欧洲少量仅存的佛教典籍；通过英语和法语的文献，他获取了一些佛教三乘的知识。受叔本华的影响，之后的德国涌现出了一大批从事佛教研究的学者，比如理夏德·瓦格纳（Richard Wagner, 1813–1883）、弗里德里希·尼采（Friedrich Nietzsche, 1844–1900）、弗里德里希·齐默尔曼（Friedrich Zimmermann, 1852–1917）、卡尔·奥伊根·诺伊曼（Karl Eugen Neumann, 1865–1915）、保罗·达尔克（Paul Dahlke, 1865–1928）、格奥尔格·格林（Georg Grimm, 1868–1945）以及德国的第一位

① 季羡林：我看翻译，许钧主编《翻译思考录》，2000 年，中国对外翻译出版公司，第 5 页。
② 许钧：文化多样性与翻译的使命，《中国翻译》，2005 年第 1 期，第 53 页。

和尚三界智尊者（Nyānatiloka Mahāthera，德文原名 Anton Gueth，1878–1957）。

19 世纪下半叶，整个西方出现了一个佛教典籍翻译的小高潮。德国的印度语言文化学者赫尔曼·奥登堡（Hermann Oldenberg，1854–1920）于 1881 年出版了权威著作《佛陀：生平、教义、僧团》（Buddha, sein Leben, seine Lehre, seine Gemeinde）；此书先后被译成 14 种文字，一直到 20 世纪下半叶，仍然一再新版，对于佛教文化在德国和西方的传播有着持续、深远的影响。弗里德里希·齐默尔曼以"普贤比丘"的笔名于 1888 年出版了《佛教教义问答集》（Buddhistischer Katechismus），这部作品改编自英语和锡兰语的同名原著，其书原本用于锡兰族的儿童教育，齐默尔曼用成人化的语言以及脚注进行了改良。

在这期间，卡尔·奥伊根·诺伊曼亲自到佛教的发源地印度与锡兰学习，并翻译了大部的巴利语佛经，对于佛教文化在德国的交流，居功至伟；至 1918 年，德译的《中阿含经》和《长阿含经》都已出版。

1907 年，三届智尊者翻译了《增一阿含经》的第一卷，全部的完整译文于一战后完整出版。

两战期间，慕尼黑的印度语言文化学者威廉·伽伊格（Wilhelm Geiger，1856–1943）开始翻译《杂阿含经》里面的文章，三届智尊者于 1941 年继续接替其中未竟的篇章，到 1967 年正式出版；1993 年，国际法学者赫尔穆特·海克（Hellmuth Hecker，1923–）完成全部的《杂阿含经》德文翻译。

其他 1945 年之前在德国出版的重要佛教著作举例如下：

1915 格奥尔格·格林《佛陀的教义：理性的宗教》（Die Lehre des Buddha: die Religion der Vernunft）

1922 赫尔曼·黑塞（Hermann Hesse，1877–1962）《悉达多》（Siddhartha）

1922 汉斯·穆赫（Hans Much，1880–1932）《佛陀的世界：一曲高歌》（Die Welt des Buddha: Ein Hochgesang）

1925 年慕尼黑爱默尔卡（Emelka）电影公司在印度拍摄了一部关于佛陀生平的电影《亚洲明灯》（Die Leuchte Asiens），导演是弗朗兹·奥斯腾（Franz Osten，1876–1956）。

伴随佛教文化的宣扬，第一批佛教组织也开始在德国出现。1903 年 8 月 15 日，印度语言文化学者卡尔·赛登斯托克（Karl Seidenstücker，1876–1936）在莱比锡成立了德国第一个佛教组织德国佛教传道会（Buddhistischer Missionsverein für Deutschland）。其他一些二战前成立的其他佛教组织举例如下：

1921 年 格奥尔格·格林与卡尔·赛登斯托克老佛教社团（Altbuddhistische Gemeinde）

1922 年马丁·斯泰恩克（Martin Steinke，1882–1966）佛陀社团（Gemeinde um Buddha e.V.）

1924 年保罗·达尔克佛教之家（Das Buddhistische Haus）

1933 年至 1945 年，在希特勒当政的纳粹时期，佛教文化在德国的发展、交流陷入了停滞。

小结：

这一阶段，可称为佛教在德国乃至欧洲的"文艺复兴"，岂止"复兴"，而是大大超越。佛教经典翻译、学术著作撰写、佛教组织成立，种种方面，都是德国和西方史上未有的盛况；佛教文化第一次真正为西方社会所了解、认识。究其原因，由于现代工业文明的成就，生产力和生产工具发达，突破了地理条件的局限，东西方之间政治、经济、文化得以广泛、密切的接触。但很遗憾的是，这种密切的联系，在很大程度上是基于欧洲传统强国的殖民思想和殖民扩张。

同时，这次"超越性的复兴"也说明了佛教文化的生命力，以及一种文化对于与异文化进行交流的"渴求"；作为世界三大宗教之一的佛教文化，其一旦为西方所接触，其特有的哲学理念和体系、具体修身养性的实践，都得到了德国和西方的热烈回应。

这一时期，进入西方的佛教流派主要是南亚次大陆的南传小乘佛教（上座部）。

三、二战以后

在战后的民主德国，佛教的存在和发展几至可以忽略，但莱比锡大学 1841 年即已创建的印度语言文化学专业一直坚持出版有关佛教和西藏学的刊物。此外，大量来自越南的劳务输出，也有不少佛教信仰者，但其宗教性活动一般只局限于家庭和朋友的小圈子中。

战后的联邦德国，则再一次出现了佛教复兴高潮。1947 年缅甸僧人杜南达来德国宣扬佛法。1948 年，韦勒出版社（Curt Weller）出版了《阿育王文集》（Edition Ashoka）系列佛学丛书；奥伊根·海里格尔（Eugen Herrigel，1884–1955）发表了《射箭艺术中的禅》（Zen in der Kunst des Bogenschießens），它的英译本更在德语区外传播了佛教的正面形象；也在同年，保罗·迪博斯（Paul Debes，1906–2004）建立了"佛教研究会"（Das Buddhistische Seminar），其宗旨是向西方人介绍觉者的学说；自 1955 年始，其双月刊杂志《知识和变迁》（Wissen und Wandel）一直出版至今。

特别值得一提的是，在 1954–1956 年缅甸举行第六次佛经结集期间，当时的吴努总理募集 100 万卢比在欧洲各地建立传法基地（德国自然也在其中）。

1952 年，德籍喇嘛戈文达（Lama Anagarika Govinda，德文原名 Ernst Lothar Hoffman，1898–1985）在西柏林成立了"雅利安弥勒教团德国分部"（Orden AMM–Arya Maitreya Mandala），藏传佛教开始进入德国；而其他喇嘛学者也开始在慕尼黑、波恩、汉堡等地大学教授与佛学有关的课程，藏传佛教开始渐渐地发挥其影响。

二战后新出现的许多佛教组织，于 1955 年联合起来，成立了德国佛教协会（DBG–Deutsche Buddhistische Gesellschaft），1958 年易名为德国佛教联盟（DBU–Deutsche Buddhistische Union），其总部设在汉堡，每年召开一次大会，每季度出版一期杂志《莲叶》（Lotusblätter）（1987 年更名为《现代佛教》，Buddhismus Aktuell）。此联盟由不同的派别组成，除了有传统的上座部小乘系统外，也有大乘的一些组织加入，比如上述的雅利安弥勒教团。

另一大乘佛教部派，日本的净土真宗，也于 1956 年在柏林成立相关组织，而且"这个佛教组织接受京都该宗本山寺的指导与资助"[①]。

佛教文化的宣扬也对德国主流的基督教产生了影响。著名的神学家、耶稣会会士艾纳米·拉萨尔（Hugo Makibi Enomiya-Lassalle，1898–1990），先后著有《禅宗》（Zen Buddhismus，1966）、《禅：迈向顿悟的道路》（Zen：Weg zur Erleuchtung，1973）等，本人曾亲自到日本习禅多年，在欧洲组织多次关于坐禅的讲座，并于 1970 年在东京设立了基督教的习禅中心。

1983 年，奥地利佛教徒所成立的宗教集体[②]得到了政府的全部承认；受其鼓舞，1985 年在汉堡，德国的佛教徒也决定成立佛教的宗教集体，以期取得国家承认的公共法人资格；遗憾的是，后来在全国文化部长联席会议上，

---

① 杜继文：《佛教史》，2006 年，凤凰出版传媒集团，第 533 页。
② 此处，"宗教集体"为德语"Religionsgemeinschaft"的中译；在德语中，此词具有一国之内全体宗教信徒联盟的意义。

因为巴伐利亚州的反对，此一倡议被搁置下来。虽然如此，这一为各个不同派别佛教徒创造一个共同平台的努力，仍提高了佛教在德国的被认可度。

两德统一后，1992年，由德国佛教联盟发起，在柏林召开了欧洲佛教联盟（Europäische Buddhistische Union）大会，其主题是"多样化中的统一化"，可为德国佛教史上的一桩标志性事件。

跨入新世纪，在全球化的背景下，作为全球三大教之一的佛教，它在德国的发展可谓方兴未艾。今日今时，在德国各大搜索引擎、各大图书馆的网上索引，只要输入关键词"Buddhismus"或者"Buddha"等，都可以找到海量的翻译、学术著述。据统计，目前在德国大约有600家左右的佛教组织（70年代中期仅为30多家）；德国佛教联盟认为德国现有25万佛教徒；[①]不仅在大城市，在中小城市也都可以找到佛教的存在。

小结：

二战以后，佛教在德国乃至西方的播扬，续上了战前的复兴前缘，并且更进一步，得到了真正的振兴。世上没有无本之木，这一振兴是根植于全球化的大框架之内。从物质条件上讲，生产力、生产工具（包括交通工具、信息传播工具、尤其20世纪末产生的互联网）极度发达；全球各国在经济上相互依存，俨然成为一个经济共同体；国际上政府、民间的往来频繁密集。也因而，各种文化相互碰撞，文化交流呈现出一派盛景。

通过以上的史实，还可以看出，佛教文化在德国乃至西方的繁荣，也与东方传统佛教国家的主动努力分不开。一方面，有佛教界人士

的积极弘扬，比如还有著名的越南高僧一行禅师（Thich Nhat Hanh，1926–）也亲到欧洲弘法。而另一方面，我们也能看到官方政府的参与；二次世界大战日本战败后，日本政府即资助铃木大拙（Suzuki Teitaro Daisetz，1870–1966）去美国宣扬禅文化——对此，著名国学大师南怀瑾先生说：

"日本自从二战被美国人打垮了以后，要用文化来征服别人，所以有意培养了两个人，叫他们到美国去弘扬禅宗。一个是禅宗和尚宗演，当时八九十岁；一个是居士铃木大拙。日本天皇政府每年津贴铃木大拙不少钱，要他在那里提倡禅宗。"[②]

III. 浅探新世纪中国日耳曼学者的使命

一、在德国推动佛教文化交流的可能性

由上文的分析可知，文化交流需要有传播信息的物质条件作为基础。当今世界已经成为一个"地球村"，信息传播与交流的方式高度先进而且极其丰富，从而构成了进行文化交流的良好基石。

此外，如上已述，佛教文化在德国的交流历史表明，佛教文化具有很强的生命力。一旦外在条件允许，它就会激发异文化人群的兴趣。现代的西方社会是开放的，也是宽容的。学习佛教文化，甚至渐渐成为受过良好教育的西方中产阶级的一个"时尚"。正如Žižek（2001：8）所指出的，佛教能够使人们在积极参与社会政治经济生活的同时，得以保有精神的健康；因此，可以将佛教看作极佳的资本主义在意识形态方面的辅助。[③]此外，佛教的一些锻炼方法也切实可行；学习佛教文化也显得具有"异域风情"。

以此基础，在学术方面，西方学者们也

---

① Schnabel, Ulrich, 2007：Eine Religion ohne Gott, Die Zeit 第12期，第13页。

② 南怀瑾：《答问青壮年参禅者》，2008年，上海人民出版社，第9页。

③ Žižek, Slavoj, 2002：Die Brisanz des christlichen Erbes, Information Philosophie 第1期，第8页。

予佛教文化以更多的注意力，海量的著述即是明证。

二、在德国推动佛教文化交流的迫切性

战后的德国，与整个西欧大陆、乃至美国，在政治、经济上相互依存，文化领域的交汇更是渐渐"水乳交融"；佛教文化在德国的交流，也融合在整个西方的大背景之下。现代西方佛教文化的传播主要是三个派别：南传小乘、禅宗和藏密。小乘上座部是有着自19世纪以来的传统根基；禅宗和藏密则是二战以后的新兴，通过上述分析可知，这分别与以铃木大拙为代表的日本学者和藏密学者的积极推动密不可分。时至今日，在德国和西方，甚至有这样一种趋势：谈及佛教，言必称西藏；谈及禅宗，言必称日本。

而反观中国的大乘佛教文化，在西方的播扬很微弱，这与其在整个佛教文化中的地位不相称：佛教自东汉时期传入中国以来，与中国本来固有的文化相融合，大放异彩，著名国学大师南怀瑾先生指出："印度文化，尤其是震烁天地，照耀古今的佛教文化，后历汉季而宋世，已经全盘融会于中国文化的领域中了。"[1]

近代以来，中西之间的文化交流以西方文化（基督教文化和现代科技文明）向中国的输出为主。人类跨入21世纪，东方的文明古国正在崛起；一个大国的形象及其对于世界应有的贡献，并不应当仅仅局限于政治，经济，而恰恰更在于文化与价值观的输出。

基于以上的分析，可以说，推动中德之间的佛教文化，乃至儒家、道家文化的交流，正是当今作为中德两种语言、文化通家的中国日耳曼学者的历史使命，其必要性和紧迫性，可谓"时不我待"。

三、在德国推动佛教文化交流的具体途径

前车之辙，后车之路。二战以后，佛教文化在德国的交流与传统佛教国家的政府行为有紧密关联。因此，在资金、交接还是规划等各方面，中国的日耳曼学者也都可以借靠政府的力量，自会事半功倍。

推动文化交流，应该要适应当地原有文化的特点，如喇嘛戈文达所指出：当莲花生大师到西藏的时候，他也必须把印度文化"切换"至原有的西藏文化，才能成功；如今在西方情况也同样如此。[2]一行禅师（1993：107）也认为，如果不如此，那就等于，油永远不会溶于水。[3]

笔者认为，中国大乘佛法的一个重要分支净土宗，其宗旨是信愿念佛求生净土，这与西方基督教的"信者得救"、"求生天堂"，颇为相似。中国的日耳曼学者，或许可以考虑以此领域的论著翻译、项目活动等作为突破口。

作者简介：包汉毅，德国美因茨大学博士研究生。

---

① 南怀瑾：中国佛教发展史略，《南怀瑾全集》第五卷，2008年，复旦大学出版社，第357页。

② Lama Anagarika Govinda，1998：Das Buch der Gespräche. München. 1998，第170页。

③ Thich Nhat Hanh，1993：Das Diamant-Sutra. Der Diamant, der die Illusion durchschneidet. Bielefeld. 1998，第107页。

培训师与跨文化培训——从文化认同的视角分析

张晓玲

【摘要】 培训师在跨文化培训中起到至关重要的作用。跨文化培训本身就是一个多元文化互动的环境，在其中，培训师的文化认同将发生变化。而他的文化认同直接作用于培训中的文化互动，对培训中的文化互动模式起决定作用。而文化互动是否能达到协同效果，又直接影响培训过程和培训目的。

【关键词】 多元文化认同，跨文化培训，跨文化培训师

一、问题的提出

随着全球化进一步加深，不同文化接触和碰撞的机会增多，不仅去异文化地区生活和工作的人们数量增加，母文化环境中也同样会吸收异文化的成员，在母国文化环境中也会遇到与异文化接触和交往的机会，和异文化成员一起工作和学习，如在跨国企业中工作的员工。由于彼此文化上的差异，很容易产生摩擦和冲突，影响正常的学习生活。那么如何能够成功地做到同异文化成员进行有效的交际？如何培养跨文化交际和沟通的能力？跨文化培训以解决这些问题为出发点，为人们在异文化或多元文化环境中生活和工作提供帮助，培养人们的跨文化敏感性，共感性[①]和灵活性。一个跨文化培训中的文化因素常常会由培训师母国文化、受训者母国文化和培训目的国文化组成，而在全球化的影响下，在跨文化培训中这三种文化因素互不相同的可能性越来越大。同时在跨文化培训中，培训师起到了举足轻重的作用，他在培训内容传授、培训方法的运用和培训过程的组织等方面都会体现其自身的文化身份，而培训师将如何看待和把握自身的文化认同，将会对整个培训效果产生至关重要的影响。下面我们先来分析一下跨文化培训中的多元文化认同。

文化认同(Kulturelle Identität)，简而言之，就是社会中一个人或者一群人对与某个固定的文化集体的归属感，从而将 A 文化中的人和 B 文化中的人区别开来。因为人是社会中的人，一个个体的人的言语、行为、思想都会受这个社会文化的影响，从而带上这个社会文化的特征。因此，他拥有这个社会的文化身份，他对

---

① 严正华：《跨文化沟通心理学》，上海社会科学院出版社，2008 年，第 105 页。

这个社会的文化是认同的。文化认同的依据包括相同的文化符号、共同的文化理念和共有的思维模式和行为规范等。文化认同是民族认同和社会认同的基础。人与人之间文化认同表现在双方拥有共同的文化背景、文化理念、文化环境和双方对相互文化的承认和接受上。①

"文化认同的主题是自我的身份以及身份正当性的问题。具体地说，一方面，要通过自我的扩大，把'我'变成'我们'，确认我们的共同身份；另一方面，又要通过自我的设限，把'我们'同'他们'区别开来，划清两者的界限，即'排他'。只有"我"，没有"我们"，就不存在认同问题；只有'我们'，没有'他们'认同也失去了应有的意义。这两者是不可分割的。"②

文化认同虽然与民族认同、社会认同紧密相连，但是后者是一种自然属性和心理特征，具有相对的稳定性，是不可变的。但文化认同与之不同的是，它是一种社会属性和文化属性，文化是可以选择和自我变化的，所以文化认同也具有可变性和可选择性，这也就意味着一个人的文化理念、思维模式和行为规范也是可以选择和变化的。③某一个特定文化环境下的个体的文化认同在他同外来文化接触之前在本文化的环境中是隐性的，只有本文化和异文化发生碰撞的时候，产生不同文化之间对比之后，本文化的特征才会显性化，因此也有了文化认同这个概念。在这个层面上，我们也可以说，文化认同是全球化的产物，或者说，全球化凸显了个人原有的文化身份，使文化认同显性化，在同异文化的交往过程中，个体脱离原有的单一文化环境，进入了一个多元的文化环境，起初会凸显自身的文化认同，但同时受到外来文化的影响，逐渐地，自身的文化理念、思维模式和行为规范都会发生改变，可能会导致产生丢失对母国文化认同的问题，在跨文化交际中迷失方向。

个体在比较外来文化同本文化时，往往无意识地把本文化当作标准尺度，用自身文化的标准去度量外来文化，刻画外来文化，从而产生刻板印象(Stereotype)和偏见(Vorurteil)。刻板印象和偏见是人们去描述和对待外来文化的导向，对外来文化中未知的事物在了解和接触之前进行一个判断，此判断会影响他们的跨文化交际。同时，对外来文化刻板印象和偏见的形成又会巩固自身的文化身份和文化认同。过于夸大对母国文化的认同就会夸大文化的相对性和特殊性，忽略不同文化之间的统一性，从而导致文化冲突的形成，阻碍跨文化交际。

丢失对母国文化的认同或夸大对母国文化的认同都会产生文化认同危机，它会对跨文化交际产生负面效果。那么如何在跨文化或者一个多元文化环境中来把握自己的文化认同问题呢？

笔者认为，如果一个个体已经不再处于一个单一的文化环境中了，那么他的文化认同就会随着文化环境的变化而变化，即由单一的文化认同变成多元的文化认同。所谓多元的文化认同是指在一个多元文化的环境中，一个个体对这个多元文化环境中不同的文化进行等值的认同，这种等值的认同是认为多元文化环境中的多种文化都具有相同的重要性，不偏向其中任何一种文化。这样的文化认同是以个体原来在母国这个单一的文化环境中所形成对母国的文化认同为基础，对异文化进行深刻的了解和认识，同时反思母国文化，从而积极吸收异文化中重要和有意义的因素，将其与自身母国文化中重要和有意义的因素融合在一起，从而形成对不同文化的协同意识，产生一种不同于这个多元文化环境中任何一个文化的另一种新文化，那么多元文化认同就是对这种新文化的认同。那么，在这种情况下，多元的文化认同就已经不再是社会中的某个个人或某个集体对某个固定的单一的文化的归属感了。

---

① 张云鹏：《文化权：自我认同与他者认同的向度》，社会科学文献出版社，2007年，第212–213页。
② 同上，第213页。
③ 同上，第214页。

二、多元文化互动的跨文化培训[①]

跨文化培训同样是全球化的产物。全球化促使了不同文化的比较，文化比较产生文化差异，差异激化为文化冲突，文化冲突阻碍跨文化交际，从而跨文化培训应运而生。跨文化培训以人们在多元文化中成功地进行有效的跨文化交际为目的，设置一系列不同类型的课程，对交际双方中的一方或双方进行跨文化认知、情感和行为等方面的培训，从而帮助他们在跨文化交际中对对方文化有一个正确客观的认识，在感知文化差异和文化冲突的时候能够正确地进行归因分析并控制自己的情感，培养对外来文化的敏感度，从而提高自我跨文化行为能力。一般来说，跨文化培训用的都是四点培训法，即出国前培训、出国后培训、回国前培训和回国后培训。

在这四个阶段中，无论哪一个培训阶段都已经脱离了某一个单一文化，进入到一个多元文化的环境中，那么必然会产生文化认同的问题。

跨文化培训的目的是为了成功地进行跨文化沟通，培养人们跨文化沟通和交际的能力，那么根据 Belay 的情感—认知—行为理论模型，跨文化沟通能力综合为以下三个方面：即从情感角度出发的跨文化敏感性(Interkulturelle Sensibilität)，从认知角度出发的跨文化沟通意识(Interkulturelles Bewusstsein)和从行为角度出发的跨文化机敏性(Interkulturelle Gewandtheit)。[②]这也刚好与跨文化培训的三个具体目标呼应起来：即认知目标(kognitives Ziel)，情感目标(affektives Ziel)和行为目标(behabiorales Ziel)。[③]Brinslin 根据跨文化培训的这三个目标及受训者的三种参与度(高、中、

表格一：跨文化培训的方法

受训者参与度	培训目标		
	认知	情感	行为
低	专家讲演；阅读作业。	来自资深人士的讲演；看电影；观看东道国的文化表现形式。	示范正确行为。
中	归因训练；对情境的批判性分析	自我意识；小组讨论；偏见、种族、价值观；有指导性的跨文化接触。	认知/行为训练；安排实地旅行任务；观察有文化差异的形为。
高	从行为科学和社会科学角度提供综合概念，如规则、礼节、个人主义—集体主义等。	角色扮演；对真实场景的模拟，如不同文化的人在一起谈判	在与另一种文化接触时，扩展性地体验；对新习得行为进行有指导的训练

来源：Brinslin, R. W. (1989). Interkultural communication training. In M. K.,Asante, & W. B. Gudykunst(eds.), Handbook of international and intercultural communication. Newbury Park: Sag. p. 411–457.

---

① 注：本文中的跨文化培训假设存在于培训师母国文化、受训者母国文化和目的国文化这三种不同的文化。

② 严正华：《跨文化沟通心理学》，上海社会科学院出版社，2008 年，第 101 页。

③ Kinast, Eva-Ulrike: Interkulturelles Training, in: Thomas, Alexander/Kinast, Eva-Ulrike/Schroll-Machl (Hg.): Handbuch Interkulturelle Kommunikation und Kooperation Band1: Grundlagen und Praxisfelder, Göttingen, 2003, S.183 。

低) 提出了一个九种培训方法模型。

如图所示，每一个培训方法都从多元文化的差异性出发，以达到不同文化相融为目的。那么，从这个角度来看，跨文化培训的课堂在培训的过程中就已经营造了一个多元文化的环境，不同的文化在这里碰撞和互动，而作为培训课堂中的主导力量的培训师在这样的多元文化环境中的文化认同也会显性化和发生变化。而他的文化认同的正确与否，又直接影响整个培训的效果。

三、培训师与跨文化培训

1. 培训师的角色多样性

跨文化培训师的职业特色决定了他的角色具有多样性，不言而喻，他主要扮演教师的角色，具有熟练的教学法能力；在跨文化培训前，能够对受训者的情况进行正确的诊断，对症下药，根据受训者的需要对培训制定一系列的课程安排，是一个周密的计划者；在培训过程中，是课堂活动的组织者，协调者；面对受训者，他是一位跨文化心理咨询师，能够正确地读懂受训者的心理和要求，从而调整课程方式和内容等等。笔者从跨文化的角度出发，将培训师的角色定位在以下三个方面：

第一，一个优秀的跨文化培训师应该是一个成功的跨文化交际者。他不仅对培训目的国的文化有深入的了解，而且在目的国文化的环境中生活过，经历过所谓的文化震荡（Kulturschock）：从起初的对异国文化的欣喜和新事物的好奇（Euphorie）、到不熟悉异国文化的行为规范而产生的误解（Missverständnis）、再到归因误解时抬高自身文化、贬低对方文化而产生矛盾和冲突（Kollisionen）、再到正确理解误解之后的对文化差异的主动接受（Akzeptanz）、最后成功

地融入异国文化（Akkulturation）。[①]只有培训者自身也经历过这些受训者将会经历的心理变化过程，才能用自己的丰富而宝贵的经验去告诉受训者如何应对即将到来的变化。

第二，一个优秀的培训师是其母国文化、受训者母国文化和培训目的国文化的正确解读者。培训师用不同的培训方式，不管是讲座、放映电影、示范行为、进行归因分析、角色表演、体验式培训，都应该对目的国文化进行正确的解读，是不带有感情色彩的客观展示。只有在对母国文化有一个客观的评价，同时对目的国文化进行正确的解读，才能够打破受训者在培训之前对目的国形成的固有的刻板印象和偏见，也能够避免受训者在接受培训后，对目的国产生新的刻板印象和偏见。

第三，一个优秀的培训师是一位文化多元主义者。文化多元主义者认为世界上所有文化都是平等的，反对任何一种文化主导其他文化或者任何一种文化被其他文化所主导的现象。世界上所有的文化不管历史长短、影响大小，都有其存在的理由。不同的文化同样可以平等地共存。在培训课堂这样一个多元的文化平台中，培训师是多元文化的体现者，他不仅接受各种不同文化的相互碰撞，而且促使不同文化之间的流动和相互融合。

2. 培训师的跨文化交际能力

培训师既然作为一个成功的跨文化交际者，就应该具备所用跨文化交际者应有的跨文化交际能力。但作为培训师在面对异文化和处理不同文化之间关系时，笔者认为以下跨文化交际能力至关重要：

第一，多元中心主义。它是种族中心主义的对立面。多元中心主义要求跨文化交际者在诠释跨文化交际中的各种现象时，不要以自身文化作为基准，应该承认和接受异文化，并且

---

① Bolten, Jürgen: Interkulturelle Kompetenz, Erfurt, S. 60。

乐意克制夸大自身文化的特殊性。培训师在培训中，应该具有多元中心主义的能力，在解读目的国文化时不要以自身文化为标准。

第二，文化敏感性（Kulturelle Sensibilität）。跨文化交际者要对母文化和异文化有敏锐性，承认文化差异的存在，但不是消极地拒绝差异，而是积极地接受差异，并在与异文化成员交往时，保持高度的敏感性，从而避免文化冲突。对于培训师而言，这种敏感性不仅体现在培训师与受训者之间，还应该体现在课堂活动的形式上。

第三，文化共感性（Empathie）。文化共感性要求跨文化交际者能够设身处地地为对方着想，站在对方的立场上来归因文化冲突，避免文化错位。也就是说，在跨文化沟通过程中，能够做到正确地体会对方说话的含义、感受和情绪、以及这种感受和情绪之后的文化因素，从而解决冲突。对于培训师而言，要站在受训者的立场上，为他们设计课程，在课堂活动中，体会他们的说话的含义、感受和情绪。

第四，文化协同意识（Synergiebewusstsein）。文化协同意识要求跨文化交际者，在面对两种或多种不同的文化时，能够对它们进行正确的认识之后，促进它们之间的良性互动，并且能促进一种新的第三种文化（Die dritte Kultur）的产生，这种文化不隶属于其中任何一种文化，这种意识是一种创新性的意识。培训师在培训中应该培养和拥有文化协同意识，在培训课堂中创造一种新的文化。

四、培训师的文化认同

1. 多元文化互动模式

Bochner 在研究不同文化重叠环境下文化动态性时总结出以下四种不同的行为方式：①

文化主导（Dominanzkonzept）：人们在异文化面前，认为母国文化的价值观和行为规范具有绝对优势。母国文化以反对异文化而实现自己的目的，母国文化在文化融合中占统治地位。

文化同化（Assimilationskonzept）：人们乐意接受异文化的价值观和行为规范，并把它们融入到自身的行为之中。人们对于异文化的接受程度已经到了可以损失和放弃自身文化认同，并尝试完全进入到异文化之中去的地步。人们对所谓的优势文化或强势文化的适应，是为了避免自我行为遭到异文化的批评，从而使自身对异文化的适应压力最小化。人们确信异文化中价值导向系统的绝对优势性，最后变为彻底的亲外者（Xenophile）。

文化分离（Divergenzkonzept）：人们认为母文化和异文化同样重要。不同文化中的许多因素是不可兼容的，会导致出现持续的矛盾。人们认为既然在母文化和异文化之间不可能发生文化融合现象，因此文化之间的分离矛盾是不可化解的。人们只能选择在两种文化之间来回游离。在跨文化交际的最初阶段经常会出现文化分离现象，长期下去，会增加跨文化合作的不确定性。

文化协同（Synergie）：跨文化交际的双方成功地将双方文化中重要的因素融合为一种新的文化。在这一过程中，不存在对任何一种文化的偏爱，而是创造性地形成一种第三种文化，这种文化又称为文化间文化（Kultur zwischen Kulturen）或者中间文化（Zwischenkultur）。

跨文化培训其实就是一个不同文化重叠的场所，在这个场所中，不同文化会互动。那么他们会如何互动，选择哪一种行为模式，培训师的文化认同起到绝对性作用：

---

① Vgl. Thomas, Alexander: Das Eigene, das Fremde, das Interkulturelle, in: Thomas, Alexander/Kinast, Eva-Ulrike/Schroll-Machl (Hg.)：Handbuch Interkulturelle Kommunikation und Kooperation Band1: Grundlagen und Praxisfelder, Göttingen, 2003, S.47 .。

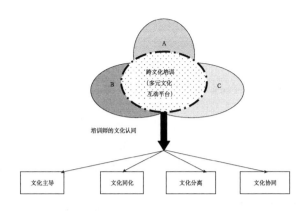

图1：培训师的文化认同在跨文化培训中对文化互动的影响

注：A：培训师母国文化；B：受训者母国文化；C：培训目的国文化

由于文中假设研究对象跨文化培训是一个多元文化互动的环境，其中培训师母国文化、受训者母国文化和培训目的国文化互不相同。所以图中，A 代表培训师母国文化，B 代表受训者母国文化和 C 代表培训目的国文化。这三种文化在跨文化培训这个多元文化平台中互动，作为培训主体的培训师在互动中充当协调角色，他在这个多元文化环境中的文化认同直接作用于文化互动的模式，导致在培训中是否出现某一个文化主导其他文化，还是其他文化受某一个文化同化，还是文化间彼此分离，还是文化间产生协同效果。

2. 培训师在跨文化培训中的文化认同

在跨文化培训这个多元文化互动平台中，面对不同的文化，培训师的文化认同会发生变化，同时他作为跨文化培训的主体，它的文化认同会体现在他的语言、思想和行为和价值观上，影响培训对象的文化导向，从而影响整个跨文化培训的过程和结果。培训师受自身母国文化的影响，他的第一文化身份是其母国文化者；同时，培训师必须是一位跨文化交际者，这也就意味着他对培训目的国文化有深入的了解，他的文化认同会受目的国文化的影响，因

此他的第二文化身份是培训目的国文化习得者；另外，面对受训者，培训师必须对他们的文化有一个深入的认识，才能够了解受训者的培训需求和选择适合他们文化特性的培训方式，因此他的第三身份是受训者文化习得者。在跨文化培训这个多元文化环境中，培训必须处理好以下三对文化认同关系：

培训师对其母国的文化认同。培训师在母国文化环境中成长和生活，在他接触异文化之前，他的文化认同就是母国文化，他的文化身份是单一的，他的语言、行为和思想都体现了其母国文化，他的核心价值观也是以其母国文化为基础的。无论他在与异文化接触之后，与异文化接触的时间长短，无论他受异文化的影响有多深，他的语言、行为和思想都会体现其母国文化，这是毋庸置疑的。关键是，他对母国文化认同，在同异文化接触之后，是如何发生变化的。培训师既然是一个成功的跨文化交际者，那么他对母国的文化认同也会发生变化，这种认同不再是隐性的，而在同异文化交往过程中显性化；这种认同应该是一种批判性的认同，通过对异文化的认识和了解，对母国文化的认同更加理智，更加珍惜其中重要和有意义的元素，并加入异文化中重要和有意义的元素，从而形成一种对母国文化理性的批判性认同。

培训师对培训目的国的文化认同。作为一个成功的跨文化交际者，培训师自身已经拥有了与培训目的国进行跨文化交际的敏感性、共感性、灵活性和文化协同意识。他能够在对其母国文化进行认同的基础上，不偏不倚，既不会认为自身文化具有优越性，认为自身文化是强势文化，也不会因为长期的异文化环境生活而被异文化所同化，完全接受目的国文化的行为规范和价值观念。而是形成了一种文化协同意识，对目的国文化中的重要和有意义的元素也有了认同。这个时候，培训师的文化认同不再等同于其母国文化，他的文化认同从单一变成二元，他的文化身份也从单一文化身份变成

二元文化身份。这种二元的文化认同和二元的文化身份应该体现在跨文化培训课堂中：例如，在用认知培训形式给受训者传授对培训国的文化时，不应该夸大任何一种文化，不贬低目的国文化，也不抬高目的国文化，而是用一种二元文化认同的眼光来正确解读目的国文化；对一些案例进行归因分析的时候，即不能用自身母国文化来做分析的标准，把发生文化冲突的原因都归结在目的国文化上，也不能一味地站在目的国文化的立场上，夸大它的特殊性，让受训者去盲目地服从目的国文化；在培训受训者情感能力的时候，培训师不能将自身的文化情绪表现出来，文化没有优劣之分，不能表现出偏见和民族中心主义，让受训者正确地对跨文化摩擦进行归因，才能够培养受训者的跨文化敏感度和情绪控制能力等等。

培训师对受训者母国文化的认同。当培训师和受训者并非来自同一个文化环境时，就会出现培训师对受训者所在国文化产生认同的情况。所以培训师同受训者之间在跨文化培训课堂上的交流也属于跨文化交际。培训师除了对培训目的国的文化要有深入的了解之外，还必须了解受训者的母国文化，对受训者的文化进行批判性的认同。只有对受训者的文化有了深入的了解，才能在跨文化培训的课堂上同他们进行适当的沟通，正确地传达信息，避免培训师与受训者之间发生跨文化冲突，从而影响培训效果。尤其是在选择培训的方式和课堂活动形式时，一定要考虑到受训者的文化背景，不能把培训师本身认为合适或者来自目的国的培训方式以及课堂活动形式生硬地运用到受训者身上，而应该选择受训者可以接受的培训方式和课堂活动，这样才能够达到效果。例如，假设受训者来自沉默文化环境，例如中国或日本，而培训师是来自非沉默文化环境，如果在他选择用讨论或者角色表演等需要发言或集体合作这样的课堂方式时，受训者的参与性和积极性就很难被调动起来，因为他们习惯于被

动地接受知识，所以培训师在面对他们开展这样的课堂活动时，就需要很长时间去做热身作业（Warming-up），并找到适合他们文化的破冰（Ice-breaking）方式来打破沉默，调动他们的积极性。培训师如果不能全面了解受训者母国的文化，就难以同培训对象进行有效沟通，也不容易将目的国的文化以一种合理有效的方式进行讲解，也就不会达到预期的目的。因此，在这个时候培训师除了对自身母国文化和培训目的国文化进行认同之外，还要对受训者母国文化进行认同，所以培训师的文化身份是多重的，文化认同是多元的。

3. 培训师文化认同在跨文化培训中的作用

在跨文化培训这个多元文化互动的环境中，培训师是其母国文化、受训者母国文化和培训目的国文化的协调者，他的文化认同应该体现这三种不同的文化，体现出融合中的这三种文化。他的文化认同会影响在跨文化培训这个多元文化重叠环境之下，不同的文化是如何进行互动的，是文化主导、文化同化、文化分离还是文化协同。只有培训师的文化认同是对这三种文化批判性认同的一个等值集合，才能够形成多元文化在跨文化培训中的文化协同，才能形成一种处于这三种文化之间的新文化，只有这样才能说培训师是成功的，培训是成功的。

五、结论

在多元文化背景下，文化认同不再是对单一文化的认同，而是对跨文化和多元文化的认同，是一种更高层次的认同。所以，文化认同是可以多元的，多元性的文化认同是一个成功的跨文化交际者应该具备的素质。跨文化培训师就应该具备这种多元性的文化认同，拥有多重文化身份，才能够在跨文化培训这个多元文化的环境中给受训者打开一扇多元文化的大门，让他们感受到不同的文化可以和谐在一个开放

的环境中互动，互动中很可能会产生文化冲突，这虽然不可避免，但是冲突过后能够达到文化协同，这才是跨文化沟通的方向和目的。只有培训师的文化认同能够展现出多元文化的协同，才能让受训者相信多元文化可以和谐共处，从而使受训者在跨文化交际中游刃有余。

作者简介：张晓玲，北京外国语大学德语系讲师，博士研究生。

● 外交观察

"气候问题"已成为热议的国际议题

吴兴唐

【摘要】 目前世界生态面临空前困境，威胁人类的生存环境。"气候问题"涉及各国自身利益，也涉及全人类切身利益，因而成为21世纪的重要国际议题。发达国家在200年的工业化过程中，使全球生态环境遭到严重破坏。同时，发达国家30年来在环境保护方面也作出了现实努力。20年来，在联合国倡议下，国际气候谈判与合作取得了一定的进展，但由于关系各方利益，矛盾错综复杂。我国在"气候问题"上受到内外两种压力。我国正积极应对，化压力为动力，变挑战为机遇。

【关键词】 气候问题，气候外交，环境立国

世界进入新世纪10年来，人类面临的全球问题日显突出。其中，生态环境恶化和气候变暖是影响最为深远和需要各国通力合作的最紧迫的国际议题。"气候问题"可分为两个层次。首先是各国国内生态环境的治理，其次是国际谈判与合作。就国际合作而言，"气候问题"正在演化为世界"气候外交"，涉及大国关系、南北关系和国际机制的作用与改革等问题。由于关乎有关各方的重要经济利益，各国之间特别是发达国家与发展中国家之间既有争议又有妥协，既有斗争又有合作。但总趋势是以大局为重，以妥协与合作为主。"气候问题"就各国本身层面而言，涉及政治、经济、文化、安全、教育等各个领域。甚至关系到每个人的生活方式，如提倡低碳生活和抑制消费主义。

目前，世界生态环境面临空前的困境。全球自然环境恶化，人类生产和生活条件难以持续发展，能源和资源过度开发，环境危机将可能给全人类造成巨大灾难。空气和水系受到严重污染，冰川融化、臭氧层被破坏，自然灾害增多。

一、发达国家：历史责任和现实努力

工业发达国家200年来，随着物质财富的急剧增长，使全球生态环境受到了严重破坏。在20世纪，全球共消耗了1420亿吨石油、2650亿吨煤、380亿吨铁、7.6亿吨铅和4.8亿吨铜。资本主义工业发展还造成全球经济发展不平衡。同样在20世纪，西方发达国家人口总和不到全球人口的1/5，却占有世界财富总量的近4/5。对现在全球的环境严重污染，

发达国家负有历史责任。

同时，也应看到除美国外的发达国家，从20世纪70年代以来，受石油危机的影响，逐步转变发展观念，重视环保。

欧洲在环保方面起着世界领头羊的作用。战后20世纪50年代和60年代，由于经济高速发展，环境污染十分严重。到70年代中期，由石油危机引发经济危机，开始了环保意识和环保活动。30多年来大致可分为三个阶段。从20世纪70年代中期到80年代为环保启蒙阶段。各式各样的绿色和平环保组织奔走呼号，组织各种活动，唤醒人们环保意识。这些NGO组织者大多数来自60年代西欧学生运动，因而他们也提出反对资本主义垄断以及争取民主与人权的要求。从80年代中期开始为第二阶段，有以下几个特点：1. 环保从启蒙而转为公民意识，并且同人文观念相联系。2. 环保从理念转化为具体实践之中，努力促进经济活动的协调均衡发展，建立和发展环保产业及新能源产业，推进低碳经济发展。3. 欧盟从对环境保护政策的关注到给予法律上的确定。20世纪90年代，在签署几个重要条约中，都确定环保作为欧盟的基本目标之一。根据《京都议定书》的原则，欧盟于2000年启动第一个气候变化方案。2005年初正式启动欧盟温室气体排放交易体系。4. 提出具体的减少温室气体排放目标。2007年3月，欧盟理事会提出决议，承诺到2020年将欧盟温室气体排放量在1990年基础上减少20%，若能达成新的国际气候协议，将承诺减少30%。同时设定了再生能源在总能源消费中的比例提高到20%的约束性目标。被称为"20-20-20"目标。5. 积极推进"气候问题"的国际谈判与国际合作。第三阶段是2008年之后，欧盟为后京都谈判作积极准备。2008年发生的国际金融危机，欧盟经济受到重创，影响欧盟达到减排目标和落实对发展中国家资金和技术援助的预期目标。同时，欧盟正在考虑，把这场金融危机转化为发展绿色产

业和继续在"气候问题"上在世界起引领作用的契机。欧盟最近提出的"欧洲2020"战略规划，特别强调了发展环保与节能产业，发展绿色经济和绿色贸易的重要性。

日本经济战后飞速发展，伴随而来的是环境严重污染，经常发生危及健康与生命的公害事件。早在20世纪60年代，日本就开始调整产业结构，并开始进行环保立法。20世纪90年代日本提出"环境立国"的口号。日本是个岛国，并缺乏能源资源，对能源供应紧张和气候变暖特别敏感。因而在环保方面，日本把"削减温室气体排放，建设低碳社会"放在经济发展政策的重要位置。日本投入大量资金，发展环保产业。以环保产业作为日本国民经济新增长点和拓展国外市场的基础。日本凭借雄厚的资金实力，发挥资金和技术优势，积极开展有关方面的国际合作，推进"碳权交易"，从中国、印度和东南亚扩展到东欧、中亚和拉美。日本在国际气候谈判中，充当发达国家和发展中国家的"调解人"角色，以提高自身的国际地位。日本民主党在2009年9月上台执政，在气候变化和减排问题上态度更加积极，承诺2020年以1990年为基础减排25%。

奥巴马当选美国总统后，改变了布什政府抑制《京都议定书》的政策，转而对环保和气候问题采取积极态度。奥巴马政府气候政策的基本点是，通过绿色经济推动美国经济复苏，保障能源安全，缓解国际社会的指责，重新确立美国在气候问题上的领导作用。奥巴马的新气候政策和新能源政策有以下几个方面：1. 确立减少温室气体排放的目标。布什政府以《京都议定书》妨碍美国经济发展为借口，不愿对减排作出具体承诺，成为众矢之的。奥巴马要扭转这种局面，首先要确定具体减排目标。因而奥巴马承诺，到2020年，美国温室气体排放减少到1990年的水平，到2050年在此基础上再减少80%。2. 建立减排管理体系。奥巴马提出，将通过立法，建立碳排放总量的管制

体系，将个人津贴与允许排放总量挂钩，既可减少温室排放，又可增加联邦税收。3. 促进新能源开发。以投入科研资金和加强职业岗位培训为基础，发展生物能、太阳能和风能，设立国家低碳燃料标准，促进厂商研发和投资先进汽车技术。4. 力图重建美国在治理气候的领导地位。美国在 70、80 年代曾是全球治理环境的引领者。但在 20 世纪 90 年代之后，美国成为全球气候治理的消极对付者。奥巴马一再表示美国应在此领域内重建领导地位。但是，奥巴马受多种国内因素的牵制，实现提出的减排目标以及重建领导地位有许多困难，必然会出现曲折和反复。

二、矛盾重重的国际谈判与合作

从气候谈判委员会制订《联合国气候变化框架公约》起，国际气候谈判已风风雨雨走过 20 年历程。虽然困难重重，但毕竟取得了一定的进展。2005 年《京都议定书》生效之后，如何建立一个新的全球气候变化秩序和进一步降低全球温室气体排放，成为国际气候会议和谈判的中心点。2007 年 12 月印尼巴厘岛大会通过"巴厘岛路线图"，确定为期两年谈判期限，要求在 2009 年年底哥本哈根世界气候大会完成谈判，就《京都议定书》到期后作出应对气候变化的国际安排达成协议。

"巴厘岛路线图"主要内容包括：接受《京都议定书》的发达国家在 2012 年之后继续量化减排；没有参加《京都议定书》的美国加入减排行列，其承担的义务要与其他发达国家具有可比性；发展中国家同发达国家一样，要对减排采取"可测量、可报告、可核查"的行动，同时获得有关的资金与技术。提出"巴厘岛路线图"两年来，人们对哥本哈根气候峰会给予很高期望。哥本哈根气候峰会虽然取得了一定成就，但离人们期待相差甚远。从中可以看到，气候问题涉及各方重要利益，矛盾错综复杂。

同时也可看出，在国际会议和谈判中，各方"矛盾与妥协，斗争与合作共存"，但以妥协与合作为主流。

在诸多复杂矛盾中，有两对矛盾尤为重要。首先是发达国家与发展中国家的矛盾，其次是发达国家之间的矛盾，特别是美欧矛盾。

发达国家与发展中国家的矛盾贯穿于国际会议与谈判的始终。发达国家和发展中国家矛盾主要表现在：第一，发达国家一再向发展中国家施压，要求发展中国家承担更多的责任。特别是对如中国、印度、巴西等新兴国家，要求这些国家承担接近于发达国家水平的减排责任。第二，在资金和技术转让问题上，发达国家对发展中国家"口惠而实不至"，承诺多兑现少，并提出种种附加条件。第三，发达国家为谋求自身经济利益，争夺市场，并借助气候谈判，谋求自身在国际事务中发挥主导作用。

发展中国家要求坚持"共同但有区别的责任"原则，要求平衡对待与应对变化相关减缓、适应、资金和技术四个重要领域，积极解决发展中国家有效参与应对气候变化国际合作的资金和技术转让问题。

发达国家之间的矛盾主要表现为美欧矛盾，有以下几个方面：第一，欧盟一方面要拉美国加入气候国际谈判行列，另一方面又要保持其在应对气候变化的国际进程中的领导地位。而美国改变做法，积极参与谈判，目的是要重新取得领导地位。第二，在具体减排目标上，欧盟提出最为积极的具体目标，要求美国相应跟上。美国虽然也提出减排目标，但同欧盟的要求相距很大。第三，美欧都认为发展新能源是一种新的商机，双方各自为今后展开激烈竞争作各种准备。

三、中国积极应对

我国作为发展中国家，已经为应对气候变化采取了一系列政策措施，在减排方面已经取得了一些明显成效。我国把发展绿色经济作为国家经济社会长期发展的重要战略任务，正在加快国民经济产业结构的战略性调整，转变经济增长方式。

勿庸讳言的是，我国在气候问题上面临内外巨大的压力与挑战。我国目前处于污染高发期。据统计，我国有 1/3 河流、3/4 的湖泊和 1/4 沿海流域遭到污染。每天有 3 亿人饮用遭到污染的水，在全球 20 个污染最严重的城市名单中我国占了 16 个。据国际能源机构统计，2000 年至 2005 年，我国二氧化碳排放的增加量占世界同期增长的 64%。并且预测，我国二氧化碳排放量占世界总排放量的比重，2015 年增至 23.2% 和 2030 年增至 25.8%（同期美国占世界排放量比重，2015 年为 19.7%，2030

年为 17.7%)。我国人均二氧化碳排放量虽仍低于发达国家，但已接近世界平均水平。发展节能型经济，提高适应气候变化综合应对能力，提高各级政府和全社会的全球环境保护意识，已成为我们最为紧迫的任务。

在国际上，中国积极开展"气候外交"，参与应对气候变化的国际新机制的创建。我国坚持和平、发展、合作的理念，积极参与国际气候谈判，为全球气候治理做出应有的贡献。同时，也应看到，由于我国已同美国一起成为世界上两个最大的二氧化碳排放国，而且可能已经成为最大排放国。在国际上受到很大的压力。如何变压力为动力和变挑战为机遇，既是国内经济可持续发展的课题，也是我国总体外交的课题。

作者简介：吴兴唐，中国当代世界研究中心研究员，中国德国友好协会理事。

剖析西方对中国的责难（下）

苏惠民

为了阻滞中国的发展，他们保密专利不卖，尖端技术不卖，先进设备不卖，军工产品封锁，航天领域排斥。更有甚者，你想投资他们的石油公司，国会和新保守派就说"石油涉及国家安全"，被否决；你想购买他们的矿山股份，他们又说你想"控制"他们的"战略资源"；你若有意买他们的银行股份，他们又借口"涉及金融机密"。大凡他们不愿卖给中国的，他们还会假托购买者是中国的国营公司，是"政府行为"，不卖。即使是所在国的公司急于寻求中国买主，政府仍然可以不批。难道他们不知道他们购买的中国产品大多是中国国营公司生产的？难道他们不知道他们与中国政府签订的、价值数百亿美元的波音客机或空中客车合同是与中国政府或中国国营公司做买卖吗？为了消除他们的"贸易不平衡"抱怨，中国不断派出大型采购团前往采购。他们有时还不认为这是中国的善意，反而又吹嘘是他们施加压力的结果！他们一方面叫嚷"贸易失衡"，另一方面又设置各种贸易障碍。由此可见，"贸易失衡"的责任在西方，而不在中国。

最后一条是中国人成了少数反华分子的"万能出气筒"。不管他们遇到什么样的难题和失败，都能与中国挂上钩，拿中国出气。"万能出气筒"不是外媒的新发明，是我从部分外媒的蓄意歪曲和少数西方政客的无端指责中概括出来的。请看下面的例证：

1. 前两年，国际石油价格一涨再涨，与美欧石油财团关系密切的"专家们"曾预言，每桶原油不久将会涨到 200 美元。这种价位并不反映当时的供求关系，是西方投机大鳄哄抬的结果。中国不如美国，没有什么石油战略储备。作为石油消费大国，我们的损失远远超过拥有大量石油储备且能耗较低的发达国家。然而，有些西方人还是罔顾事实，硬说国际油价居高不下是中国"抢购"的结果。

2. 关于国际粮价。人们还记得，为了应对国际石油价格上涨，当时的美国政府主张用粮食生产石油代用品，立马引起世界粮价大幅攀升，导致部分发展中国家粮食供应发生困难，出现心理恐慌。当年中国是个丰收年景，并未增加粮食进口。尽管如此，少数别有用心的人还是胡诌粮价上扬是"因为中国人和印度人生活提高了，粮食消耗多了，尤其是吃肉多了"。也许是觉得这类胡扯不值一驳，我国媒体没有什么反应。但印度多家报纸都愤怒地质问："难道印度人就该永远忍饥挨饿，不吃肉吗？"

3. 在世界经济繁荣时期，由于建筑业和制造业生意火爆，大大抬高了废钢材价格。这时，美国和英国都发生了盗窃井盖的现象。对此，又有人不假思索地嫁祸说是中国进口废钢材惹的祸。他们的联想力实在超常！

4. 有一段时间，国际铁矿石价格年年暴涨，中国作为世界第一钢产大国和铁矿石进口国，无疑是最大的受害方。尽管事实如此浅显，部分西方媒体仍然闭着眼睛瞎说是"中国抬高了铁矿石价格"。不一而足。

自由和公正的贸易是我们追求的目标，但在达到目标的道路上还有很多荆棘和障碍，甚至阴谋和诡计。

四、军事领域

"中国威胁论"是美国的专利发明，但在日本设有"连锁店"。他们年年叫嚷中国的国防预算增长使他们"忧虑"。这种宣传有违事实。2009 年 3 月十一届全国人大二次会议通过的 2009 年政府预算，我国的国防费用为 4806.86 亿元人民币，约合 700 亿美元。根据路透社 2 月 26 日华盛顿电，美国政府当天公布的 2010 财政预算，建议拨给五角大楼的军费是 5337 亿美元。此数是中国军费的 7.6 倍以上。而且按照美国的惯例，这个数额还不包括美军在伊拉克和阿富汗的作战费用。如果把美国的军费开支与其他国家比较，美国一家的军费是世界其他近 190 个国家和地区的军费之和！可是美国政府从来不认为它的庞大军事机器是对别国的威胁。十一届全国人大二次会议发言人李肇星说我国的国防支出与日本相当。其实，此前日本的军费长期高于我国，我国只是近两年

才刚刚达到日本的水平。须知，日本的国土面积不到中国的二十六分之一，又有四面环海作屏障，日本为何不顾忌亚洲各国人民的历史记忆，长期维持巨额军费？"中国威胁论"的制造者和传播者可能自知他们的说法无法蛊惑人心，所以一口咬定中国的国防预算"不透明"，有"隐性军费"云云。

最近一段时间，美国，尤其是日本，大肆渲染"中国建造航空母舰，必然会引起日本、东南亚等周边国家甚至美国的警惕。"① 这真是绝妙的"高论"！其一，《朝日新闻》自己也承认建造航空母舰至少"需要四年以上的时间"；其二，根据日本拓植大学客座教授兼军事评论家江烟谦介分析，"一艘航母要具备基本战斗力，即使在设计和技术上没有大的障碍，最少也需要六七年时间。所以，中国航母最早也要在 2012–2013 年方能竣工。经测试后，如果一切顺利，航母有可能在 2015–2017 年进入实战部署。万一出现大问题，这一进度可能被进一步推迟。"② (注 8) 可见炒作"中国威胁论"的人多么急于制造耸人听闻的"未来威胁"！其三，多少年来，美国那么多的航母战斗群一直游弋在世界各大洋，甚至威胁攻击他国，美国和日本却不认为这是对他国的威胁。另外，除了美国，世界上还有多个国家早已拥有航母，甚至是核动力航母，就连日本不是也有"准航母"吗？在散布"中国威胁论"的人看来，他们的航母似乎是"游艇"，唯独中国的航母才是"战舰"。日本《东京新闻》2009 年 1 月 21 日就认为，"中国称将走和平发展之路，承认亚太地区，特别是台湾海峡的紧张关系得到缓和。既然如此，那么中国还有必要急剧扩张军备并建造航空母舰以增强远洋作战能力吗？"瞧，这就是他们的逻辑！

在美国和日本都有一些打着"专家"旗号

---

① 引自 2 月 13 日日本《朝日新闻》。
② 引自日本《军事研究》2009 年 1 月号。

的"宣传家"，他们把中国的潜艇舰队视为"威胁"，诡称中国潜艇数量"与日俱增"，"性能也不可小觑"，"巡航次数成倍增加"。其目的是要"突破连接冲绳、台湾和菲律宾的第一列岛线，力争摆脱沿海防卫的局限。下一步目标是在将来取得从日本列岛至关岛和印度尼西亚的第二列岛线内的西太平洋制海权，甚至将作战范围延伸至中太平洋。"①请问这些人士：他们有什么权利把中国封锁在第二甚至第一列岛线之内而自己却畅巡世界各大洋？也许是美国太平洋舰队司令基廷将军觉得这些"专家"的宣传太长中国人的志气，所以实话实说了。他在2009年2月11日国会防务会议上承认"中国只是想捍卫自身的利益。当然，我们把这看成是战略目标。我们也有着同样的目标"。②在谈到中国潜艇数量和性能时，这位海军上将说："美军的技术水平远远超过其他拥有潜艇的国家。"美国科学家联合会2009年2月3日根据美国海军情报部门提供的解密资料撰写的报告也承认，中国潜艇舰队去年巡航次数增加了近一倍，但远远落后于美国潜艇舰队的巡航次数。《报告》撰写者汉斯·克里斯滕森还指出："潜艇舰队巡航次数是一个方面，但与中国潜艇部队的规模比较起来看，中国潜艇舰队出航率是每艘潜艇平均每四年半巡航一次"，"同其他大国的海军相比，一年进行12次巡航不算多"。《报告》还承认，"美国攻击型潜艇舰队的出航率要高得多，每艘潜艇每年至少进行一次超长距离巡航。美国攻击型潜艇舰队主要进行的是远洋巡航，并可能定期在中国海岸附近巡航。"自家的事实戳穿了自家的谎言。

如前所述，美国和日本还不断重复中国的国防预算"不真实"。2009年3月25日，美国国防部出炉了一份关于中国军力的报告，报告

不相信中国2008年的国防预算是600亿美元，硬说在1050亿到1500亿美元之间！美国的估计和中国的实际为什么会出现如此大的差距？据我之见，美国是在挖空心思为它的"中国威胁论"找"根据"。假如美国政府坦承美国2008年的军费支出比中国高出六七倍之多，那么它的"中国威胁论"不就言之无据了吗？就此我也问过德国新闻界的一位朋友。他分析说，美国人可能是按照美国军人的工薪、美国军事装备的采购价格及美军的运营成本来估算中国军费的，这样自然就会大大高于中国的实际支出。他的解释有一些道理。不过，美国专家们是忘记了中美之间的成本差还是故意隐瞒？不得而知。

美日还突出中国的军力"不透明"，容易导致他们"误判"。这类说法也仅仅是他们打压中国的"咒语"而已。先看看《日本经济新闻》2009年2月3日的报道是多么"细微详尽"就清楚了。报道称"中国固体燃料推进导弹是中国军队的主力，由于这种导弹容易被卫星发现，因此，中国研制了新型固体燃料推进式的可移动洲际弹道导弹。中国还在开发多弹头洲际弹道导弹和巡航导弹……，搭载在新型'晋'级核动力潜艇上的射程为8000公里的弹道导弹预计将在2010年进入最初的实战部署阶段。"再看看美国海军情报部提供给美国科学家联合会的解密情报，他们知道中国攻击型潜艇舰队的巡航次数；了解"日渐老化的'汉'级核潜艇正在被新一代'商'级攻击型核动力潜艇取代"；还说中国潜艇舰队"大约有54艘潜艇"；连"每艘潜艇平均每四年半巡航一次"他们都知道。③从这些已经被公开的情报也可以看出，美国太平洋司令蒂莫西·基廷说"对缺乏关于中国军方的战略情报感到担忧"以及五角

---

① 引自2月13日日本《朝日新闻》。
② 美军新闻处网站2月12日。
③ 法新社2月3日华盛顿电。

大楼负责国际安全事务的前助理部长彼得·罗德曼声称美国在 2004 年看到中国公开的照片前对中国拥有"元"级潜艇"大吃一惊"的说法实在不可信。[1]

那么，美国究竟想知道什么? 蒂莫西·基廷将军说得直截了当。他说:"我们想要了解的是，中国为什么认为有必要将水下能力发展到这种地步。我们希望进一步了解他们将重点放在太空作战等特定领域的原因。我们希望更全面了解他们的电子作战技术及相关意图。"[2]不知道有没有人能解答基廷将军或者说美国军方想要了解的这些问题。但有一点可以肯定，即便是你告诉了他们，他们也不会承认中国发展必要的军事力量是为了维护国家的领土完整、主权独立和民族利益不受侵犯。因为，在美国官方眼中，凡是不愿听命于美国的国家都是"威胁"，因为美国的目标是"永远"独霸世界，不允许任何国家，包括它的亲密盟友，与之比肩，与它争平等，甚至也不允许任何国家的实力和影响力接近于美国。

五、结束语

在现实的世界上，竟然会冒出这么多奇谈怪论，而且甚嚣尘上。原因何在? 据我之见，有以下几个原因: 其一，部分西方人士，包括媒体和政界，对当今世界的变化很不适应，他们仍眷恋着由西方大国依仗强权主宰世界事务的年代。当他们看到今天再也无法单靠武力使其他国家"臣服"时，他们转而利用媒体手段，妄图用无所不在的媒体为西方打造一个"道义高台"，使他们能够站在这个"高台"上继续"指点江山"。他们的处境愈困难，他们就愈加高调坚持自己的特权。

日本早稻田大学一位教授在日本《外交论坛》2009 年 2 月号上撰文谈"金融危机与世界变革"。他在承认"市场原教旨主义失败"的同时，还坚持认为"中国和印度的情况不同"，"协调世界经济的机制应是日美欧三极"，"事实上，只有日美欧具备国际上通用的金融体系"，"在这种情况下，当前世界需要建立以日美欧三极为中心的机制"。这就是西方在现阶段竭力推销他们的"民主制"和"价值观"的原因。其二，他们之所以对中国极尽吹毛求疵之能事，是因为他们视中国为发展中国家的突出代表，以为只要能掣肘住中国，其他发展中国家都"不在话下"。这说明部分西方人面对历史转折的洪流手忙脚乱，难以适应。法国前总理多米尼克·德维尔潘先生是西方少有的有现实感的政治家之一。他在接受日本《朝日新闻》采访时明确提出:"由于中国和印度的崛起，统治世界长达五个世纪的欧美权力秩序正在发生根本性的变化。在这一过程中，我们有必要建立起和平共存的规则。新的世界秩序需要新的理念"，"过去的十年是布什政府和新保守主义'强权统治'的时代。由于"9·11"事件的发生，美国等国试图通过强权来构筑世界新秩序，创造和平局面。这一努力未能成功。何为新理念?我认为应该是"正义"，"非正义是暴力的根源，也是导致恐怖主义的原因"，"超级大国的时代和单边主义的时代已经结束。世界正从单极时代向合作时代过渡"。[3]其三，从美欧的不同表演也可看出力量对比的消长。美国仍自恃是军事超强，到处耀武扬威。但随着它在伊拉克的失败，并鉴于它在国际上的孤家寡人处境，也开始重视起"巧实力"和"软实力"来，而西欧的大国和日本已经没有

---

[1] 《华盛顿时报》网站，2月26日。

[2] 同上。

[3] 引自日本《朝日新闻》2月3日报道。

力量单独用它们的军事强权压倒发展中国家，所以才把他们的"价值观"和"社会模式"当作对外政策的"利器"来用。

当前的历史大转折是不以西方少数人的意志为转移的，我们应该自信地走自己的路，不要被少数人的中伤所困扰，也不必为别人的小动作群情亢奋。这种状态还将持续相当长的时间。

作者简介：苏惠民，中国国际问题研究所研究员。

"斗而不破"
——剖析德国统一之后对俄罗斯的外交战略

李文红

【摘要】 德国对俄罗斯的外交一直是其外交政策的中心点之一，全方位发展同俄罗斯的外交关系也为统一后的历届德国政府所重视。德国统一之后，德俄关系一直稳中有升，睦邻友好和战略协作伙伴关系不断深化。从科尔和叶利钦的"桑拿外交"，到施罗德和普京之间"男人的友谊"，德俄关系一直是德国外交最活跃的方向之一。施罗德政府实行以经济为导向的对俄外交政策，并确立了双边战略伙伴关系。尽管默克尔政府对俄政策"纠偏"，但出于德国能源安全的考虑、经济利益、政治利益的需要、地缘战略的安全需要，不会对它作出实质改变，它基本保持了红绿联盟同俄罗斯的战略伙伴关系的方针。

【关键词】 德国对俄外交，"斗而不破"，挤压

德国对俄罗斯的外交一直是其外交政策的中心点之一，全方位发展同俄罗斯的外交关系也为历届统一后德国政府所重视。施罗德政府以经济为导向的外交政策同普京的实用主义和现实主义外交相互吻合，两国关系不断密切，并确立了双边战略伙伴关系。默克尔上台伊始，推行价值观外交，得罪了包括中国、俄罗斯、非洲等在内的一系列国家。默克尔外交政策的重点"西移"，即与美国重修旧好，使得德俄亲密关系有所降温。默克尔政府对俄政策"纠偏"，但不会对它作出实质改变，它基本保持了红绿联盟同俄罗斯的战略伙伴关系的方针。默克尔强调："这种关系同样也不针对与俄罗斯的战略伙伴关系。相反，我们需要这种战略伙伴关系，因为这符合我国和俄罗斯的利益，因为这是共同的利益所在。"

对德国政府而言，加强和俄罗斯的关系和改善与美国的关系同等重要，因为在默克尔提出的四大实质性问题中，能源政策、欧洲睦邻政策、中亚地区战略这三大领域都和德俄关系密切相关。尤其在能源领域，默克尔把与俄罗斯的合作置于"中心地位"。她认为，在未来十几年中，俄罗斯仍将是欧盟的重要能源供应国，因此任何时候都应当积极同俄罗斯发展战略合作关系。默克尔在德美和德俄关系上，搞的是一种务实的平衡外交，是外交结构上的变化。

同施罗德与普京之间的"交情"不同，默克尔面对普京表现更多的是一种务实的态度，尤其是在德国以及欧盟对俄罗斯的能源有很大依赖性的情况下，默克尔转变对俄政策方向的余地不大。[①]她直言："我们要天然气，我们要石油"。[②]

与任何其他双边关系一样，德俄关系的发展中也交织着各种复杂因素：个人因素、国家利益、能源依赖性、美国及欧盟等重要国际行为主体。私人关系方面，学术界普遍认为，在近二十年的德俄关系中，私人因素有着不可忽视的作用。从科尔和叶利钦的"桑拿外交"，到施罗德和普京之间"男人的友谊"，两国首脑之间亲密的个人关系可见一斑。默克尔时代，德国与俄罗斯建立一种新关系，不同于"施罗德时代"，那时两国关系因德国前总理施罗德与俄总统普京之间的私人情感而引人注目。俄《生意人报》将这种变化概括为"从爱进化到友谊"。[③]也有评论认为德俄关系从"男人的友谊"转为一场"没有爱情的婚姻"。[④]

默克尔把德俄关系带回到一个新的平衡点：亲密但不失批评，合作亦不失距离。[⑤]务实的默克尔在处理德俄关系上，更加理性、冷静和现实，尽管人们认为德国和欧洲对俄罗斯有能源政策的依赖性。[⑥]

重视价值观外交的默克尔在第二任期推行"受价值观约束的以国家利益为主导的"[⑦]外交政策，其中，国家利益主导突出。双方能源合作进一步强化，双边关系更趋务实。默克尔表示，在当前全球性经济危机的背景下，深化德俄双边关系意义重大。梅德韦杰夫也对这一立场作出积极回应。2008年5月梅德韦杰夫当选俄罗斯总统后，出访国外的第一站就是德国。两国领导人再次强调了建立并发展战略伙伴关系和友好关系。德俄关系正在一个新的、务实的基础上继续发展。

一、德俄关系的历史透视

俗话说，不是冤家不聚头。德国与俄罗斯的联系源远流长，两国是欧洲大陆两个传统的陆上强国，两国的地理位置形成一个战略犄角，其影响既可向西欧延伸，又可向亚洲辐射。在古代，德、俄皇族之间的联姻，是司空见惯。德俄关系的发展史中，既有过"亲密无间"的阶段，也有过"流血拼杀"的时期，兵戎相见又几度握手言和，乃至缔结盟约的事例不胜枚举。围绕着国家与民族利益，两国之间的双边关系时紧时松，循环往复。从历史上看德俄两国的联合是暂时的、相对的，而矛盾和冲突则是固有的、绝对的。这固然有地缘政治方面的原因，但究其根本，两国除了国家利益的冲突外，又曾经有不同社会制度和

① FAZ vom 17. 2. 2006, S. 2。

② 殷桐生：Diskussion über die deutsch-russischen Beziehungen. (Unterrichtsmanuskript)，2009。

③ 黄恒：默克尔访俄："从爱进化到友谊"？英媒体称伊朗核问题也许会成为德俄关系走向的"试金石"，《新华每日电讯》2006年1月17日第005版。

④ Mathias Brüggmann: Vom Partner zum Kunden. URL:http://www.handelsblatt.com/ news/ Politik / International/ _pv/ grid_id/1319824/_p/200051/_t/ft/_b/1147824/default.aspx/vom-partner-zum-kunden.html, 11. Oktober, 2006。

⑤ 阎蔚：德俄关系回到新的平衡点，《工人日报》2007年10月17日第008版。

⑥ Christian Hacke:Deutschland als Schrittmacher für eine neue europäische Russland-Politik? Manuskripte 2006,S.1。

⑦ Koalitionsvertrag, 2009。

意识形态的因素。[1]冷战时期，两国为了自身的国家安全利益，把"集团利益"作为其国家利益的出发点。西德政府追随美国，德苏关系在政治经济、军事、文化、思想上全面对峙。进入 20 世纪 60 年代，德国开始调整了对苏联和东欧的政策，改善同苏联及东欧国家的政治、外交关系，奉行谅解与缓和的"新东方政策"。

德国历届政府对纳粹德国对苏联所犯下的罪行和造成的灾难都表示了深刻反省和真诚道歉，并给予物质上的补偿，这些都减少了俄罗斯对德国的宿怨，使得双方能够摆脱历史包袱，发展面向未来的伙伴关系。

德国的统一和苏联的解体使德俄两国在相互关系中的位置发生了戏剧性的转换。德国政治地位大为提高，同苏联和后来的俄国打交道由被动变为主动。苏联却分崩离析，作为前苏联事实上和法律上继承国的俄罗斯，不仅失去了前苏联超级大国的气势，而且在国内面临着政治、经济、社会、民族等诸多方面的重重困难，因此需要同德国保持友好。自两德统一和苏联解体以来，德俄关系一直稳中有升，睦邻友好和战略协作伙伴关系不断深化。目前，德俄关系是德国外交最活跃的方向之一。德是俄在欧洲"最重要的政治和经济伙伴"，是俄实现与欧洲一体化战略的"关键国和支柱国"；德视俄为"友好邻邦"和维护欧洲及世界和平的"重要力量"。[2]德俄之间自 20 世纪 90 年代就已建立起正常的首脑每年会晤机制，领导人之间建立良好的私人关系。从叶利钦到普京，从科尔到施罗德，这种关系一直在加强，这为解决双边和多边关系中出现的新问题提供了有利因素。如普京曾与德国总理施罗德开展"休闲外交"，在"度假外

交"中解决两国关系中的许多棘手问题，度过了两国蜜月期。从两国的地理位置、民族传统和历史经验来看，德俄关系不是两个国家的双边关系，而始终是一种影响全欧乃至世界的战略关系。能够左右世界历史进程的重要因素之一，因而是各国关注的重要国际问题之一。[3]

二、德国对俄"斗而不破"的因素

国家利益原则已成为一个国家对外政策的出发点，德国与俄罗斯的双边关系也无法走出这一范畴。在德俄关系的发展史中，国家利益始终是制约、影响两国关系的决定性因素。国家利益包括国家的安全利益这一最主要的利益、国家的经济利益和政治利益。德俄两国能够做到求同存异，不断发展和密切双方关系，是有着多方面的原因。其最根本原因就在于德俄两国在政治和经济方面都互有所求。在政治、经济等方面，德国从自身的利益出发，必须加强同俄罗斯的关系。

1. 能源因素

能源合作是德俄战略伙伴关系的主要支柱之一，开展在能源领域的合作是德国与俄罗斯政治和经贸关系的重中之重，对于推动双方关系的发展具有重要的现实意义。[4]德国积极保持同俄罗斯友好关系的一个重要因素就在于德国对俄罗斯能源需求的依赖性，长期的能源供求关系将两国紧紧地维系在一起。我们可以把能源作为德俄关系好坏的指示器。众所周知，德国是一个能源矿产并不富足的国家，是除俄罗斯以外的所有欧洲国家中消耗能源最多的国

① 潘琪昌：《不是冤家不聚头——漫话德俄关系》，1994–2009 *China Academic Journal Electronic Publishing House,* http://www.cnki.net。

② 王郦久：普京处理俄德历史与现实关系的做法，《和平与发展》，2005 年第 3 期，第 12 页。

③ 郭小沙：德俄苏关系的历史透视，1994 年第 8 卷《德国研究》第 2 期，总第 30 期，第 13 页。

④ 罗英杰、常思纯：俄德经贸合作关系论析，《俄罗斯中亚东欧市场》，2007 年第 4 期，第 5 页。

家，德国经济增长严重依赖能源进口。德国47%的天然气和34%的石油来自俄罗斯，俄罗斯以能源资源丰富这一天然优势成为德国最大的能源供应国乃至整个欧洲的能源供应国。俄罗斯的能源经济对德国乃至整个欧盟是相当重要的。德国一些专家预计，俄罗斯将于2015年成为世界上最大的能源供应国，从而与沙特共同决定世界油价。[①] 正是考虑到俄罗斯在本国能源市场以及世界能源市场上举足轻重的地位，德国才在能源方面同俄罗斯开展了深入的合作，以保障自己的能源安全。世人瞩目的北欧天然气管道正是在这样的背景下建造的。对于联邦德国来说，一项合理的能源政策不仅能够保证国家获得安全能源供应，也能够保障其国民经济健康的发展。

鉴于此，默克尔在重新定位德俄关系时，有着这一能源软肋的德国在政治上自然就会气短一节，也不会使德俄距离过于疏远，而是采取"斗而不破"的外交方针，积极与俄罗斯就能源合作进行接洽。俄《生意人报》2006年1月16日撰文指出，"急于与美国重建紧密关系的默克尔已清楚表明，发展德俄关系不会如其前任般摆在政策首位。但这并不意味着两国关系会突然变冷，作为依赖俄天然气的国家，德国不会放弃与莫斯科的战略伙伴关系。"计划修建的北欧石油管道，穿过波罗的海将俄天然气直接输送到德国，德即将成为俄罗斯天然气在欧洲的中转站。[②]

除了在施罗德政府时期所商定的专供德国使用的北欧输气管道项目，德俄两国还进一步扩展了能源合作。这里最重的砝码，也最能体现两国能源战略伙伴关系的就是俄罗斯许诺

将帮助德国转变成欧洲大型天然气和石油分配中心。德国很清楚，一旦成为欧洲的能源集散中心将会极大提升自己在欧洲，乃至国际上政治、经济地位。双方决定成立"德俄能源署"，共同推进可再生能源的利用、建筑物的节能改造和工业节能措施。[③] 德国企业希望，借此向俄出口先进技术。在对德国至关重要的"北溪"管道，即波罗的海天然气管道问题上，两国首脑一致表示支持。

2. 经济因素

德俄双方经济互补性和共同的经济利益也是连接两国密切的友好关系的重要纽带。德俄两国经济上相互依赖，德国是一个高度发达的工业国，其工业产品的出口需要寻找国外市场，俄罗斯不仅为德国这个出口外向型国家提供了潜力巨大、前景广阔的销售市场，更是德国经济持续发展不可缺少的原材料和能源基地。而俄罗斯资源丰富，但缺少足够的资金和先进的技术，正处在转型期的俄罗斯则希望能借助德国的资金和技术实力推动本国经济的顺利转轨和发展，希望借助德国等欧盟大国的实力发展本国经济。俄罗斯丰富的资源和广阔的市场、德国充裕的资金和先进的技术，使双方互有吸引力。从两国的对外经济合作来看，德国已成为俄罗斯最大的贸易伙伴。随着俄罗斯经济的好转，德国认为在俄经商和投资的前景更加广阔。俄罗斯地大物博、能源资源丰富，期望能从德国吸引和扩大投资、引入先进的管理和生产技术，并建立"能源联盟"，成为俄罗斯和德国建立友好合作关系的动因之一，同时也是俄罗斯重振大国地位的重要组成部分。在全球

① 袁炳忠：经济上各取所需政治上互相借力能源合作让德俄关系更进一步，《中华工商时报》2005年4月13日。

② 黄恒：默克尔访俄："从爱进化到友谊"？英媒体称伊朗核问题也许会成为德俄关系走向的"试金石"，《新华每日电讯》2006年1月17日第005版。

③ 刘华新：金融危机拉近德俄关系，《人民日报》2009年7月18日第003版。

经济危机的情况下，梅德韦杰夫指出，由于经济危机，更应该加强两国关系。

3. 地缘战略因素

双方的合作不仅是出于德国能源安全的考虑，也是出于地缘战略的需要。德国处于欧洲中心，具有极其重要的战略地位。德国欲利用其身居欧洲中心这一特殊的地理位置，在外交上左右逢源，提高自己的国际地位。从德国方面看，由于它处于东西方的分界线上，因此有着同西欧其他国家不同的处境与特殊利益。首先是国家安全利益。在安全方面，无论是作为传统安全课题的战争，即裁军、防止大规模杀伤性武器扩散等，还是新安全问题，即反恐、移民、气候变迁等，德国乃至整个欧洲都需要作为一衣带水邻邦的俄罗斯的协作。

冷战时期，联邦德国一直是东西方对峙的前沿。阿登纳曾说"由于德国的地理位置的缘故，它的命运在任何情况下对欧洲的发展都有十分巨大的意义，从而必然关系到西方国家自己的命运。"[①]

出于战略安全利益考虑，前苏联解体后，德国不仅没有松懈，反而更加紧密地加强了德俄双边关系。从历史经验看，俄罗斯今后的走向影响着德国自身的利益。一旦俄局势失控，核武器流失，大量难民外涌，德国将首当其冲成为受害国。目前，德国和俄罗斯都需要一个良好的国际环境和外部世界。但是，德国并不希望俄罗斯壮大起来。目前德国援助俄罗斯是企图把它纳入西方的轨道，让俄罗斯的社会按西方程式发展下去。[②]同时德国也意识到，独联体各加盟共和国仍拥有大量的杀伤性武器，各类有组织的犯罪此起彼伏，猖狂的偷渡、人口

贩卖和贩毒等对德国依然构成新的不安全因素。因此，支持俄罗斯在政治体制和经济体制上的改革，支持俄罗斯保持稳定并能在经济上实现复苏，防止俄罗斯孤立在欧洲之外，使它融入西方体系是这一时期德国对俄罗斯外交政策的主旋律。

同时，俄罗斯也特别重视与德双边会晤和合作，通过加强与北约欧洲成员国的友好往来，可以为自己增加更多的活动空间，德俄关系明显好于俄与欧盟其他成员国的关系。

4. 政治因素

德俄关系的不断加强也是双方政治利益的需要。从俾斯麦时代起，德国就形成一种看法，欧洲的稳定有赖于德俄修好。俾斯麦曾说，德国与俄国合作则成功，与俄国对立则衰败。[③]德国外交政策的重要任务之一，就是要防止俄罗斯和欧洲之间重新出现分离的局面，德国和西方对俄政策的首要目标就是努力将俄罗斯变成新欧洲的一部分。对德国来说，将俄罗斯吸纳到"西方民主体系"、进而融入到欧洲框架中是对自身政治、军事安全和经济利益的保障。同时，借助与俄罗斯的紧密关系，德国还可以增加其在处理欧洲和国际事务中的影响力。取得联合国安理会常任理事国的一把交椅是德国的迫切愿望，要实现这一愿望俄罗斯的鼎立支持是必不可少的。对此，俄罗斯表示将支持德国成为安理会常任理事国，这无疑又为两国关系发展增添了一个重重的砝码。在削弱美国对欧洲的影响力，建立新的欧洲安全结构上德国和俄罗斯是有共同语言的，两国都反对建立单极世界、反对美国的单边主义，都希望在国际秩序中成为重要的力量。相互依托，

---

① 孙秀民：当前的俄德关系，*China academic Journal Electronic Publishing House*，第44页，http://www.cnki.net.net。

② 同上。

③ 同上。

排挤美国影响。

总之，德国为彻底改变"经济巨人，政治侏儒"的形象，为抬高自身国际地位，在一系列国际问题上都需要俄罗斯的帮助。

默克尔说，德国高度重视俄罗斯的政治地位。她说，国际社会为应对全球性问题应紧密合作，而德国和俄罗斯的伙伴关系是这方面的"核心要素"。俄罗斯也希望联合德国等欧洲大国，增加其在处理国际事务中的分量，共同对付美国的强权政治。这也是俄罗斯与德法近年来建立定期首脑会晤机制的重要原因。两国政治关系密切，在很多国际事务中和地区热点问题上的立场都相吻合。

梅德韦杰夫则强调在伊核和朝核等国际政治冲突上俄德两国应有一致立场，他说："在这些问题上我们要有完全一致的立场。我们必须共同应对挑战"。

对俄罗斯而言，疏远德国也是不可能的。俄罗斯一直视德国为其重要伙伴之一，在重大问题上，如欧盟和北约东扩、能源合作等问题上，德国扮演着俄罗斯在欧洲和欧盟内部的"律师"的作用。在同欧盟的沟通和交流方面，德国也一直是俄罗斯的首要联系人。另外，俄罗斯也同样希望能联合德国等欧洲大国，提升自己在欧洲和国际政治舞台上的地位，共同对付美国的霸权政治。

德国大力支持俄罗斯加入多边国际组织，对于俄罗斯申请加入世界贸易组织、承认其市场经济地位的要求，德国都表示了积极支持的态度，并在经济立法、司法和企业改制方面提供咨询、开展合作，以实际行动援助俄罗斯推动其市场经济的改革。俄罗斯在解决科索沃冲突问题上的作用已经显示出欧洲的安全是不可能离开俄罗斯的合作的。近年来，德俄双方在外交政治上显示出极大的默契，在重要国际问题上相互支持。如在伊拉克战争问题上，德俄

同法国等一道共同形成了反伊战立场；在伊朗核问题上，尤其是针对美国对伊朗问题的政策，德国和俄罗斯在频繁交换意见的基础上达成了不少共识；在巴以冲突、中东问题上，德俄站在相同立场上，积极联手以和平解决中东问题；在联合国安理会改革问题上，俄罗斯不顾美国和意大利等国的反对，同样对德伸以援手；在欧洲内部问题方面，德俄双方也能本着平等对话和合作的态度处理各种难题；德国在欧洲安全问题方面同俄罗斯一直保持着紧密的对话和合作；在欧盟东扩和北约东扩问题上，没有德国从中斡旋，北约和欧盟都很难同俄罗斯建立相互信任和平等对话的机制，也很难得到俄罗斯的许可，实现北约和欧盟的双东扩。

同时，由于东、西欧生活水平悬殊，大量难民及原苏联德裔人涌向德国，援助俄国、建立德裔自治区，可稳住移民，这有利于德国的稳定。德国要求在伏尔加河流域重建日耳曼人自治共和国。为了扩大德国在俄罗斯的影响，同时避免大量德裔人回德定居，德国要求在伏尔加河流域重建日耳曼人自治共和国。

三、近年来德国疏远俄罗斯的原因

德俄两国间友好关系的顺利发展并不意味着两国之间不存在问题、分歧和争议。德国一方面要加强同俄罗斯在政治、经济等多个领域的合作，极力接近和拉拢俄罗斯；另一方面，又将俄罗斯视作竞争对手，对它进行严密的防范并不断挤压其生存空间。对俄方针呈现出"既合作又挤压，既拉近又防范"的态势。俄罗斯是德国具有重要利害关系的邻国。冲突和依赖性是一枚硬币的两面。德国以后也将坚持这一点，那就是：德国与俄罗斯合作可以有一千个理由，但是德国绝不可能和俄罗斯搞一个特殊的德俄联盟。[1]

① 殷桐生：Diskussion über die deutsch-russischen Beziehungen. (Unterrichtsmanuskript), 2009。

1. 德俄"无共同价值观"

默克尔说："我认为我们与俄罗斯并不持有太多共同价值观，但我们对俄罗斯能向负责任的方向发展保持浓厚兴趣。"[1]《莫斯科时报》认为，默克尔也许会试图将俄罗斯拉回西方轨道，两国分属不同制度和不同联盟。两国在政治和社会制度以及价值观念上存在着很大的差别。二战后西德的社会是在西方价值观念的旗帜下和多元民主思想中发展起来的，而苏联是在社会主义思想基础上形成的。因此，双方没有共同的价值观念和哲学思想，两国的文化渊源不同。现在俄罗斯虽然已不是德国的敌人，两种制度的对峙已不复存在，但长期的历史影响还将反映在两国关系上。两国间几代人交恶，积怨甚深，要彻底消除思想、理念、价值观的差异非一朝一夕之功。[2]意识形态的不同是两国冲突的根源。

为了防范俄罗斯，西方一直以来都以共同的价值观、民主法制和市场经济秩序为旗帜来加强内部的团结。德国学者赫尔穆特·胡贝尔(Helmut Hubel)指出，民主政治和市场经济，是横在西方和俄罗斯之间、严重制约二者关系发展的重要因素。西方希望能将俄罗斯改造成一个同西方一样或者至少非常类似、同西方有着共同价值观、民主体制与市场经济的国家，来减小了一个"不确定"的俄罗斯带给它们的威胁。

此外，德国等西方国家还加强北约等西方组织机构的职能和影响力，来作为有效防范俄罗斯的手段。布热津斯基认为，根据地缘战略理论，美国无论如何要保持主导地位，所以要扩大作为美国"桥头堡"的北约在欧亚大陆的力量，阻止俄罗斯再度称霸。[3]

俄罗斯的政治制度不同于西方任何国家，它的总统地位实际高于议会、政府和宪法法院之上，形成"超级总统权力"。西方对这一政治权力架构颇多微词，认为它不符合"权力平衡制约"原则。俄现行的"超级总统制"，国家杜马的特殊称谓，以及正在全面实施的联邦主体领导人由联邦总统推荐、地方议会投票认可的新制度，都是有别于西方国家的政治制度形式。[4]美国和欧洲对这些制度多有批评，俄罗斯权力组织形式和运作机制，而不可能都向美国或欧洲某国的范式看齐。以欧盟和北约为代表的西方基于传统观念，对俄大多抱有成见，总将俄罗斯看作"另类"加以轻视和排斥；尽管俄罗斯力图高举"自由""民主"大旗却不被西方国家认可。尤其，2004 年，普京借"别斯兰人质事件"后的反恐形势，推出从下届选举开始，议会国家杜马代表席位全部改为按被选入政党的得票比例分配；从 2005 年起取消州长直接选举制，改为由总统提名候选人，由地方杜马投票通过等新措施。美国和欧洲批评这是"俄罗斯民主进程的倒退"。正如一位美国学者所指出，西方人"一提起俄罗斯，就像巴甫洛夫条件反射一样认为，不论在沙皇时期还是苏联时期，它都是对内'专制主义'和'沙文主义'，对外'扩张主义'和'帝国主义'"。[5]

2. 两国战略追求不同

冷战时期两大军事集团在欧洲对峙的局面

---

① 黄恒：默克尔访俄："从爱进化到友谊"？英媒体称伊朗核问题也许会成为德俄关系走向的"试金石"，《新华每日电讯》2006 年 1 月 17 日第 005 版。

② 孙秀民：当前的俄德关系, China academic Journal Electronic Publishing House, 第 44 页, http://www.cnki.net.net。

③ Brzezinski: Die einzige Weltmacht: Amerikas Strategie der Vorherrschaft, 1997。

④ 王郦久：试论俄罗斯的国际定位与战略走向，《现代国际关系》，2005 年第 4 期，第 14 页。

⑤ 同上，第 9 页。

曾屡屡将德国置于战争的威胁下，而苏联留在德国人心中的阴影并没有随着苏东剧变而抹去。德国担心俄罗斯会继续对德国和欧洲的生存安全造成威胁，因此一直忧心忡忡地密切关注着这个国家的动向，并制订相应的对俄措施。

德国和其他西方国家希望将俄罗斯融入到西方的政治、经济、价值等体系中，让俄罗斯严格按照西方制订的游戏规则来行事，通过国际条约等来约束俄罗斯的行为。西方对俄罗斯的民主政治形式一再说三道四，贬低甚至诋毁其国际形象，不断采取各种措施削弱其国力，根本意图在于钳制和打压俄罗斯的国际影响力，欲将俄影响力囿于一域，最大限度地削减俄地缘战略上的优势。欧盟不断东扩，其根本目的也是壮大自己，"弱化俄国"、防俄、制俄和"改造"俄。欧盟的对俄政策旨在于促成俄罗斯内部的改造，接受欧盟的价值观和规范。①

德国历史上曾针对苏联和东欧国家提出了"以接近求变化"、"以贸易求变化"的口号，希望通过拉近关系、加强贸易合作来对这些国家施加影响并最终实现对它们的改造。德国外长施泰因迈尔提出加强与俄国的联系，与美、俄两国保持等距离外交的"新东方政策"，将几十年以前勃兰特总理设想出来的东方政策继续发展下去。他提出了"以联系求接近"的口号，他主张通过紧密联系而使德国与俄国的关系发生转变。我们需要看到的是，"接近"并不是最终的目的，最终目的仍是对俄罗斯的"改造"或者说"转变"。

换言之，在美国和西方政治家眼里，俄罗斯始终是他们现实和潜在的战略对手（尽管有时也被称为"战略伙伴"），这一角色决定了不管俄罗斯怎么做，都会受到他们的指责，会"被

选为挨打的坏孩子"②。西方也不大可能按他们的标准将俄接纳为"自己人"。③因此德俄关系始终有明显的距离感。

一个强大、强硬的俄罗斯将在全球范围内同西方展开全面竞争，共同参与国际舞台游戏规则的制订。俄罗斯无论从现有实力和潜在实力看都是一个大国，它不会永远甘于寂寞，也不会甘于在欧洲无所作为。一旦情况好转，俄罗斯必然以自己的实力和自身的凝聚力和周围的国家形成一个圈圈，构成欧洲的另一个中心力量。俄罗斯战略追求是复兴大国地位，俄罗斯在历史上一直有称霸的传统，如今的它渴望重温当年苏联时期的超级大国梦，建立以俄罗斯为主导的国际体系，在今后的世界权力格局中占据一极的地位。

俄罗斯刚解体时对西方忍气吞声，然后用"用非对称手段予以还击"。随着俄罗斯近年来在国际上强势复兴，面对西方的敌对态度，俄罗斯最终采取了一系列强烈的反击行为，让德国等西方国家更加感到恐慌。

2. 地缘政治利益冲突

俄罗斯为巩固和提高其大国地位的最初步骤和直接目的就是要在中东欧和前苏联的范围内扩大自己的影响力。俄罗斯不容许别人染指原苏联的势力范围，也不愿意听任西方的摆布。而德国则积极主张北约东扩，扩大德国在中、东欧的影响。但它在东进的过程中，俄罗斯是牵制德国不可忽视的因素。

北约和欧盟东扩势头咄咄逼人，俄战略缓冲空间不断被压缩，并有进一步被渗透和压缩的趋势。北约和欧盟东扩虽然声称并不以威逼俄罗斯为目标，但俄深感如芒在背，难以平静

---

① Bendiek, Annegeret/Schwarzer, Daniela : Die Südkaukasuspolitik der EU unter der französischen
　　Ratspräsidentschaft: zwischen Konsultation, Kooperation und Konfrontation, 2008, S.10。
② 王郦久：试论俄罗斯的国际定位与战略走向，《现代国际关系》，2005 年第 4 期，第 9 页。
③ 同上，第 11 页。

视之。美国和西方国家不顾塞尔维亚和俄罗斯的反对，承认科索沃独立，从而在国际上制造了危险的先例。

独联体国家在与北约、欧盟、美国等交往中都以自身利益作选择，使俄的影响力往往大打折扣。从战略安全需要出发，未来俄罗斯仍将一如继往地向独联体国家投入资源和精力，以增强其对俄"向心力"，减缓它们倒向西方的"离心力"。西方近来通过对独联体国家发起新一轮攻势来阻止俄影响力的行动取得明显进展。格鲁吉亚、乌克兰和吉尔吉斯斯坦所进行的"颜色革命"以及摩尔多瓦的"自我革命"可能在独联体国家产生连锁反应，特别是中亚国家面临政权新老交替，美国和西方早已开始准备如法炮制，发动一场场色彩不同的"革命"，在俄周围筑起五颜六色的"防护栏"，以阻止和消耗俄对这些国家以及这一地区的影响力。这无疑将继续增大对俄的战略压力。[1]

"颜色革命"后的格鲁吉亚一直被西方视作高加索地区打击俄罗斯和分化独联体的前沿堡垒。德国支持格鲁吉亚，挤压俄战略空间，支持美国在独联体国家策动"颜色革命"，配合美国挖俄罗斯墙角。在这一点上俄罗斯和西方互不相让，态度强硬[2]的俄罗斯仍然有防备心理，俄内部局势变化和政策走向始终为德所关注。德国不愿意看到一个日益强大的俄罗斯对自己形成的威胁越来越大，反对俄罗斯利用能源瓶颈来限制德国外交能力，但又不愿意搞僵关系影响到自身的利益。所以，德国对俄罗斯方针会经常处于尴尬的境地。一方面要追随北约、欧盟，另一方面又基于自身对俄罗斯能源的依赖，需要保持同俄的友好关系。由于两国经济上各取所需，政治上互相借力，德国同俄罗斯的关系仍以合作为主，但鉴于俄罗斯对德国的潜在威胁，防范挤压的方针还将长期存在。这取决于德国利益、俄对德方针、两国实力对比、国际环境等众多因素不断变化的结果。

作者简介：李文红，北京外国语大学德语系副教授，博士。

---

① 王郦久：试论俄罗斯的国际定位与战略走向，《现代国际关系》，2005 年第 4 期。

② Schroder, Hans-Henning (Hg.) : Die Kaukasus-Krise, Internationale Perzeptionen und Konsequenzen für deutsche und europäische Politik,2008,Berlin,S.17。

德国的国家利益与西方价值观

于 芳

【摘要】 在历史上，德国的国家利益曾经与现在人们脑中的西方价值观背道而驰，但是德国兴衰起伏的历史与战后的国际国内条件，促使其选择了加入西方价值体系，成为西方社会的一员，在对外政策中力图维护并推广西方价值观。西方价值观建构了当今德国的国家利益，而德国的国家利益也涵盖了西方价值观的要素。那么，德国以"自由、民主、人权、平等"为旗号推行西方价值观的做法，原则上是为了国际关系的法治化和文明化，但其终极目标作为美国帝权在欧洲地区的核心国家，稳定美国在欧洲的战略地位，与美国帝权中的其他国家和睦相处，而不是与美国希望遏制和击败的强大对手发生危险的冲突。

【关键词】 国家利益，价值观，建构主义，文明力量

1. 引言

2009 年 10 月 26 日晚，德国联盟党（基民盟/基社盟）和自民党签署了题为"增长、教育、团结"的《联盟条约》。10 月 28 日，默克尔总理及其内阁宣誓就职，德国新一届政府正式组成。

上一届德国政府总理也是默克尔，并且也是两党联合执政。与上一届不同的是，联盟党的执政伙伴从社民党变为了自民党。在德国传统上，联盟党代表中右势力，社民党是左翼政党，自民党则属右派政党。二战后，不管是作为基民盟还是社民党执政的"小伙伴"，自民党几乎每届都参与联盟执政。然而 1998 年社民党和绿党结盟之后，自民党被踢出联盟，政党是否能够继续存在也遭到评论家们的质疑。[①]2001 年韦斯特维勒接受领导自民党，赢回了自民党历史上比例最高的选票。自民党与联盟党政见相近，这样的联合也更符合默克尔的期待。

新的联合政府顺利签署了《联盟条约》。与之前的《联盟条约》相比，必定有诸多不同之处。其中，关于德国对外政策的措辞差别引起了笔者的注意。新的《联盟条约》突出强调，要"通过与欧洲和世界的伙伴关系以及责任感来实现稳定的和平"，并且分下列八项进行阐述：1) 位于欧洲的德国，2) "受价值约束、由利益主导"的外交政策，3) 承担国际责任的德国，4) 参与

---

① 王轶、赵亘：社民党的挫败与自民党的完胜——德国 2009 年联邦议会大选简介，《德语学习》2009 年第 6 期，第 21 页。

国际行动以及德国安全政策的手段，5) 强有力的现代化联邦国防军，6) 保护人权——促进法治国家建设，7) 对外文教政策，8) 发展合作。从主题上对比，可以看出，新的《联盟条约》在对外政策方面更为重视德国的国际责任和国际参与度，更为强调价值观、人权、文化等观念性因素在对外政策中的突出作用，并且明确提出其对外政策产生于价值观和利益。这里所说的利益，指的应是德国的国家利益。在外交政策中凸显价值观和国家利益，究竟告诉我们怎样的信息？仅仅是措辞的不同，还是意味着不同党派主张之间的差别？德国传统如何认定国家利益与价值观？如今出现了什么变化？对德国的对外政策会产生什么影响？这些问题是笔者通过本文将要回答的问题。

2. 国家身份、国家利益与价值观

2.1 国家身份与国家利益的建构主义界定

建构主义认为身份和利益有着密切关联，在界定国家利益概念之前，有必要先界定国家身份的概念。在建构主义看来，国家是具有身份和利益的实体。[1]建构主义学者都认为国家具有两种身份：一种就是使国家成为国家、独立于国际体系的内在身份；另一种就是内生于国际体系中的、由社会赋予的身份。国家的所有身份都具有社会建构性质，其区别在于国内还是国际建构占主导。从国际层次建构上看，国家身份在相当大程度上是内生于国际体系的，由国际体系文化、制度、观念建构的。[2]

建构主义在界定国家利益之前是从社会理论的角度认识利益的。社会理论区分了两种利益，即客观利益与主观利益。其中，客观利益是指需求和功能的要求，是再造身份必不可少的因素[3]。主观利益的概念是指行为体对于怎样实现自我身份要求所实际持有的信念。温特界定国家利益的过程中，把国家利益同国家身份联系起来。身份表示社会类别或存在的状态，而利益则指行为体的需求。国家利益是以国家身份为先决条件的，因为国家在知道自己的身份之前是不可能知道自己需要什么的。身份和利益共同促成了行动。那么可以说，身份是利益的前提，身份变化导致利益的变化；利益是身份形成、变化的动力。[4]

2.2 利益就是观念——建构主义视角

理性主义没有考虑利益的产生问题，只是把观念与利益作为并列变量，共同推动国家的政策行为。温特通过发掘文化人类学和哲学两个学术领域中知识内涵，提出了利益本身就是认知和观念的论点[5]。他考察了三种国家利益的建构问题：维护现状、改变现状和集体认同。[6]温特认为，国家对现状的维护主要不是物质上的诉求，而是认为对现状的维护可以满足自己既有的国际地位，认同有利于维持现状的国际秩序。而改变现状的国家之所以要求改变现状，主要在于对既有国际秩序和国际体系的不满，认为自己是"受害者"或"优势人种"。集体认同国家选择集体认同作为自己的国家利益，表现为愿意帮助那些它们所认同的国家，即使自己的利益没有受到威胁。这种集体认同感并非来自外部的强制和利益的诱惑，而是认为对方是自己

---

① 温特，《国际政治的社会理论》，上海人民出版社，2000 年，第 281 页。
② 方长平，《国家利益的建构主义分析》，当代世界出版社，2002 年，第 93 页。
③ 方长平，《国家利益的建构主义分析》，当代世界出版社，2002 年，第 94 页。
④ 方长平，《国家利益的建构主义分析》，当代世界出版社，2002 年，第 96 页。
⑤ 温特，《国际政治的社会理论》，2000 年，第 153–154 页。
⑥ 同上，第 155–156 页。

的"朋友"、"伙伴"、"命运共同体"等。在他看来，国家利益主要是不同的观念、尤其在国际体系中不同的观念分配建构的，观念或观念分配建构国家利益成为建构主义的基本理论主张。

2.3 文明力量角色模式中的国家利益与观念

从 1994 年到 1997 年，德国特里尔大学政治学系以毛尔教授为首的学者们，进行了一项研究，通过对比分析了 1985-1995 年间德国、美国、日本的外交策略及其外交关系的文明化过程，提出了"文明力量"的概念，作为外交政策分析的一种理想类型。

这一概念的产生，要归因于霍尔斯蒂运用社会学的角色理论来分析对外政策的方法。作为一种角色模式，"文明力量"所指的国家或者国际社会中的非国家行为体具有如下几个特征：

（1）塑造国际关系的意愿——从"文明力量"概念的意义上讲，这里指的是推动国际关系文明化过程中，主动采取多边主义行动的决心和能力

（2）力量单极化——即向集体安全机制或者集体安全体制让渡国家主权的意愿

（3）规范相对于"国家利益"的独立性——即规范的贯彻执行与否并不取决于"国家利益"。作为一个文明力量，即使有违短期的"物质利益或者政治利益"，也应当愿意去争取实现国际秩序的文明化。[①]

用"文明力量"理论来分析外交政策的学者们，将国家看作是国际体系中扮演某种角色的行为主体，随着国际环境的变化，国家对自身角色的认知、国际体系对国家角色的期待、国家角色的扮演以及自身角色转变中的冲突，都不断在互动中进行着演变，最终呈现出来的状态便是各种因素综合作用的结果。[②]那么，国家的对外政策也是现实中的各个要素相互作用的结果，是互相建构的社会产物，从体系理论上说，属于建构主义的范畴。

文明力量的角色模式是追寻国际政治与国际关系文明化的模式。文明力量指的是以实现政治文明化为己任，并实践相应行为的行为主体。这里的"力量"概念，首先表明一个行为主体，可以是国家的，如德国或日本，也可以是非国家的，如欧盟；其次，该主体必须有意愿在必要时克服各种阻力来实现自己的目标；再次，采取特定的实现目标的形式，也就是说，采取某些特定的对外策略和手段。[③]在这派学者的研究中，德国是最为接近文明力量理想类型的行为体。它的国际角色定位是一种稳定的角色定位，这种角色定位的特点具体表象在三大根本取向上：放弃独立自主，实行多边主义、一体化与合作；在所有政策目标中，将增加人民福利放在首位；在国际环境中追求本国利益时，优先采用非军事手段与策略。[④]同时，欧盟等国际制度的发展又促成了德国的欧洲集体认同的形成。在德国国内政治文化和欧盟等国际制度的共同作用下，德国的国际角色观念相对于其他国家更多具备一体化倾向和非军事化倾向。集体认同在德国的国家利益建构中起着关键作用。

3. 现实中的德国国家利益与西方价值观

3.1 西方价值观

西方价值观一直被认为来源于基督教，但

① 于芳：外交政策分析中作为理想类型的 Zivilmacht，《德意志文化研究》第 5 辑，第 42 页。

② 同上。

③ Hanns W. Maull, „Zivilmacht Deutschland ", in : Gunther Hellmann/Siegmar Schmidt/Reinhard Wolf (Hrsg.) , Handwörterbuch zur deutschen Außenpolitik, Opladen: VS Verlag 2006, S.2。

④ 连玉如，《新世界政治与德国外交政策——"新德国问题"探索》，北京大学出版社，2003 年，第 40 页。

基督教教义中并没有出现民主、法治国家、人权这些概念。这些价值观统统来源于"启蒙思想"，是近二三百年来形成的思维定式。

启蒙运动通常是指在18世纪初至1789年法国大革命间的一个新思维不断涌现的时代，与理性主义等一起构成一个较长的文化运动时期。这个时期的启蒙运动覆盖了各个知识领域，如自然科学、哲学、伦理学、政治学、经济学、历史学、文学和教育学等等。启蒙运动同时为美国独立战争与法国大革命提供了框架，并且导致了资本主义和社会主义的兴起，与音乐史上的巴洛克时期以及艺术史上的新古典主义时期是同一时期。[①]当时先进的思想家激烈批判专制主义和宗教愚昧，宣传自由、平等和民主，一场反封建、反教会的思想文化革命运动，它为资产阶级革命作了思想准备和舆论宣传。启蒙运动中的思想家认为，社会之所以不进步，人民之所以愚昧，主要是由于宗教势力对人民精神的统治与束缚。为了改变这种状况，必须树立理性和科学的权威。他们认为，人的理性是衡量一切的尺度，不合乎人的理性的东西就没有存在的权利。他们主张传播科学知识以启迪人们的头脑，破除宗教迷信，从而增强人类的福利。他们反对封建专制制度，宣扬自由、平等和民主。在他们看来，封建专制制度扼杀自由思想，造成社会上的不平等和文化经济上的落后。因此，他们大力宣扬"天赋人权"，主张人民参与政治，法律面前人人平等。[②]

3.2 德国国家利益的渊源及发展

国家利益在德语中的表述是Staatsräson，源自16世纪意大利语中的"国家理由"（ragione di stato, reason of state），意思是为了保证国家的安全和自主不惜任何代价，采取任何手段。

在德国，国家利益的概念直到三十年战争之后才被引入政治话语中。其作用在于，当时德国的各个诸侯效仿法国路德维希十四世，只在形式上承认国王，在所有宗教和道德问题上自行裁决。1866年，约瑟夫·冯·艾琛多夫写道，"所谓的国家利益"，是隐藏意图的外交象棋游戏，用以在"政治中代替彼时的基督教道德"。

在16–17世纪，英法民族主义蓬勃兴起之时，德意志民族感到的是自卑和惭愧。到了18世纪的德意志狂飙突进运动时代，德意志民族的自卑心理和鼓励、超越心态发展得更为极端。作为对德国人民精神生活有重大影响的文化、社会运动，狂飙突进运动反对"浮夸的、虚伪的、形式化的物质文明"；要打破"僵破的文化建制"，反对"法国文化热，包括法国的启蒙思想"。[③]德意志民族开始以其文化的优越性抗衡西欧的物质文明。这也成为近代德国民族主义强调德意志特殊性的一条主线。

1871年，俾斯麦以"现实政策"完成了近代德国的统一，作为欧洲民族国家体系中的"迟到者"，德国的民族主义带有很强的抗争特色。"现实政策"由路德维希·冯·罗霍夫在1853年提出，指希冀德国增强实力并根据国家实力及国家利益的计算实现统一并制定外交政策。弗勒贝尔曾说，"德意志民族对所谓原则学说已感厌倦，……它需要的是权力，更多更大的权力。"[④]德国的成功统一加强了其对外扩张性，不管是在俾斯麦时期，还是推行新路线想做"世界大国"的威廉二世时期，抑或是希特勒想要称霸世界，发动战争的时期，都明显表露出德国作为"迟到者"急切想要得到应该被承认的

---

① http://baike.baidu.com/view/2052.htm。

② 同上。

③ 熊炜，《统一以后的德国外交政策（1990–2004）》，世界知识出版社，2006年，第29页。

④ 郭绍棠，《权力与自由：德国现代化新论》，华东师大出版社，2001年，第65页。

大国地位。德国的国际身份发生变化，它要求获得与身份想符的更多权力。然而，一方面，先于德国完成近代化的欧洲大国对于德国的崛起感到危机，另一方面，德国的民族认同的形成与其他西方国家民主制的形成截然不同。对此时的德国而言，现代意义上的西方民主对于争取更大的领地、更多的权力没有太大的意义，甚至处于德国民族认同的对立面，国家利益与西方价值观无法统一起来。

德国第二次统一后，德国的国家身份再次经历了巨大转变，从战后既无自主活动的权利和空间、且身临两大集团对峙的敏感前沿的外部条件中，摒弃了建立在德意志特殊道路思想基础上的民族认同，皈依了西方，通过西方一体化的战略实现了"和平崛起"。阿登纳为联邦德国选择的国际角色定位是让德国融入西方。这首先是联邦德国的外部条件决定的，作为东西方冷战的"前线国家"，德国除了走与那个联盟的道路意外，没有别的途径。[①]从国内环境看，联邦德国成功实现崛起乃至统一的基础是其蓬勃发展的经济。以艾哈德为代表的德国政治家为西德选择了建设社会福利市场经济的发展战略。德国的社会福利市场经济体制是结合了自由市场和秩序原则的独特经济发展模式，代表的是这样一种核心理念：它虽然是一个竞争性经济，当时其中又包括社会措施及适当的国家投资，可以保证弱势群体不被强势经济群体毫无保留地剥削。[②]经济的迅猛发展给德国带来了日益增强的国际影响力。德国的统一，是皈依西方价值体系的结果。当德国人回顾历史，就会发现，是否选择融入西方带来了截然不同的效果。在融入与抗拒之间，进入21世纪的德国一定会继续选择对自己有益的方式，并且寻求更深入的融合与更紧密的合作。

1998年9月，德国社民党人施罗德击败

连续执政16年之久的科尔，出任德国总理，其时，他和前英国首相布莱尔、前美国总统克林顿都大力推行"第三条道路"，宣称要从政治、经济、社会、文化价值等诸多领域入手，强调政府调控与市场机制平衡、经济发展与"社会公正"平衡以及权利和责任平衡的国内政策和治国方略，解决西方世界面临的困境，推动全球资本主义的形成，但同时也同外交政策密切相关，其基本思路就是要在国家内部和国家之间建立一个"积极的社会共同体"，推行"西方的共同价值观"。"第三条道路"的着眼点是经济和社会政策，但政治目的才是其真正的动机。而在这"共同的价值观"中，"人权"、"民主"是他们喊得最响的口号。到默克尔上台后，由于第三条道路所取得的经济成效不尽如人意，"第三条道路"逐渐式微，但民主、人权的口号却愈来愈响。在德国的亚洲政策中，就以印度是亚洲最大的民主国家为名拉拢印度，并接见达赖喇嘛以与中国保持距离。在其连任的新一届政府的执政协议中，关于外交政策的表述中明确出现"西方价值共同体，即世界上开明的、具有法治国家性质的民主国家，他们之间的密切一致以及共同行动曾经是，也将继续是德国外交政策成功的一个保证。即便是在21世纪的全球化世界中，我们仍旧将西方的观念作为德国外交的基础，将西方的机制作为德国外交的平台。在全球化的时代，西方必须更加紧密团结，才能实现自己的利益，保留共同的价值观。

德国作为欧盟以及欧洲—大西洋机制的成员国，同样符合德国与欧洲之外最重要伙伴的双边关系的利益。我们决心充分利用跨大西洋关系的机会，系统性地加强德美关系。我们将把与美国的政治协调一致视为我们利益的助力器，能增加德国在欧洲和世界上的分量。我们致力

---

① 熊炜，《统一以后的德国外交政策（1990–2004）》，世界知识出版社，2006年，第55页。

② Kurt Sontheimer/Wilhelm Bleek, Grundzüge des politischen Systems Deutschlands, Bonn 2002, S.122.

于跨大西洋经济空间的经济关系进一步深化。"

这些文字深刻表明德国已经将其对外政策深深地烙上西方价值观的印记。由于战后德国是在美国的大力援助和支持下重建复兴的，所谓的西方价值观，在很大程度上也是指美国的价值观，具体地说，是美国帝权试图通过全球化和国际化进程在全球推广的价值观，目的是维护以美国为首的西方世界在世界上的战略地位，使在美国帮助下建立起来的政体能够和睦相处，而不是与美国希望遏制和击败的强大对手发生危险的冲突。①德国吸取了历史的经验教训，遵循西方价值观，形成了德国的国家利益；向世界其他地区推行西方价值观，维护西方价值体系，为西方世界赢得更多空间，遏制其他文明和文化的发展，也构成了德国的国家利益，因为德国本身就是西方世界的一员。

4. 结束语

德国从历史的经验教训出发，摒弃了军国主义道路，选择了与西方一体化，接受西方的价值观，并成为美国帝权中欧洲地区的核心国家，致力于在全球推广西方价值观。随着时间的流逝，德国的国际影响力日益增大，对西方价值观的推广也更为积极，不再停留于借着经济合作、经济援助的机会实现政治目的的方式，而是确凿地出现在新政府的《联盟条约》中，公开表明自己的立场和态度。这种逐步转变的过程充分说明观念对德国国家利益的建构作用，特别是西方价值观对德国国家利益的影响。德国对西方价值观的态度与其他老牌资本主义国家不同，二者并非一脉相承，而是取决于历史上两次崛起的成败，目前自然还很难判定其命运。但就德国目前的对外政策基调来看，颇有观念扩张之嫌。在全球化逐步推进的21世纪，国际社会追求的应是求同存异下的共存，而不是追求唯一形式的共存，以捍卫"民主、人权"为幌子扩张资本主义的领地从根本上说违背了其标榜的自由、民主和平等。

作者简介：于芳，北京外国语大学德语系讲师，博士研究生。

---

① 卡赞斯坦，《地区构成的世界：美国帝权中的亚洲和欧洲》，北京大学出版社，2007年，第2页。

近年来中德关系中的摩擦与矛盾

武正弯

【摘要】 近年来，中德关系出现了多次摩擦与矛盾，在曲折中缓慢前行。中德之间的问题主要表现为政治互信不足、利益摩擦升级。表面上看起来这是因为德国政府换届所致，但本文作者认为，这些矛盾和摩擦并非单纯是由德国国内政党轮替所造成的，而是因为一些长期积累的问题在短时间内被暴露了出来。中德实力对比出现变化、美国因素的干扰以及双方对彼此的错误预期是中德关系在近几年中出现波折的根本原因。由此我们可以认为，中德关系目前还不能称之为"具有全球责任的全面战略伙伴关系"，但我们不必因此就对中德关系发展的美好前景而感到消极悲观，而是应该为中德关系的顺利发展扫清障碍，使中德关系成为能经受得起挫折和考验的成熟伙伴关系。

【关键词】 中德关系，摩擦，全面战略合作伙伴关系

自步入新世纪以来，中德关系有了显著的发展。2004 年温家宝总理和施罗德总理签署了联合声明，表示两国要在中国与欧盟全面战略伙伴关系框架内建立具有全球责任的伙伴关系。这份声明的签署将中德双边关系推向了一个新的高潮。然而在联合声明签署之后的几年中，中德关系并没有像人们所期望的那样迅速成熟、深化，而是逐渐显现出摩擦与矛盾。中德双边关系在近几年中到底遇到了什么样的问题？产生这些问题的根源又是什么？我们该如何看待当下的中德关系？本文将就这三个问题在以下的篇幅中进行探讨。

一、近年来中德关系中出现的摩擦与矛盾

在 2004 年中德签署建立具有全球责任的全面战略伙伴关系的联合声明前后，中德关系的基本面呈现出积极向好的态势。在经贸领域，德国成为欧洲对华最大的投资国，而中国超过日本成为德国在亚洲的第一大贸易伙伴。到 2005 年底，德国在华直接投资项目 5338 个，实际投入 134.2 亿美元，中德双边贸易额则高达 611.7 亿欧元。①双方在科教、文化、环保、安全领域也展开了一系列的双边合作。其中比

---

① 数据来源：中国商务部网站。

较重大的合作包括：两国相互承认高等教育学历，两国国防部长进行了首次成功互访，双方签订了新的文化合作协议，在柏林设立了中国文化中心。

然而 2005 年德国政坛政党轮替之后，中德关系中开始出现了一些不和谐的音符，主要表现为双方政治互信不足、利益摩擦升级。

德国现任总理默克尔在上任后就对中国抱有一种抗拒的、不信任的态度。她在第一任期的初期推出了"价值观外交"政策。在对华的具体政策措施上，她作出了如下调整：1. 强化对华的人权外交。2. 将经济问题政治化。3. 利用所谓"民主势力"牵制中国。在初访中国时，她就中国的人权问题百般指摘。在与温家宝总理会谈时，她就大谈中国的人权问题，对中国的内政横加干涉。在访问期间她还特地参观了教堂，以显示其对中国宗教自由的关切。2007 年 9 月，默克尔不顾中方多次严正交涉，执意在总理府会见长期从事分裂中国活动、破坏中国民族团结的政治流亡者达赖。默克尔的做法打破了中德友好传统，令中方极为震惊与失望。中方取消了与德国副外长级的战略对话以及德国财长的访华计划，并中止了中德法治国家对话和人权对话。在此之后，经过中方的坚决斗争以及双方友好人士积极修补，中德关系逐渐回归正轨。默克尔本人也对其中国政策进行了反思，逐渐淡化了"价值观外交"的色彩。在 2008 年访问中国期间，她明确表示将继续致力于维护、发展德中友好关系。尽管如此，在德国政界仍然弥漫着一股对中国不友好的气氛。2009 年 10 月中国作为主宾国参加了法兰克福书展。在此次书展的宣传活动中，主办方法兰克福市官员在事先没有通知中方的情况下单方面改变议程，邀请了对中国持不同政见者上台发言，迫使中国代表团不得不以中途退场来表示抗议。这表明中德要想达成真正的政治互信尚需时日。

在多边政治领域中，中国与德国近年来就未来国际政治与经济新秩序的构建问题也发生了多次摩擦。最近一次发生在哥本哈根世界气候大会上。在应对全球气候变化问题上，中国一直强调各国应该严格遵循巴厘路线图授权，坚持"共同但有区别"的原则。中国希望包括德国在内的欧洲国家提供资金与技术，帮助中国进行经济模式的转型，发展绿色低碳经济。但德国在提供资金与技术方面一直持保守消极态度，反而希望中国能够承担更多的减排责任。在哥本哈根会议期间，德国和其他发达国家一起对中国施压，要求中国接受丹麦协议草案，即为发展中国家制定强制减排目标。为此，发达国家将为发展中国家提供 100 亿美元的资金援助，平均到个人只有仅仅 2 美元。中国政府代表对此提出了强烈的批评，指此份文本过于偏袒发达国家，忽略了发展中国家的权益，将发展中国家置于不公平的地位。①德国政府还指责中国蓄意破坏谈判进程。经过艰苦的谈判与斗争，中国挫败了德国以"丹麦文本"作为《哥本哈根协议》草案的企图。

在政治关系出现波折的同时，中德经贸关系也面临着考验。经济与贸易是中德关系的重要基石，然而近几年在经贸合作取得累累硕果的背后，一些结构性矛盾和利益冲突开始显现。近几年中，德国成为了中国较大的贸易逆差国之一。从中国方面来看，这主要是因为中国商品质优价廉，在德国市场有很强的竞争力，并且中国正在进行产品结构升级，高科技产品也抢占了欧洲的一些高端市场。在上个世纪 90 年代，中国对德出口的主要商品是纺织品和其他劳动密集型产品。但进入新世纪

---

① 《欧美密商不公平"丹麦文本"引中国怒批欧盟不厚道》，http://www.dnkb.com.cn/ archive/info/20091210/065117204. html，2009-12-10。

以来，特别是在近几年中，中国出口德国的具有高附加值的技术密集型产品日趋增多。1998年中国出口德国的前三大商品分别是纺织品、服装和皮货。到了 2004 年位列中国出口德国产品前三位的则是通讯产品、电视与电子元器件。[①] 从德国方面来看，德国对华贸易出现逆差，主要是因为德国产品成本太高，缺乏竞争力，而中国渴求的高科技产品与技术德国又不轻易转让。由此可见，贸易逆差的形成是由双边经贸结构所造成的。但是，德国方面在近几年中并没有对自身的缺陷进行检讨，反而指责中国盗窃德国的技术，中国政府保护知识产权不力。在默克尔执政后，中德双方围绕着知识产权问题进行了激烈的博弈。中国厂商近几年在赴德参展期间，其展品多次被德方以假冒产品为名进行扣留。中国政府对此与德国方面进行了严正的交涉，对德方的无理行为进行了驳斥。中国厂商也向当地法律机关提起上诉，要求追回被扣展品。虽然法院最后判决中方胜诉，但由于诉讼期过长，诉讼费用庞大，中国企业在此期间也蒙受了巨额损失。与此同时，德国《明镜周刊》也以"黄色间谍——中国是如何侦盗德国技术的"为封面故事，歪曲事实，指中国在德的留学生和科技工作人员是中国政府指派的商业和技术间谍。该报道在德国引起了轩然大波，"黄祸"之说一夜间在德国社会甚嚣尘上，令当地华人的正常工作和生活遭受到了巨大的影响。旅德华人就该报道向德国汉堡检察院提起了刑事控告，但被汉堡检察院驳回；随后又将此案上诉至德国联邦法院，但联邦法院最终决定对该上诉不予裁决，不得上诉。

总的来看，近年来中德关系是在曲折中艰难前进的。中德关系的发展已经结束了高温、高调、高姿态的"蜜月期"，两国之间的一些深层次矛盾逐渐暴露出来。本文作者认为，中德关系现在正处于调整磨合期。中德两国国情不同，发展阶段不同，历史文化传统更不同。矛盾的出现是中德两国密切关系的必然产物，是双方磨合的必然结果。我们不必因此就对中德关系发展的美好前景而感到消极悲观，而是要探根究底找出阻碍中德关系发展的症结所在，为中德关系的顺利发展扫清障碍。

二、近年来中德关系产生摩擦与矛盾的根源

中德关系在 2004 年签署联合声明之后恰逢德国政府换届选举。随着默克尔上台担任总理，中德关系也迅速由热转冷。因而一般观点认为中德关系矛盾的主要根源在于默克尔本人及其所在政党对中国的偏见。本文作者认为，默克尔及其政党的政见只是导致中德关系出现问题的直接表层原因。中德关系前行不畅的深层原因在于：1. 实力因素。中国和德国近年来实力对比发生了变化，中国的综合国力渐渐赶超德国；2. 美国因素。美国对中德关系的进一步发展起了制衡作用，中德关系的发展受到了美国方面的干扰；3. 心理因素。中德两国的心理预期与现实有差距，导致对彼此行为的估计有误差。

首先来看实力因素。德国在 1990 年统一之后加强了与中国的联系。不过在整个 90 年代，德国基本上只是"俯视"中国，更多地把中国当作一个"新兴市场"，而不是一股新兴的政治力量。中德关系主要是贸易关系，并且主要是以德国向中国输出商品和技术为主。2001年，中国对德贸易逆差达 40.18 亿美元。[②] 然而进入新世纪以来，随着中国综合国力的不断增强，德国不得不"平视"中国，正视中国在国际

---

① 参见：Sonderheft der Wirtschaftswoche, 2004, S.35。

② 《中德贸易关系的回顾、现状及展望》，http://www.eduzhai.net/lunwen/72/137/lunwen_286688.html。

体系中所发挥的重要作用。中国在近几年逐步从德国的贸易逆差国转为顺差国。2008 年中国对德贸易顺差已达 252.82 亿欧元。[①]德国已经成为了中国在欧的重要市场。中国的 GDP 总额自 2007 年起超过德国，成为世界第三大经济体。2009 年中国的出口贸易总额超过德国，成为全球出口冠军。不仅如此，在金融危机爆发后，中国迅速扭转了经济增速的下滑，率先实现了国民经济的总体回升向好。而德国及整个欧盟经济企稳回升的趋势目前仍然不明显。中国的发展模式在这些年取得巨大的成就，为其他发展中国家树立了新的标杆。一些国外的评论家开始津津乐道于"中美共治"（G2）的可能性。中国在中德实力较量中渐处上风。德国人感到现在不仅是要正视中国力量，在很多问题上很可能还要"仰视"中国。这使得德国人开始感到失落、惶恐。德国不再把中国单纯看作"新兴市场"和"贸易伙伴"，而是把中国视为"潜在敌手"。因此默克尔上台后对中国百般指摘，强调中国必须为它的崛起付出"公平的代价"，"承担与其巨大的经济力量相符的国际责任"，[②]在德国国内大肆渲染"中国威胁论"也就不足为怪了。

其次再来看美国因素。美国因素的影响在中德关系中随处可见。在默克尔前任施罗德执政时期，德国有意强调对美外交的独立性，因而施罗德希望通过密切中德关系以达到制衡于美国的效果。然而美国是当今唯一的超级大国，也是德国的重要政治、军事盟友。德国当下还不可能对美取得完全的独立性。因此在默克尔上台后，德国新政府致力于修复与美国的关系，维系德美的"特殊友谊"。反观美国，美国在近几年也有和德国接近的愿望。这是因为美国对于中国的崛起同样也感到了很大的压力。为

了维护本国利益，美国希望和包括德国在内的欧洲国家加强关系，联手遏制中国。因此德美双方加强了在对华政策上的协调。德国就美国对华政策的一些做法采取了支持的态度，例如，德国支持美国在人民币升值问题和知识产权保护问题上对中国施加压力；和美国联手对中国实施贸易战；和美国保持统一，拒不承认中国的完全市场经济地位。由此可见，中德关系出现摩擦也是德国政府想搞"疏华近美"和"平衡外交"的结果。

最后我们还要注意到中德关系中的心理因素。中德关系之所以给人以突然转冷的印象，是与中德两国对彼此的错误估计有着直接联系的。就中国方面而言，国内对默克尔上任后保持对华政策的延续性过于乐观，对默克尔调整对华关系背后的深层民意基础以及中国在德国整个外交战略中所处的位置认识不够。施罗德对中国的频繁出访和大量溢美之词使中国部分人产生了一种错误的印象，那就是德国整体对中国怀有友善的态度，中国对德国很重要。然而实际情况是，中德关系的社会基础仍然薄弱。中国对德国的重要性有限。有很多德国民众对中国抱有很深的偏见和疑虑。随着中德实力差距的不断缩小，这种对中国的不信任心理也越来越重。默克尔正是体察到了这部分人的心理动向，才抛出了对华"价值观外交"，摆出挑战中国的姿态，以博取更多的国内民意支持，进而巩固其执政基础。在处理对外关系方面，德国首先要关照的是与周边国家的关系，而后是与美国的关系，再者才是与中国等新兴大国之间的关系。因此德国政府在外交决策时，总是要优先考虑到欧盟的大风向和美国的意见，而后才是中国的态度。无论中德关系如何紧密，在关键时刻，德欧／德美之间的利益协调总能

---

① 数据来源：德国联邦统计局。

② 参见中国社会科学院欧洲研究所、中国欧洲学会：《欧盟的国际危机管理》，中国社会科学出版社，2007 年，第 105 页。

超过中德关系。而就德国方面来看，德国默克尔政府对自身和中国实力的估计都出现了偏差。默克尔希冀以"价值观外交"来向中国强行贯彻自身的意志，却忽略了价值观作为一种"软实力"，需要有经济、军事实力这样的"硬实力"为依托。自冷战结束后，世界政治格局发生了翻天覆地的变化。德国乃至整个欧洲的实力正在缓慢衰落，德国和欧洲在全球核心问题的决策上正处于不断被边缘化的境地。默克尔对华的强硬态度是外强中干。在现阶段，除了空喊几句民主、人权的口号之外，没有资源可以供其长期与中国相对抗。所谓"价值观外交"必然要走入到死胡同中。德国对中国发展的估计也有盲目乐观的一面。众所周知，中国自实行改革开放政策以来，一直努力与西方国家保持合作友好的态度，但这并不等同于中国要"全盘西化"。在很多重大国际问题上，中国有着自己看法和立场。中国的经济总量在近年来虽然有所提高，但人均经济水平仍然很低，现在中国仍然是一个发展中国家。中国必须要时时注意到自身的国情，不可能按照德国所希望的那样，全盘接受西方的一套东西，去承担一些超越自身实力的责任。因此德国对中国所提的一些要求是不切实际的，也是中国政府坚决不能答应的。

通过上文的分析，我们可以看出，中德关系之间的矛盾和摩擦并非是一夕之间形成的，而是因为一些长期积累的问题在短时间内被暴露了出来。中德实力对比出现变化、美国因素的干扰以及双方对彼此的错误预期是中德关系在近几年中出现波折的根本原因。本文作者认为，对于中德关系中所暴露出来的这些问题，我们应该以理智的目光冷静加以分析评判，以便对现阶段的中德关系有一个更加全面客观的评价，从而帮助中德关系顺利走出困境。

三、对近年来中德关系的评价与展望

中德关系在近年来所暴露出的一些深层次问题使人不禁要问，中德关系在现阶段能否还称得上是"具有全球责任的全面战略合作伙伴"？本文作者认为，中德两国目前还不是"具有全球责任的全面战略合作伙伴"，但将来有可能成为这种伙伴关系。

之所以判定中德关系目前还不是具有全球责任的全面战略合作伙伴关系，主要是因为在战略性问题上中德双方目前还有分歧。所谓"战略性的伙伴关系"，正如温家宝总理所说，就是"双方在关乎人类发展进步的重大问题上存在共识"[①]。而中德两国目前在如何建构未来国际秩序这一关乎人类发展进步的问题上意见并不统一。当今的国际体系是以发展中国家的边缘化和发达国家的中心主导地位为基础的。这种国际体系是不公正的政治和经济秩序的根源。在这一国际体系中，广大发展中国家长期发展缓慢，难以摆脱落后的局面，国际秩序也存在着不稳定的因素。对于这样一个国际体系，中德两国都有不满意的地方，在改革现有国际体制方面有共同利益。但中国所希望的是能够在未来彻底改变这种国际秩序，实现发展中国家和发达国家真正意义上的平等。德国虽然也承认现有的国际秩序存在问题，也宣扬建立更加公正合理的国际秩序，但德国并不想从根本上改变现有的国际体系。对于发展中国家所遇到的问题，德国一方面向发展中国家提供贷款援助，以缓解发展中国家的不满情绪，避免矛盾的激化；另一方面也试图以各种手段把发展中国家固定在依附于发达国家的地位上，保持发达国家对于发展中国家的优势地位。

对国际体系的不同看法导致两国在一些关

---

① 温家宝：《中欧关系要增强战略性、全面性和稳定性》，http://news.xinhuanet.com/world/2009-11/30/content_12563412.htm。

乎全球责任的重大问题上意见相左，围绕全球气候机制所展开的斗争只是其中的一个方面。总的来看，中德两国都认为当今一系列的国际机制与体制需要改革，然而以何种方式改革，改革到什么程度，双方对此存在分歧。而在全球战略性问题上的不同看法成为了中德双方缺乏政治互信的重要原因。德国对中国的崛起感到担忧，不仅仅是因为中国实力的增加，更重要的是因为中国是一个与德国不一样的国家。因为对中国的想法与行为不理解，所以德国对中国的崛起感到不安，认为中国对德国具有潜在的威胁性。因为对中国的想法与行为不理解，所以德国在对涉及中国的问题做决策时有很大的主观臆断性，致使双方近期出现了一些政治上的冲突。而政治上的矛盾与冲突也阻碍了双方伙伴关系的全面展开，使中德关系出现了很多波折。

所以本文作者认为，中德关系要想在日后成为真正意义上的"具有全球责任的全面战略合作伙伴关系"，必须要加强在战略性问题上的合作与沟通，进而按照本国国情承担维护地区和世界和平与稳定的全球责任，密切双边关系，开展全方位多层次的交流。德国与中国虽然对未来国际秩序的发展走向存在不同的看法和观点，但这并不妨碍两国搁置争议，求同存异。未来的世界将是多极、多元、多样化的，任何一个国家都不可能以一种思维方式一统天下。中德两国应该更加关注如何推动各种文明和谐相处，共同繁荣。历史已经多次证明，试图通过打压和阻挠别国的发展来维护自身的国际地位是没有前途的。中德两国应该从理论和实践两个层面探索两国关系正常发展的新途径，以建立"具有全球责任的全面战略合作伙伴"为目标，不断创新、提升两国的合作机制，使中德关系成为经受得起挫折与考验的成熟关系。

作者简介：武正弯，北京外国语大学德语系博士。

对德国外交中利益与价值观因素关系的解析

李倩瑗

【摘要】 2009 年 10 月 24 日，德国基督教联盟党与自由民主党通过了《联盟条约》（Koalitionsvertrag）。《联盟条约》第五部分在谈到德国外交政策时专门提到了"受价值约束、以利益为主导的外交政策"这一概念。纵观德国冷战后的外交政策，利益与价值观因素的关系非常微妙。而如何寻求两者的平衡，也是德国政府在制定外交政策时需要考虑的重要因素。本文将从理论入手，以德中关系以及德国政府在土耳其入盟问题上的态度为例来剖析德国外交中利益与价值观因素的关系，并试图对德国未来几年外交走向作出展望。

【关键词】 国家利益，价值观，德中关系，土耳其入盟

2009 年 10 月 24 日，联盟党与自民党经过多轮协商，通过了《联盟条约》。《联盟条约》第五部分在谈到德国外交政策时，开篇同时提到了国家利益和价值观因素的重要地位。之后则专门提到了"受价值约束、以利益为主导的外交政策"[①]（Wertegebundene und interessengeleitete Außenpolitik）这一概念。而这也与默克尔在 2007 年提出的价值观外交（werteorientierte Außenpolitik）有所不同。

冷战后的德国外交中，国家利益与价值观因素之间经常相互影响或产生矛盾，如德中关系以及德国在土耳其入盟问题上的态度等方面。德国外交始终在寻找国家利益与价值观因素的平衡点。冷战后的科尔政府、施罗德政府以及默克尔政府都曾经在任期内施行过所谓的人权和价值观外交，但其后他们都对自己的政策进行了调整。默克尔 2007 年提出的所谓"价值观外交"，似乎更要将价值观凌驾于国家利益之上。

人人均知道国家利益的重要性，但是对于德国这样一个"硬实力"有限的国家来说，发挥"软实力"的辐射力也是其国家利益的重要组成部分。因此德国钟爱宣传欧式民主中大力提倡的民主自由人权等理念。但是西方的民主人权与其历史传统有关，并且在全球化的背景下会显现出某些弱点，如福利刚性的矛盾。而且他们也忽略了生存价值观与自我表现价值观的区别，以及民主成熟程度、政治制度改革与经济

---

① 引自 Koalitionsvertrag, 24. 10. 2009, S. 110。

的匹配程度等若干民主制度发展过程中隐藏的问题。

笔者希望以此为题，试图分析德国外交中利益与价值观因素相辅相成而又互相矛盾的微妙联系，并且对德国外交今后的走向做一定预测。

一、国际政治三大理论中的利益观与其中的价值观因素

国家利益与价值观因素是任何国家在确定自己的外交政策时都必须要考虑的两大密不可分的主导因素。在国际关系学中，很多学者在对现实主义、自由主义以及建构主义这三大理论范式进行探讨时，都提到了与此相关的理论要点：

1. 国家利益是现实主义的关键概念。现实主义者假定国家是国际社会最主要的行为体，国家是理性的，国际社会处于"无序状态"，因此国家行为的特征是"自助"。现实主义主要从亚当·斯密的古典微观经济学角度来理解国家行为。无序状态相当于自由放任的市场，国家相当于市场竞争的行为主体公司，类似于理性的"经济人"。国家利益是国内政治斗争的产品，外生于国际体系，在开始互动之前，在形成国家体系之前国家就已经确定以自我利益为中心。利益是物质的、给定的，是自私的，反对用法理、道义以及意识形态确定国家利益的做法。现实主义者强调，国家之间的利益和追求必然是冲突的、摩擦的和矛盾的，主权的民族国家的性质决定了这种对立与对抗的不可避免性。

古典现实主义认为一个国家的意识形态、社会价值、政治体制对于这个国家的国际行为不会产生决定性的影响。国家在对外政策方面不能完全遵循自己国家的道德观念和价值观念。现实主义大师摩根索在其现实主义的经典作品《国家间政治》一书中把利益确认为权力，国家就是争夺权力、维护权力和显示权力。摩根索强调国家不能用普遍道德原则的绝对形式指导其国际行为，国与国关系的发展不应基于这些国家的政治体制、意识形态是否相同，而应主要考虑国家根本利益的共同点和互补性。而到了新现实主义那里，国家最关心的并不是权力，而是安全，强调军事权力是国家权力。安全被认为是国家的终极利益。

但是国际关系中的很多现象，是无法仅用"权力"和"安全"就能合理解释的，所以现实主义界定的国家利益的解释力是有限的。

2. 古典自由主义者认为国家来源于市民社会，国家的政策反映的是国内一个或多个团体的利益，国家的偏好很大一部分取决于国内主要团体的利益。新自由主义引入合作和制度的概念来代替新现实主义的自助和安全困境的概念，主要以制度经济学的方法来分析国际政治中的制度。如果以武力冲突解决问题代价过高，而合作使双方均能获利，国家间的合作就可以影响国家对长远利益与短期利益的看法，帮助国家摆脱"相对收益"的困境，成为实现国家利益的可能方式。

新自由主义如新现实主义者一样，赞同利益是物质的、给定的，但强调国际规制、规范等因素的作用。现代西方国际关系领域的自由主义学者在国家主权和人权两者之间往往首选人权。所以，虽然西方国家的人权外交不乏以人权为借口获取国家利益的因素，但其也有着根深蒂固的思想渊源。

3. 建构主义和理性主义理论有所区别。建构主义注重观念、身份、认同、文化、价值等社会因素在国际关系中的作用。建构主义者不再认为外交行为只是对物质利益和结构性重心转移的反应，而是强调社会共同的规范、价值和原则。建构主义者认为类似权力对比、机构

等社会结构并非是客观的，社会结构和行为者之间有着相互建构的关系。建构主义的结构是观念的分配，是文化，认为国际体系是以文化为核心的社会结构。它通过考察国际体系的社会含义和国家的文化属性，通过分析国家身份来理解国家利益和行为。建构主义代表人物温特认为，国家是组织行为体，国家的特征在很大程度上是由国家与社会之间的关系建构而成的，可以把身份、利益、意图等人的特性适当地加在国家身上。"国家利益"是国家的内在动机特点。利益与身份有关，每一种身份都有与之相关的需求和客观利益。行为体对这些需求和利益的认识又构建了驱动行为的主观利益。简言之，身份决定利益，利益决定行为。理性主义者把行为体的身份和利益当作常数，只关心行为体的行为。而建构主义者认为行为是重要的，但是只有在确定了行为体的身份和利益之后，才能够表述行为体的行为。而行为体的身份是有结构（文化）建构而成的。建构主义的结构是观念的分配，是文化。

特里尔大学政治学教授汉斯·毛尔（Hanns Maull）等展开的有关"文明力量（Zivilmacht）"的研究也属于建构主义的范畴。"文明力量"的外交理念主要包括三个核心内容：首先，提倡采取非武力的方式（如协调、对话、谈判等）解决冲突，并致力于将武力解决冲突的方式降到最低点。第二，赞成加强国际法以及多边国际组织参与国际事务的处理。第三，促进国际关系的文明化。他认为，"文明力量"也要追求国家利益，只是这种国家利益受到价值、规范的直接影响，并且是集体学习过程的结果。新自由主义和建构主义学者认为制度、价值、规范等对国家利益有着直接影响。

总之，新自由主义和新现实主义的共同之处在于：双方都把国家利益最大化作为思考的前提，很少考虑到价值观因素，都是从经济学视角来透视国际政治。而建构主义则给我们提供了另外一个分析国家利益的视角，当把身份的概念引入国家利益分析时，建构主义对国家利益的解读就与理性主义有所不同，价值观因素也更加鲜明地体现在国际政治讨论中来。

二、德国外交中国家利益和价值观因素的关系概述

但是在具体的外交政策决策过程中，却既没有纯粹的现实主义，也没有纯粹的自由主义或建构主义，国家利益与价值观因素总是密不可分的。美国著名的国际政治学家汉斯·摩根索（Hans Morgenthau）认为："只要世界在政治上还是由国家所构成的，那么国际政治中实际上最后的语言就只能是国家利益。"而著名的学者约瑟夫·奈（Joseph Nye）曾经在其著作中这样写道："价值观乃是一种无形的国家利益。"[①]实际上，笔者认为，一个好的、行之有效并且可以一以贯之的外交政策和外交战略必定是在国家利益和价值观之间取得平衡的。

国家利益是国际关系研究中一个非常重要的分析出发点。国家利益是外交和国际关系中最持久、最核心的概念。国家在制定对外政策的时候，必须首先去满足国家的主要利益，之后再追求其他的次要利益。笔者认为：一个国家所拥有的权力和资源的多少，也是决定利益的优先次序的重要方面。一个国家如果实力强大，那么它就可以同时追求多项主要利益，而当国家实力并不强大时，就只能集中力量维护其最核心的利益。这就对西方各国外交，包括德国外交提出了一个问题：西方国家（包括德国）是否有实力在追逐安全保障、经济利益、

---

① Joseph Nye: The Paradox of American Power: Why the World's Only Superpower Can't Go It Alone, Oxford: Oxford University Press, 2002, S. 139。

能源利益的同时去扩展其价值观的辐射范围来扩展其西方式的民主呢?

1996 年美国国家利益委员会曾经发表过一份《美国国家利益报告》,该报告把冷战后的美国国家利益分为四种,分别为"生死攸关的利益"、"极其重要的利益"、"重要利益"和"次要利益"[①],其中涉及人权和民主方面的利益主要归入"重要利益"和"次要利益"中。德国社民党著名政治家埃贡·巴尔 (Egon Bahr) 在其出版的《德国的利益》一书中对德国的利益进行了相似的阐释。他认为德国的利益也可以分为"生死攸关的利益"、"极其重要的利益"和"重要利益"[②]。德国生死攸关的利益是保证整个欧洲的稳定;而保证欧盟深化和扩大以及保持与北约的安全合作则是德国极其重要的利益。笔者认为,德国的核心利益有两根支柱,即欧洲的共同利益和跨大西洋合作。与美国的全球战略定位不同,德国更倾向于以欧洲为中心的外交战略定位。除了地缘战略因素的考虑之外,更重要的原因是,德国的硬实力并不强劲,所以希望可以建立一种军事实力不发挥关键作用的制度体系。用二流的军力来实现永恒的和平、自由、民主和均富。

德国外交安全战略的首要目标便是欧洲的稳定与和平。此外,德国外交的重要行动准则便是遵守多边主义原则,尽量争取与其伙伴国或盟国保持良好关系,这与其历史经验和现实状况不无关系。统一以后的德国地理位置、经济与安全利益结构都决定了任何国际危机都会直接而深刻地触动它的利益,德国对国际体系的依赖程度远高于其他国家。而欧盟战后的整

个融合过程便很好地体现了这样一种共同利益的模式。各国利益平衡和传统的国家利益政策则有着非常微妙的既互补又矛盾的关系。冷战后,德国具有一定的"后民族国家"特性,即向欧盟让渡部分国家主权,希望建立跨越国家的管理体制,把各国自身的利益从一种竞争状态引入合作过程中。[③]

国家间的利益有相似点,也有相互碰撞的时候。国家间的利益可以分为相似利益、互补利益、平行利益以及冲突利益[④]。所谓互补利益,是说两国的国家利益虽然不相同,但是有些利益是互相补充的,这也为两国的合作奠定了基础;所谓平行利益,是指两国的国家利益可能既不和谐,也不冲突,它们并行不悖,互不相干,它可以成为两国间相安无事和平共处的基础;利益冲突会导致紧张局势以及各种不和谐因素。笔者在后文分析德国与中国、土耳其的关系时,也会分析德国与这些价值观迥异的国家究竟有什么样的利益碰撞,是互补利益或平行利益占主流,还是冲突利益占主流?

国家是由人创造的,国家关系中也摆脱不了人性的作用。世界各国政府也会用价值标准给包括本国在内的世界各国定性定位,将国家分为民主国家和不民主国家,自由社会和专制社会。价值观为国家外交提供了是非标准和道德标准,为国家对外政策奠定了社会基础。保存国家的核心价值同样是一国的重要利益。在某种意义上来说,价值观比利益更多地奠定了国家外交的永恒的、长久的、普遍的基础。价值观具有长期存在、难以改变的性质,一旦形

① The Commission on America's National Interests. America's National Interests, Center for Science and International Affairs and John F. Kennedy School of Government of Harvard University, Nixon Center for Peace and Freedom, and The RAND Corporation, S. 4–7。

② Egon Bahr: Deutsche Interessen, Karl Blessing Verlag, 1998, S. 24–25。

③ 熊炜:《统一以后的德国外交政策 (1990–2004)》,世界知识出版社,2008 年,第 56 页。

④ 俞正樑:《全球化时代的国际关系》,复旦大学出版社,2009 年,第 56 页。

成要根本改变就变得比较困难，所以外交中的价值观因素也是非常值得玩味和琢磨的。

各国民主制度的迥异有着其深层次的历史文化原因，密歇根大学政治学教授罗纳德·英格尔哈特 (Ronald Ingelhart)[①] 认为，对于民主而言，各文化之间的差异的一些重要方面尤其起重要作用。各社会的一大区别在于有的社会强调"生存价值观"，有的则强调"自我表现的价值观"。自我表现价值观包括了人与人之间的信任、容忍以及参与决策。例如中国就强调生存权和发展权作为人权的基本内容，这与社会发展程度密不可分。与强调生存价值观的社会相比，强调自我表现价值观的社会成为稳定民主社会的可能性要大得多。

西方的民主政治体制与其历史和政治文化有着紧密联系。而德国和欧盟虽然不常动用武力和军队，却钟爱推销自己的欧式民主，希望用它们"先进"的制度和价值观改造世界。在全球化的今天，西式的民主人权制度也并非完美无瑕，福利刚性风险就是弊端之一。福利刚性主要是指个人对自己的福利水平具有只能允许其上升但却不能允许其下降的心理预期。而福利与民主（选举制度）之间则常常存在矛盾。西方民主政治程序的发展使福利国家的决策向着由社会需求驱动的方向发展，福利项目的批准和实施在很大程度上取决于人们的主观意愿和政党在政治斗争中的力量对比，因而失去客观的基础，这是福利国家的结构性威胁。德国也同样面临福利刚性的问题，这也是其失去经济活力的重要原因之一。

实现国家利益与价值观的平衡一直是德国政府制定和推行外交政策的一致原则。现今，德国政府依然在找寻这种平衡点。世界历史和今天的外交实践的现实是，当国家利益与价值观出现矛盾时，多数国家在大部分情况下，只能更多地突出国家利益，而非对价值取向的关注和考虑，但是其中可能还是多少暗含一定的价值观因素。这一对概念是相辅相成的。德国政治经济学家韦伯曾经提出，人的思想观念虽然不直接决定其行为，但观念形成的世界观却对在利益驱动下的人类行为起着非常重要的引导作用。而对德国来说，利益与价值观因素的确有着非常紧密的联系，这种观念也在战后德国的外交政策中得到了体现：德国与西方国家融合，形成了民主自由的价值共同体，而这对德国战后社会经济重建起到了引导作用，也使其成为了当时西方阵营中值得信赖的欧洲伙伴。而各民主国家通常认为，利益与价值观因素之间的关系是互补的。

德国的外交政策在统一后有着一定的延续和转变，这也能从利益和价值观这两个因素中看出一些端倪，其中的"变"与"不变"，也非常值得玩味。过去，德国政府不大愿意谈"利益"，而用别的表达如"目标"、"任务"和"责任"等来代替；而现在，却经常可以听到政客在讲话或接受采访时谈到"德国的利益"。而另一方面，德国则倾向于与西方价值观同盟保持紧密联系，与欧盟一道将"欧式民主"推向全球。

总体来说，德国政府也基本认为，利益与价值观因素互相补充，相互交织。在对外派兵问题上，还是比较偏重德国自身的安全利益，而并非派驻国的人权状况等。但大部分情况下，利益的优先地位也不得同其奉行的价值观准则有很大的出入。

我们可以从多个角度来解读德国的外交政策，国家利益与价值观因素是其中非常重要的两个要素。实现国家利益与价值观的平衡是德国政府制定和推行外交政策的基本原则和主要思路之一，也是我们解读冷战后德国外交政策的合理视角和关键切入点。下文中作者会针对具体的事例，即德中关系以及土耳其入盟等，来研究德国外交中的国家利益和价值观冲突。

---

① 亨廷顿主编，《文化的重要作用》，新华出版社，2010 年，第 129 页。

三、德中关系中国家利益与价值观因素之间的关系

具有"文明力量"内核的、现实主义的"贸易国家"外交政策在统一德国对华关系上表现十分明显。①90年代后期至今，经济利益与价值取向一直是干扰德国对华政策的一组矛盾。笔者认为，德中关系虽然因为价值观不同偶有徘徊，但主流依然是合作，双方的互补利益、平行利益较多，而冲突利益较少。从德国对华关系来看，经济利益一直居于主导地位。这也是德中关系发展中恒定的最重要因素之一，推动了德中关系排除干扰、持续发展的根本动力。

德国国民生产总值中三分之一依靠出口，为出口工作的就业者占总就业人口的20%。而中国市场非常广阔，人口众多，经济持续增长，德国在中国出口可以继续发掘潜力。而且德国和中国在经贸合作方面有一定的互补性，中国需要与德国在环保、机械以及高科技领域进行合作，而中国在纺织品、皮鞋、电器等制造品方面则价廉物美。2008年，德中经贸往来势头依然良好：德国从中国进口总额约593.78亿欧元（不包括港澳台地区），德国向中国出口总额约340.96亿欧元。中国是德国第三大出口国，仅次于荷兰、法国，占德国进口总额的7.3%。②德国企业在华投资的数目也是相当可观的，如京沪高铁项目中德国的投资和西门子公司计划在唐山制造机车中投资6亿多欧元。德国在中国的投资潜力是非常巨大的。中德两国在美国、英国等市场上贸易产品的竞争程度也很小。而且其外交政策也有着相同的利益诉求，扩大其出口份额。2010年3月，英国《金融时报》副主编马丁·沃尔夫（Martin Wolf）就曾在其专栏文章中臆造了Chermany（中德国）的概念阐

释其外贸盈余国向逆差国出口财政赤字的观点。

而德中关系中的利好面除了经贸方面还有：德中两国没有太多历史遗留问题，没有地缘政治冲突；中国作为联合国安理会常任理事国，在联合国以及很多国际组织中发挥的作用都是德国非常看重的；而且中德两国都有着多边主义的外交传统，都注重"软实力"的政治和外交模式，在很多国际问题的处理方面崇尚以外交手段为主，这也使得双方在国际舞台上有着政治合作的空间。

冷战后的几届政府都曾经在价值观或人权问题上与中国多生争执：科尔政府时期，1996年，德国议会通过了《西藏决议》，同年，德国诺曼基金会执意邀请达赖参加研讨会发言，德中关系陷入冰点；红绿联盟开始执政时期，德国外长费舍尔就声明：德国新内阁的外交政策除了延续既有政策之外，将更加维护人权；德国将在国家组织中，对推动人权维护起带头作用，1998年12月初，德国政府邀请魏京生访问德国，安排外长和总理安全政策顾问与他会面。费舍尔外长还出面会见了达赖，并将西藏人权问题列为欧中人权对话的主题之一。默克尔政府时期，默克尔于2007年9月23日在总理府会见达赖，这也是德国有史以来第一位在总理府会见达赖的总理，使得当时的中德关系一度坠入谷底。同年10月23日，基民盟/基社盟议会党团推出了"亚洲战略"文件，以及10月底她访问印度时表现出亲切感，反复强调彼此有"共同的民主价值观"。"亚洲战略"③中提到："德国和欧洲在能源、非洲和外贸领域都面临中国的竞争；德国要增强与印度、日本、澳大利亚等民主国家的关系，随着中国的崛起，世界经济和政治大国序列中出现了一个不自由、不民主的国家，中国已日益向西方提出体制问

---

① 连玉如：《新世界政治与德国外交政策》，北京大学出版社，2003年，第452页。

② 数据引自 Statistisches Bundesamt: Das Statistische Jahrbuch 2009。

③ 引自 Asienstrategie der CDU/CSU-Bundestagfraktion, 23.10.2007。

题，并自视为另外一种可供选择的政治制度模式。这一模式在欧洲以外的地区对德国和欧盟的经济、政治利益提出了挑战。"

但是，几届政府执政后期或第二任期中，都逐渐调整这种所谓的人权或价值观外交政策：科尔政府时期，1993 年 9 月，德国政府出台了"新亚洲政策"，决定全面加强与亚洲，特别是中国的合作。这之后，经贸往来、发展援助、对华直接投资都呈现更加紧密的合作趋势；施罗德政府时期，虽然中德关系有一个短暂的徘徊期，但是两国很快调整战略，1999 年 3 月以后，德国调整了对华政策。而在北约空袭南联盟军事行动发生后，施罗德总理依然在 1999 年 5 月对中国进行了为期一天的工作访问，并向中国人民表示无条件道歉，这为德中关系的继续发展奠定了良好的基础。而默克尔政府时期，默克尔通过和中国的接触，中国对金融危机的处理，她对华对亚洲的看法产生很大变化。在《联盟条约》的外交政策章节中，亚洲是第一位的。在提到亚洲，特别是金融危机引起的萧条时，提到了必须同中国和印度等国家共同合作，这样世界经济才会有大的改变。谈到亚洲伙伴时，排序是"中国、印度和日本"，把中国放在最前面。在论述中有两段特别提到中国，指出德国和中国可以共同合作。这与默克尔第一任期时制定的《联盟条约》有着很大区别：在 2005 年，该条约中谈到亚洲关系时把日本放在前面；2005 年条约写道："突出法制国家对话，目的是加强中国民主法制国家建设和人权问题。"今年就没有提到这些目的。[①]这也说明了中德关系向积极方向发展。

诚然，中国与德国在价值观因素方面仍存在分歧，原因是多方面的。中国也可以多利用中德人权对话机制等，用比较平实以及能够被德国等西方国家认同的语言对我国的现状和外

交政策做出阐释，营造一个比较客观友善的国际舆论环境。

德中关系中，经济贸易合作仍将构成两国关系发展的实质内容和坚实基础。德国对华经贸、技术等方面合作的深度与广度都大大领先于其他的欧盟国家。人权问题、西藏问题等尽管棘手难办，但不会成为两国关系的主旋律。如今，德国国内改革问题众多，而国际上金融危机的影响又尚未消除，所以德国对华政策必定以连续性为主。

四、德国在土耳其入盟问题中国家利益与价值观因素之间的关系

德国在土耳其入盟问题上的立场受到诸多因素的掣肘：历史与现实利益的纠葛、土耳其特殊的地理位置和战略地位、基督教文化与伊斯兰文化相互沟通的障碍、欧盟社会与土耳其不同的生活方式、冷战结束带来的世界格局的变化以及土耳其的北约身份和这一问题中的美国因素等等，使问题的解决极为复杂。而德国政府以及欧盟在这一问题上利益与价值观的矛盾表现得非常明显：虽然德国国内（尤其是联盟党）并不是很认同土耳其加入欧盟，但是又不会放弃与其加强伙伴关系，并且会尽力加强土耳其与欧盟的联系。笔者认为，在这一问题上，价值观因素是不可逾越的鸿沟。德国为土耳其提供所谓的"优惠伙伴国"(privilegierte Partnerschaft) 待遇，这也是德国从其国家利益出发对德土关系的一种模糊定位。

土耳其与欧盟早在 1963 年就签订了《联系国协议》，1987 年申请入盟，1996 年加入关税同盟，1999 年 12 月正式成为候选国。但此后迟迟未启动入盟程序，直至 2005 年 10 月正式启动了其入盟程序。

对德国政府而言，与土耳其发展伙伴关系

---

① 引自 Koalitionsvertrag, 24. 10. 2009, S. 112。

具有重要的现实利益：

首先，在地缘政治方面，土耳其地跨亚欧两洲，位于地中海和黑海之间。东界伊朗，东北邻格鲁吉亚、亚美尼亚和阿塞拜疆，东南与叙利亚、伊拉克接壤，北滨黑海。地扼中东，巴尔干半岛和产油的黑海盆地，战略位置十分重要。一方面，它稳定着黑海地区，控制着从黑海去地中海的通道；另一方面，它是北约的南部支撑点，在高加索地区同俄罗斯抗衡。对于德国来说，其安全战略意义十分重要，对于稳定中亚和中东地区有重要意义。

其次，在战略安全方面，土耳其是军事冲突泛滥地区的和平绿岛，这有实际化解冲突的作用，同时也具有一定的示范作用。它与德国以及其它西方国家在战略安全方面的相互依存度在提高。

再次，土耳其入盟中的美国因素不容忽视。土耳其是美国的盟友，美国在土耳其有军事基地。美国积极支持土耳其入盟，曾多次要求欧盟确定与土耳其开始入盟谈判的日期，向欧盟施压。默克尔与奥巴马曾经在会谈中谈到这一问题，两人的观点并不一致。当然，美国支持土耳其同时也是为了利用其牵制欧盟。

最后，德国也是土耳其重要的贸易伙伴。2007 年，德国向土耳其出口的总额占其国家出口总额的 11%，而德国向土耳其出口的产品主要为汽车、汽车零件 (25%) 以及机械产品 (19%)。同时，德国也是土耳其最重要的顾客，其双边贸易额仅次于俄罗斯位居第二。[①]对于土耳其来说，德国是其重要的贸易合作伙伴。

但是，德国在土耳其问题上的态度非常谨慎，其中一个重要原因就是土耳其的欧洲国家身份不被认同。从地理上说，土耳其 97% 的国土在亚洲，仅有 3% 的国土在欧洲，地理意义上就很难说其是一个欧洲国家。文化上，其身份疑问则更加明显地体现出来。从宗教角度来说，土耳其无疑属于伊斯兰文化圈，与欧洲大陆的基督教文化圈截然不同。欧洲大多数国家都受到古希腊罗马文化的影响。而欧洲的这些文化进程，土耳其并未参与。德国史学家认为，在欧洲的价值世界里，土耳其并未参加。正是出于这一文化差异，德国前总理施密特曾经多次在公开场合表示对土耳其入盟的不满。在 2000 年德国《时代》周报第 41 期上发表的题为"谁不属于欧洲"的文章中，他明确地提出"土耳其、俄罗斯、乌克兰、白俄罗斯：这些都是大国，是欧盟的重要伙伴，但却不是欧盟扩展的合适的候选国"。[②]而在面对一个历史与信仰都与自己迥然不同的国家时，戒备与防范心理总是战胜了宽容与接纳。今天，数百万在欧洲居住的土耳其人已经构成了一个异质群体，接纳几千万的土耳其人对欧盟这一价值共同体来说是一个巨大的挑战。欧盟宣称自己是价值共同体，建立在民主、自由、尊重人权和法制的基础上，文化与精神的融合尤为重要。因此，这一挑战对欧盟来说能否承受，还很难得到定论。

土耳其为了迎合这种身份需要进行了一系列的改革，如 2001 年 8 月废除死刑，给库尔德人更多的权利。在政治和法律方面，自 2001 年 10 月以来，土耳其议会针对欧盟的要求两次对宪法进行了大规模修改，批准了七套涉及政治和法律的改革方案，扩大了民主体制、人权及公民权的法制基础，限制了军队在国内政治中的影响，改善了少数民族的状况。

在新的《联盟条约》中，也提到了要继续加深与土耳其的联系，建立土耳其与欧盟的联系，并且继续发展土耳其与欧盟的享有特

---

① 数据引自 Wirtschaftstrends Türkei Jahreswechsel 2008/09, URL: http://www.gtai.de/DE/Content/__
　　SharedDocs/ Links-Einzeldokumente-Datenbanken/fachdokument.html?fIdent=MKT200812038004。

② 引自 Helmut Schmidt : Wer nicht zu Europa gehört . In : DIE ZEI T, 2000/ Nr. 41。

权的"特殊伙伴"关系，将其纳入欧盟体系内[①]。对德国来说，土耳其在地缘政治以及安全战略上依然具有重要地位，但是其自身的历史、宗教以及文化背景也给其入盟增加了障碍，保守的联盟党对于其完全成员国的地位依然表示反对。

2010 年 3 月底，默克尔对土耳其进行了为期两天的国事访问。这是她自 2006 年以来时隔四年第二次访问土耳其。她与土耳其总理埃尔多安的会面却矛盾重重。默克尔并不赞同在德国建立土耳其学校这一提议。而她对土耳其入盟依然基本持否定态度，她认为土耳其并没有满足加入欧盟的相应条件。[②]默克尔认为，在德国的土耳其人应该掌握德语并且遵守德国法律。而埃尔多安则将其视为对土耳其文化的"同化"。而在伊朗问题以及中东和平进程方面，德国则希望倚仗土耳其的帮助。而里海地区与西欧之间的油气管道也对德国的能源安全非常重要。

土耳其最终能否入盟取决于未来欧盟所面临的国际形势，欧盟自身的定位，同时也取决与其内部结构的变化。笔者认为，德国对这一问题会表现暧昧态度，保守的联盟党是不会愿意土耳其入盟的，但是从地缘政治和安全战略意义考虑，与其发展良好的伙伴关系依然是大势所趋。

五、总结与展望

从新政府《联盟条约》有关外交政策这一章节中可以看出新政府今后几年外交政策的大趋势，而"受价值约束、以利益为主导的外交政策"这一表述表明德国外交在今后依然会重视价值观因素的作用，但是国家利益是核心，是其外交政策的导向和主轴。但德国一定会继续努力扩大其软实力的辐射范围，扩大其在国际上的影响力。

前面笔者曾经提出这样一个问题：德国是否有实力同时追逐安全保障、经济利益、扩展其价值观辐射范围和西方式民主人权？笔者认为，当前，在经济危机的国际背景以及德国国内改革的压力之下，德国政府会将其外交重点放在追逐其主要国家利益的基础上。

虽然德国的人权政策在其政策中有一定的地位。但是，与法国的人权政策有着很大的区别。法国的人权政策更多地源自其法国大革命之后的传统，其政策更加鲜明。而德国的人权政策则有一种机制化的特点，并不是那么鲜明化。但欧洲政治家的直线式思维与美国的实用主义有所区别，他们还残留有一丝文化沙文主义、文化傲慢中心和西方中心主义。并且德意志民族具有彻底的反思性这一特点，他们曾经经历过独裁统治，对其有着天然的反感和偏见。但在这里应区分，"价值观外交"和"人权外交"与"民主"、"自由"、"人权"是完全不同的概念。自由、民主和人权这些都是人类文明发展的成果，是共同的理想和追求。

关于人权以及价值观问题的讨论并不是也不应该集中在内容上。这种对话并不是要形成一个统一的与此相关的定义，而是建立沟通机制和平台。在这里，宽容与理解就不再是套话空话，而是两个国家，尤其是两个文化历史价值有所差异的国家应该切实去做的。当两个国家道德标准有所不同的时候，应该首先互相理解，并试着了解接纳对方的价值观。在面对一个历史与信仰与自己迥然不同的国家时，宽容与接纳如果能够战胜戒备与防范，那么冲突利益就会越来越少。

欧洲与中国、土耳其等国家在政治、经济等方面的发展程度还是有很大差别的。德国已

---

① 引自 Koalitionsvertrag, 24. 10. 2009, S. 109。

② Kanzlerin beendet Türkei-Reise, URL: http://www.heute.de/ZDFheute/inhalt/23/0,3672,8060183,00.html。

经是一个各方面制度相当成熟的国家，他们的思想程度和经济水平有着一定的匹配度。欧式民主固然值得借鉴，但是它有自己的文化土壤，随意嫁接会带来各方面的后遗症。

在分析两国利益碰撞的时候，也应该看双方的互补利益、平行利益或者相似利益较多，还是冲突利益较多，如德中关系中，中国和德国还是互补利益、平行利益占主流，两国身份还是朋友为主，所以两个国家的关系走势依然呈良好态势。

总而言之，德国今后的外交政策的走势依然主要以国家利益为主，冷战思维会逐渐减少，但是价值观因素依旧会在外交政策中占有重要地位，双方的关系依然纠结，德国黑黄政府依然需要继续寻找这一平衡点，力求使德国国家利益实现最大化，并努力扩大其软实力的辐射力和文化的影响力。

作者简介：李倩媛，北京外国语大学德语系硕士研究生。

● 经济纵横

国际金融危机冲击后的德国经济

殷桐生

【摘要】2008年德国经济陷入国际金融危机的泥潭。以默克尔为首的联邦政府施展出浑身解数，力图突出重围、以求一逞。因此盘点一下劫后余生的德国经济现状、剖析一下其应对金融危机举措的特点、研究一下它的退出战略、展望一下其发展前景就显得十分有必要了。德国经济长期停滞不前，主要是结构上出了问题，但对此德国各方面似乎都是视而不见，不仅雨点不大、雷声也很小。而在此次国际金融危机中它显然是被击了一猛掌，初步感到经济结构问题的严重性，因而明确提出进行结构改革的口号，并从改革财政结构下手。这是十分值得人们注意的。

【关键词】新债务法规，结构性赤字，目的公司

2008年德国经济陷入国际金融危机的泥潭。以默克尔为首的联邦政府施展出浑身解数，力图突出重围、以求一逞。2009年联邦议院大选，默克尔留任总理，黑黄政府的经济政策也基本上得以继续。因此盘点一下劫后余生的德国经济现状，剖析一下其应对金融危机举措的特点，展望一下其发展前景就显得十分有必要了。

一、盘点 2009 年的德国经济

盘点 2009 年的德国经济，人们仿佛又看到了一个经济巨人在国际金融危机的泥潭里左退右进、腾挪辗转的场面。在这里我们既看到德国工业银行（IKB）、萨克森州银行、德国地产融资抵押银行（die Hypo Real Estate，HRE）和杜塞尔多夫银行面临的巨大破产和倒闭风险，看到德国第五大富豪阿道夫·默克勒扑向疾驶而来的火车自杀身亡和联邦经济部长格罗斯被迫挂冠而去的情景；也看到了联邦政府频频出手的各类救市和刺激经济计划。

如今打拼的结果已经揭晓：2009 年德国国内生产总值最后定为 4.9% 的负增长，人均国内生产总值下降 4.9%，国债增至 73.1%，财政赤字高达 5.5%，失业人数反弹至 340 万，失业率升至 8.2%，基本建设总投资回落 8.6%，其中设备投资下泄 20%，进出口分别下降 8.9% 和 14.7%，进出口率为 3.4% 的负增长。其中绝大多数数据都为联邦德国建国以来的

负面最高纪录。[①]

更加令人担心的是这一危机给德国经济造成了深层次的伤害，突出表现在下述几个方面：1. 降低了劳动力潜力；2. 削弱了生产要素的功能；3. 影响了资本的积累，减少了股本，缩小了人才资本；4. 增加了结构改革的难度；5. 加剧了中长期发展的不确定性。

二、德国经济出现转机的原因

然而这样令人失望的记录远不是问题的全部。人们一定要深入研究这些记录后面的努力和变化。

德国是外向型经济，无论是源还是流，无论是原料还是产品，无论是产业链的上游还是下游，德国经济都与世界经济兴衰与共地联系在一起。因此分析德国经济必须要研究世界经济。

国际金融危机对世界各国经济的冲击以2009年为最。据统计，去年世界生产下滑了1.1%，国际贸易下降了11.5%。全球银行业不良资产损失额2008年约为2.8万亿，2009年为2.3万亿。[②]发达国家的债务比重达到二战以来的最高水平，主权债务水平达到无法举新债偿旧债的地步。

但从2009年的下半年开始，世界各主要国家的经济大都开始出现企稳回暖的迹象，尽管这一迹象还十分脆弱，但还是能看出一种好的趋势。于是国际货币基金组织一再上调了其预期。它预计2010年的世界经济将增长4.2%[③]。显然这是一个令人鼓舞的趋势。出现这一趋势的主要原因大致有下面几条：

1. 各国都采取了膨胀的货币政策，大幅减息，有些国家甚至采取了零利率；

2. 各国都动用了宏观调控手段，采取救市措施支撑虚拟经济，采用刺激措施来支撑实体经济；

3. 石油价格下跌，出现了2004年以来的最低价格；

4. 门槛国家的积极作用。它们不仅有效地应对了国际金融危机的冲击，也成为了最早反弹的经济体，其中最为突出的是中国和"金砖国家"。

德国的情况也同世界经济大致相同。尽管2009年德国经济大幅度下滑，但第二季度国内生产总值在持续回落之后增长了0.4%，第三季度又进一步上升了0.7%，[④]整个工业生产从9月份开始已经越出了低谷，出现了环比和同比的双增长；2009年6月曼海姆欧洲经济研究中心测定的德国经济景气预期指数增长了13.7点，上升到44.8点。[⑤]从消费物价看，其膨胀率达到了3.3%，之后日益放慢，核心通胀率只有1.2%。2010年1月工业订货五年来首次增长了5.1%。[⑥]据联邦统计局2010年5月12日公布的数字，第一季度德国的国内生产总值比2009年

---

① Jahreswirtschaftsbericht 2010, Januar 2010. 本文中的数据除特别注明者外均引自该报告。

② 参见国际货币基金组织《全球金融稳定》报告，2010年4月20日。

③ 参见国际货币基金组织《世界经济展望》报告，2010年4月21日。

④ Viertes Quartal | Wirtschaftserholung gerät ins Stocken, www.news.de/wirtschaft/855044217/ wirtschafts- erholung-geraet-ins.../1/。

⑤ Anzeichen für wirtschaftliche Erholung mehren sich, www.derwesten.de/.../wirtschaft.../Anzeichen-fuer- wirtschaftliche-Erholung-mehren-sich-id334591.html。

⑥ Deutsche Wirtschaft zeigt sich stabil, www.faz.net/.../Doc~EA209FB2282094FDEA 8759542015F870C~ ATpl~Ecommon~Scont...。

第四季度增长了 0.2%，比去年同期增加 1.7%。经济增长的主要原因是出口的上升。2010 年 3 月出口环比增长高达 10.7%，是 1992 年 7 月以来的最大的增幅。[①]

德国经济出现转机的国内因素很多，特别值得一提的是其金融救市计划和劳动市场政策。

三、德国的金融救市计划

众所周知，德国经济受国际金融危机冲击最大、损失也最大的是实体经济，但德国政府的支持重点却集中在虚拟经济上：在德国政府动用的全部 5820 亿欧元的救市和刺激经济资金中，5000 亿欧元都是用在支撑虚拟经济上。这主要是考虑到德国老百姓对通货膨胀的承受能力低下，对金融危机具有特殊的敏感，因为他们在历史上遭受过两次重大的恶性通货膨胀。

在德国的金融救市计划中有两大举措是特别值得我们剖析的。

1. 金融市场稳定基金救市计划（SoFFin）

2008 年 10 月 17 日联邦政府推出 5000 亿欧元的金融市场稳定基金救市计划。其中 4000 亿欧元作为银行间货币交易的担保，800 亿欧元作为联邦对需求银行的注资，再加 200 亿欧元的保证金。该计划采取了特批的办案程序，当天由联邦议院和联邦参议院通过，并经总统批准发布。目的是稳定银行间货币交易，重新建立对金融体制的信任，实现再资本化，消除多米诺传染效应。

该计划推出之后，德国各金融机构的初步反应是迟钝的，但很快就感觉到它的生命力。据统计，今天承诺担保框架动用的资金已达 1470 亿欧元，自有资本注资动用的资金已达 280 亿欧元，清算机构动用的资金为 60 亿欧元。

2. 进一步推动金融市场稳定法（Das Gesetz zur Fortentwicklung der Finanzmarktstabilisierung）

2009 年 7 月 10 日联邦议院又通过了《进一步推动金融市场稳定法》，决定启动两条渠道来加大对虚拟经济的支持。那就是所谓的目的公司和整合模式：

a. 目的公司 (die Zweckgesellschaft)

德国的各类银行几乎都拥有一种高风险的所谓结构性有价证券，数额高达 2300 亿欧元。国际金融危机爆发后，此类有价证券几乎完全失去了售出的可能性，成了"有毒的垃圾"，严重威胁着德国的金融市场和银行业的稳定，必须予以清理。于是德国便出台了上述法律，规定各银行可以成立"目的公司"，把 2008 年 12 月 31 日前买入的有价证券以低于账面 10% 的价格出售给它们，目的公司则支付给卖出行等额的债券。这样就符合 SoFFin 救市计划的条件。于是国家便根据该救市计划向卖出行提供担保，卖出行便可以在德国央行将此类债券兑换成现款，而原先的有价证券是不能兑换成现款的。这样就达到了下列重大目的：既保证了老股东的红利，又保证了新股东不受价值亏损的影响；既帮助各银行顺利清理了此类高风险的有价证券，又保证了它们的收支平衡；既使突然的价值亏损变成了长期均衡支付，又解放了各行的自有资本，加大了它们向实体经济提供信贷的能力，因为各银行只要有高风险的有价证券存在，就必须留够相应的自有资本，不得投入资本市场。

---

①联邦统计局第一季度报告，www.stern.de/.../erstes-quartal-2010-deutsche-wirtschaft-trotzt-dem-winter- 1565796. html。

b. 整合模式 (das Konsolidierungsmodell)

结构性有价证券可以通过目的公司加以排除，其他风险项目和非战略性、已经无用的业务部门怎样排除呢？这就要靠整合模式。由它把这些非战略性、已经无用的业务部门排除出去，使其变成清算机构。联邦议院还特别允许建立相应的州清算机构，因此也特别引起各州的兴趣。引入整合模式的目的是对现有银行进行广泛的清理并改变其结构。

上述举措为稳定德国的金融市场做出了重大贡献。即便在今天出现贷款需求降低，贷款发放回落的情况下也没有出现"信贷困境"(Kreditklemme)。

四、德国的新劳动市场政策

虽然经过国际金融危机的洗劫，人们却惊奇地发现，德国的劳动市场并没有出现巨大的恶化。2008 年 10 月前德国的失业大军竟然降到了 300 万以下，出现了十多年以来的奇迹。11 月后才感受到危机的冲击，失业人数反弹，达 327 万，失业率为 7.8%。2009 年是德国经济遭受国际金融危机重创的一年，但全年失业人数也仅上升到 340 万，失业率增至 8.2%，预计 2010 年将上升到 370 万，失业率也将增至 8.9%，但仍低于 400 万大关。原因在哪里？

首先，这是德国政府长期努力的结果。突出表现在：1. 企业自有资本的改善。从 1998–2007 年德国企业的自有资本改善了 8%；2. 缓和的工资政策。从 1991–2000 年工资只增加了 13%，劳动生产率增加了 16%，随后工资增长停止，而劳动生产率却在不断地提高，2008 年前又提高了 8%。这些重要条件较好地保障了劳动市场的稳定。

其次是联邦政府特别重视在国际金融危机中保就业。默克尔反复表示："将来实施的所有应对经济危机的措施必须确保创造和保持就业"，"联邦政府将竭尽全力来挽救工作岗位"。[①] 政府还通过贷款和行业性减税等措施，来确保约 100 万人的就业岗位，并扩大了老年和技术水平较低雇员的特殊计划。

再次是各级政府积极采取措施严格控制岗位裁员，提倡抱团取暖，留住精英；以削减工时、削减工时账户上的存额、削减加班、加大培训来代替裁员以应对开工率的不足。2009 年上半年德国一共只解雇了 14000 名雇员。与此同时政府又力争为解聘期的雇员介绍新工作 (Job-to-Job 中介)，为此政府通过投资增加了 1000 个职业中介。

最后是大力改革短工政策：压缩正规雇员的工时，扩大短工工时，把打短工的期限从原来的 6 个月延长到 12 个月，再延长到 18 个月，甚至可以提高到 24 个月；保证短工工资的数额和发放；把临时工和合同工也无限制地列入短工范畴。如今德国政府决定把短时工法令从 2010 年底延长至 2012 年 6 月底。企业实行短时工制，由政府提供工资补贴。于是就有了下列的一组统计：

与 2007 年比，2008 年全年每个正规雇员平均少工作了 1 小时：其中扣除其他因素后的工作日效应增加 5.6 小时，正常周工时增加 0.4 小时，假日减少 1.3 小时，病假减少 2.5 小时，加班减少 2.2 小时，短工减少 0.3 小时，工时账户减少 2.2 小时，经营副业增加 1.6 小时；到了 2009 年情况发生了很大的变化：每个正规雇员全年平均减少 43.5 小时，其中扣除其他因素后的工作日效应减少 0.7 小时，正常周工时减少 14.6 小时，假日增加 3.1 小时，病假增加 0.7 小时，加班减少 10.2 小时，短工减少 13.7 小时，工时账户减少 8.4 小时，经营副业增加 0.3 小

---

① www.de.reuters.com，28.10.2008.29.12.2008。

时。这就是说，全德国的正规雇员由于把工作转让给短工而全年平均少工作的工时数从 2008 年的 0.3 小时发展到 2009 年的 13.7 小时。这样也就不难理解，为什么德国的景气性短工人数从 2008 年秋季的 5 万人急剧攀升到 2009 年春的 150 万人。目前仍有约 80 万到 90 万名短时工。

五、德国的退出战略

随着世界主要国家经济的企稳回升，退出当年应对国际金融危机采取的救市和刺激经济措施便逐渐成了一个重要的话题。德国的态度自然也成了人们关注的焦点之一。

为了较好地把准退出战略，有必要先简单地回顾一下历史。

1937 年当时的美联储认为大萧条已经过去，于是收紧银根，结果使美国重陷衰退；上世纪 90 年代日本也重蹈覆辙。然而进入新世纪后却出现了另一种情况：2001 年格林斯潘的低利率政策导致了美国经济出现泡沫，但他由于担心这些泡沫破碎后将会出现通货紧缩，于是迟迟不敢执行退出战略，结果造成美国次贷市场急剧膨胀，于是美联储急速收紧银根，使利率（特别是短期利率）上升，次贷还款利率也随之大幅上升，购房者的还贷负担大为加重，出现违约，给银行造成大批呆账和坏账，最终引发国际金融危机。

历史的经验和教训一再告诉人们，退出是肯定的，关键在于准确把握退出的时机。那么世界是怎么看这个问题的呢？

1. 2009 年 20 国匹兹堡峰会达成共识：退出战略应该进行国际协调。这是因为国际金融危机是世界性的，给各国造成的后果也是全球性的，自然退出也应协调。最近，各国又进一步指出，何时执行退出战略，应视各国的具体情况而定。

2. 美联储主席伯南克已经明确提出了他的退出战略：

● 如果环境不变今后仍然要保持低息，此后再考虑调整利率；

未来的货币市场将由美联储的存款来加以微调；

● 在金融市场功能性增加的框架内多余的流动性将由回购协议和定期存款来加以吸收；

● 贴现率将再次显示其同中心汇率之间传统的 1% 差距。目前贴现率只高出中心汇率 0.25%。在市场参与者再融资中，正常市场上的贴现率只能起绝对次要作用。

3. 欧盟已经决定最晚在 2011 年开始实施退出战略。战略的初步轮廓是：逐步紧缩信贷，特别是降低再融资信贷的期限和数量；通过存款信贷来撤出多余的流动性。它强调，退出战略对欧洲央行来说较易执行，而财政政策就难以执行，特别是中东欧国家的外国债务将会成为退出战略的重大风险。欧盟认为，危机没有过去的标志是增长乏力，原因主要有三点：整个经济的开工率不足，失业增长，外贸复苏缓慢；危机过去的根本标志则是国家是否恢复了自己正常的角色，特别是其在赤字、债务水平和国家支出方面的功能是否已经正常化。

4. 德国的态度是十分谨慎的。它认为，尽管各方预测 2010 年世界生产将增长 3.25%，世界贸易将增长 4.5%，德国经济也将增长 1.4%，但当前德国经济企稳回暖的形势十分脆弱，如 2009 年第二、三季度德国的国内生产总值开始回升，但到第四季度便又停止。可以说是上升的机遇和下挫的风险并存，但以后者为主，尤其是对外经济。由于世界各国大量采取贸易保护主义，国际贸易大幅萎缩。凡此种种都给退出战略带来了巨大的不确定性：刹车踩早了，可能重返危机，出现二次探底；拖得时间太长，会出现通胀和投机泡沫。于是它根据欧盟的相关决议和自身的实际明确提出最早在 2011 年开始实施"坚实而有序的退出战略"，但坚持现在就应该进行准备，同时拟定出全方位的经济政策，尤其是退出政策。它强调走出危机要有三大措施：货币和金融市场稳定，救市和刺激经济措施退出，进行结构改革，特别是整治公共财政的结构。

六、德国当前的经济政策

国际金融危机教育了欧盟，也深刻地触动了德国，使它比较正确地看清了自己的经济问题，特别是看清了本国经济的结构问题，因而能够提出了一整套涉及长期结构的新举措。这既是发展本国经济的需要，也是为退出创造条件。

当前德国经济发展的总体口号是：近期是执行紧急计划，巩固复苏，增加收入，促进增长；中期是扩大增长点，实现结构性整治任务。

其中近期计划的重点任务是保护民生、减轻家庭和企业负担、巩固复苏、促进繁荣。具体的指标是 2010 年国内生产总值增长 1.4%。为此联邦政府准备采取下列主要措施：

1. 暂不考虑减少国家总债务和财政赤字。由于 2008 年的大规模救市和刺激经济计划，德国不仅耗尽国库而且还债台高筑。2009 年联邦财政的净借贷为 341 亿欧元，全部债务达到国内生产总值的 73.1%，财政赤字为国内生产总值的 5.5%。2010 年将继续借债，总债务将升至国内生产总值的 80%，再创德国的历史记录。但从 2011 年开始就要整治德国财政，并在 2013 年把绝对财政赤字降到 3% 以下。

2. 减税，减轻家庭、企业和遗产税负担。黑黄政府在其《联盟条约》中就已经提出减税，

开始时自民党提出要减税 350 亿欧元，后来双方同意减为 240 亿欧元。《条约》公布后在全国引起激烈的争论，就连三个执政党的主要领导人之间也无法取得一致。在减税的手段和数额上更是矛盾重重。但基本共同点还存在，那就是降低中小收入者的负担，把中产阶层的肚子抚平 (den Bauch abdecken)，提高子女的免税金额，从 6024 亿欧元提高到 7008 亿欧元，把每月的子女津贴提高 20 欧元，减轻企业负担，每年减少 33 亿欧元，减轻遗产税负担，每年减 4 亿 2 千万欧元。

3. 推出德国经济基金和第 II 景气计划。由于负债过大，当前的德国融资困难，发放信贷下降，而发放信贷下降的直接原因则是贷款需求下降。于是德国便推出德国经济基金和第 II 景气计划，它是刺激经济计划的一部分，由德国政府来填补融资的空缺。德国经济基金主要用在机动车的紧急援助计划和担保领域。但为申请贷款规定了严格的条件。那就是：只有能够应对竞争并且不扭曲竞争的企业才能拿到贷款，国家不向危机前已陷入困境的企业提供贷款。从 2009 年 3 月到 2010 年 1 月已有 1 万多家企业提出贷款申请，数额达到 100 亿欧元，主要得益的是中小企业，相当一部分属投资，这样就能保住就业岗位。第 II 景气计划是动用 2009–2011 年"投资和偿债基金"的"特别资产"来支撑经济，它共有 250 亿欧元。此外，从 2010 年开始联邦银行也要动用其利润来还债；

4. 继续保民生、保就业。政府准备增加 39 亿欧元来弥补福利经费的缺口，失业救济赤字由联邦一次性津贴来补齐，给短工拟定接轨措施，同时增加分配的公正，对哈尔茨计划进行必要的修改，建立普遍法定最低工资，作为底线，以此来保住民生、保住就业、提高消费。

5. 增加政府投资，特别是增加对未来行业、部门和技术的投资。首先是提高教育科研经费，到 2013 年要增加 120 亿欧元，2015 年全部教育和科研经费要达到国内生产总值的 10%。联邦和州的目标是将研发工作的投入提高到国内生产总值的 3%，2008 年仅为 2.64%。在 2010–2011 年度要新增农业投入 7 亿 5 千万欧元，其中 2010 年为 4 亿 2 千 5 百万。

七、德国开始强调结构政策的改革

德国经济长期停滞不前，主要是结构上出了问题，但对此德国各方面似乎都是视而不见，不仅雨点不大、雷声也很小。而在此次国际金融危机中它显然是被猛击了一掌，初步感到经济结构问题的严重，因而明确提出进行结构改革的口号。目的是：要提高劳动刺激，加大教育和科研的投资，加快产品市场的改革，加强竞争，提高对劳动力的需求等等。并决定从整治财政结构入手，其保障就是德国《新债务法规》、欧盟的《稳定与增长公约》和《欧盟的财政政策退出战略决议》。

1. 制定《新债务法规》

关于德国债务的结构法规基本法 115 条有明确规定：债务不得超过投资的数额。经过数十年的实践证明，这一规定有严重的缺陷。主要有三大问题：用于投资上的借贷不考虑资产的损耗（如折旧）；向混凝土的投资得到了考虑，而向教育的投资就没有得到考虑；对衰退时期有规定，对繁荣时期却未作规定，因此繁荣时期的经济就得不到足够的整治，甚至会被减税消耗掉。因此历届德国政府不得不 16 次违反基本法的规定，使借贷超过了投资。2007 年 3 月大联盟政府终于提出《联邦—州财政关系现代化》提案，并于 2009 年 5 月 29 日和 6 月

12 日分别得到联邦议院和联邦参议院的批准，将于 2011 年生效，以取代基本法 115 条，成为《新债务法规》。

《新债务法规》含四个部分：一是结构成分，二是周期成分，三是监控账户，四是例外条款。

所谓结构成分是指，从 2011 年开始每年削减结构性赤字 100 亿欧元，2016 年开始联邦的结构性赤字为 0.35%，各州从 2020 年开始不得举债。在 2011-2019 年的过渡期内穷州可以获得 8 亿欧元的资助。其中柏林 8 千万欧元，不莱梅州 3 亿欧元，萨尔州 2.6 亿欧元，萨安州 8 千万欧元，石荷州 8 千万欧元；

所谓周期成分是指《新债务法规》也是一种自动稳定器：景气良好时，信贷上限下降，应保持剩余；景气恶化时，信贷上限上升。

无论是结构还是周期新债务成分都要以欧盟稳定和增长公约趋同（Konvergenz, Close-to-Balance）的上限（即全部国债占国内生产总值的 60%）为依据。

监控账户是用来监督债务法规执行情况的，如债务超出规定，则必须补上。监控账户的上限为国内生产总值的 1.5%，2007 年就是 363 亿欧元。如果已经超出国内生产总值的 1%，结构性借债就应减去超出额，但最高只能超出 0.35%。这样就把预算制定同预算执行联系了起来。

如果发生自然灾害，就可使用例外条款，增加财政需求，保证国家的行动能力。例外条款要经议会 3/5 或是 2/3 的通过，但非常时期的例外只需联邦总理多数（Kanzlermehrheit）便可。当前的国际金融危机自然可以列入例外之内。

一般财政赤字是指国家财政支出超出收入的部分。而结构性赤字则与此不同，而且定义繁多。按照德国经济界的定义，它是指（在正常开工率情况下）净借贷超出投资支出的部分，结构性赤字率则是指该结构性财政赤字同名义国内生产总值的比例。

至于周期性赤字则是指一国财政赤字中因经济周期性波动而产生的部分。例如，随着经济增长放缓，税收下降及福利支出上升，财政赤字会趋于恶化。经周期性调整后的财政赤字剔除了经济周期性波动对预算的影响。如增长下降1%，周期性成分就可以允许债务率上升半个百分点。

采用《新债务法规》的好处是：

● 净借贷可以从2010年的2.8%逐步减少，到2016年减至0.35%，由现在的700亿欧元降到100亿欧元；如果国内生产总值名义增长率年均达到3%，结构性赤字为0.35%，则能使德国的总债务到2029年降至50%；

● 重新获得财政政策的制定空间，削减付息额度；

● 扩大了未来的支付空间（如对教育、环保和家庭政策的投资）；

● 新债务规定是对称的，兼顾繁荣和衰退两个时期，目的是提供与景气相适应的财政政策。经济衰退时预算政策空间扩大，繁荣时预算政策空间缩少；

● 可以事后监督预算的执行情况。

显然，这是符合下列引进《新债务规定》三大初衷的：刹住债务机制，并形成自动稳定器；限制有效国债的疯长；实施代际公正。

今后分析整治财政的成绩便不再看财政赤字的绝对下降，而是看结构性赤字的下降幅度。

2. 改革税收结构

准备把所得税率从五个税收区（免税区、低累进区、累进区和高累进区和富人税区）的五个标准（14，25，35，42，45）曲线变成三个阶梯状税收区。这样有人就要增税，有人则可以减税，国家税收收入不会大幅降低，但增税者自然会极为不满。于是有人便提出把全部三个纳税区都降至原先的所得税曲线以下，这样大家都可以享受到减税的好处，但国家税收收入便会大幅度下降。于是社民党便提出把三个纳税区改为五个纳税区方案，以便缓解该方案的缺陷。该项改革确定后将于2011年1月1日生效；

八、结语

综上所述，在国际金融危机的重压下，德国经济政策中出现了一些重大的变化，特别是开始抓经济的结构问题了。

其实德国的经济结构问题是非常突出的。无论从产业结构、区域经济结构，还是投资消费结构、金融结构、国际收支结构、能源结构来看，问题都很多。实在是该抓的时候了。

但是必须指出，解决结构问题的难度要比解决一般经济问题的难度大得多，分歧意见也要多得多。今天已经初步可以看出一些端倪。德国经济何去何从局外人自然只能拭目以待。

作者简介：殷桐生，北京外国语大学德语系教授，博士生导师。

欧洲债务危机的前因后果

关海霞

【摘要】从希腊债务危机蔓延到整个欧洲的欧洲债务危机，引发了欧洲金融市场的再次动荡。欧盟决策者们对于如何解决危机也是进退两难，一筹莫展。如果放任债务不断上涨，必将损害欧元以及欧洲经济的长远增长前景；如果通过加税、削减开支的方法控制债务，脆弱的经济复苏可能会夭折。尽管困难，欧盟还是必须拿出具体的解决方案，让其成员国渡过这个困难。

【关键词】债务危机，主权债务，欧元，财政赤字

2008 年，一场自美国爆发的次贷危机导致全球各国经历了金融风暴的洗礼，全球金融市场遭到了史无前例的冲击，不少商业银行、投资银行纷纷破产或重组。但是这场猛烈的金融风暴不仅波及的是金融市场，而且也影响到了各国的实体经济。2009 年，全球各国经济不同程度地陷入了自上世纪 30 代年以来最大的衰退。因此 2009 年也就成为了经济危机之年。为了应对经济危机，阻止本国经济陷入衰退，各国都不同程度地采取了宽松的财政政策和货币政策，政府大举借债，拉动投资，刺激消费，因此，这一场金融海啸可以说是让全球各国"负债累累"，政府财政赤字急速攀升，公共债务也屡创新高。到 2009年底，全球不少国家相继爆发主权债务危机，债务风暴呈巨浪来袭之势，而这其中最严重的就是自希腊主权债务危机开始的欧洲债务危机。它不仅波及到了整个欧元区的稳定，也给正处于缓慢复苏的欧洲经济蒙上了一层阴影。那么到底什么是主权债务危机? 欧洲债务危机又是怎么回事? 对全球经济的复苏又会产生什么影响?

一、主权债务危机

主权债务是指一国以自己的主权为担保，向外，不管是向国际货币基金组织、向世界银行，还是向其他国家借来的债务。

现在，很多国家，随着救市规模不断的扩大，债务的比重也在大幅度增加。当这个危机爆发到一定阶段的时候可能会出现主权违约。也就是说当一国不能偿付其主权债务时，就会发生主权违约。

比如 2009 年 11 月 26 日，阿联酋迪拜宣

布延期 6 个月偿还近 600 亿美元债务，由此陷入债务危机。

二、欧洲债务危机

2008 年的全球金融海啸后，欧洲各国尤其是地中海国家在 2009 年执行了大规模的财政刺激计划，这些计划导致国内的财政赤字大幅攀升，国家总债务不断增加。其中比较明显的是希腊、西班牙、葡萄牙和爱尔兰。四国赤字均占到其本国 GDP 的 10% 以上（希腊 12.7%，西班牙 11.4%，葡萄牙 9.3%，爱尔兰 13%），[①]远远高过 3% 的安全线和欧盟自身的标准。这一结果导致了欧元汇率大幅下跌及美元的升值，欧洲债务危机凸显。但真正拉开欧洲债务危机序幕的是希腊主权债务危机事件。

三、希腊主权债务危机事件——欧洲债务危机的导火索

2009 年 10 月初，希腊政府突然宣布，2009 年政府财政赤字和公共债务占国内生产总值的比例将分别达到 12.7% 和 113%，远超欧盟《稳定与增长公约》规定的 3% 和 60% 的上限。2009 年 12 月，鉴于希腊政府财政状况显著恶化，全球三大信用评级机构惠誉、标

时间	希腊主权债务危机事件进展
2009 年 12 月 8 日	惠誉将希腊信贷评级由 A－下调至 BBB+，前景展望为负面。
2009 年 12 月 11 日	希腊政府表示，国家负债高达 3000 亿欧元，创下历史新高。
2009 年 12 月 15 日	希腊发售 20 亿欧元国债。
2009 年 12 月 16 日	标普将希腊的长期主权信用评级由 "A－" 下调为 "BBB＋"。
2009 年 12 月 17 日	数千人游行抗议财政紧缩。
2009 年 12 月 22 日	穆迪 09 年 12 月 22 日宣布将希腊主权评级从 A1 下调到 A2，评级展望为负面。
2010 年 12 月 23 日	希腊通过 2010 年度危机预算案。
2010 年 1 月 6 日	欧盟初审希腊《增长与稳定计划》。
2010 年 1 月 14 日	希腊承诺将把 2010 财年赤字减少 145 亿美元。
2010 年 1 月 15 日	希腊称不会退出欧元区或寻求 IMF 帮助。
2010 年 1 月 17 日	希腊政府调降遗产税税率。
2010 年 1 月 19 日	希腊财长表示，税收改革草案将在 2 月底提交议会。
2010 年 1 月 21 日	希腊债务警报难除 欧元狂泻至 5 个月新低。
2010 年 1 月 26 日	希腊发售五年期国债筹资 113 亿美元。
2010 年 1 月 28 日	希腊否认将向中国政府出售 250 亿欧元债券纾困。
2010 年 1 月 29 日	希腊财长表示，未与中国达成希腊债券购买协议。
2010 年 1 月 30 日	受累希腊财政危机欧元兑美元创 6 个月新低。
2010 年 2 月 2 日	希腊总理帕潘德里欧发表电视讲话，公布了一系列更加务实的措施以应对困扰希腊的经济危机。
2010 年 2 月 3 日	欧盟委员会表示支持希腊削减赤字计划。

（表格来源：东方财富网，URL：http://topic.eastmoney.com/europedebt/，2010–2–21）

---

① 易子杰，2010：解读当前欧洲债务危机对全球经济的影响，http://yi805.blog.163.com/ blog/static/ 5011914201011094716145/。

普和穆迪相继下调希腊主权评级。穆迪 09 年 12 月 22 日宣布将希腊主权评级从 A1 下调到 A2，评级展望为负面；标普 09 年 12 月 16 日晚间宣布，将希腊的长期主权信用评级由"A−"下调为"BBB+"，并将其列为"信用观察负面"行列；惠誉 09 年 12 月 8 日表示，将希腊信贷评级由 A− 下调至 BBB+，前景展望为负面，这是十年来惠誉首次将希腊评级降至 A 级之下。

这一事件使希腊政府陷入财政危机中，希腊债务危机正式拉开序幕。欧美股市与欧元纷纷下跌，现在已演变成欧元区债务危机的导火索。

我们可以借助下面这个表格来仔细回顾一下希腊债务危机的进展。

随着主权信用评级被降低，希腊政府的借贷成本大幅提高。目前希腊主要通过借新债还旧债来解决目前的债务问题，希腊的债务余额将从 2008 年占 GDP 的 99% 上升到 2011 年 135% 的水平。从目前的情况看，希腊政府必须在 2010 年紧急筹措 540 亿欧元资金，否则将面临破产威胁。与此同时，希腊政府还必须努力想办法削减赤字、紧缩财政，以获得欧盟的支持，从而加大投资者的信心，使自己可以从市场上以同样条件借到资金。2010 年 1 月 15 日，希腊向欧盟委员会提交削减赤字的计划，提出在 2010 年使赤字占 GDP 的比例下降 4 个百分点，降至 8.7%。此后，2011 年降至 5.6%，2012 年降至 2.8%，2013 年降至 2%。[1]为此，希腊公布了一系列应对措施，包括政府部门未来一年内停止招聘新公务员、公务员工资削减 10% 等。但是，这些目标并不是很容易达到的。要将 2010 年的赤字下降 4 个百分点，需要大约 530 亿欧元；同时工资减薪、紧缩财政等措施是否又会引发国内社会的不稳

定，进而影响经济的发展，进一步加大希腊还债的难度，形成一个周而复始的恶性循环。这些都是投资者们担心的。因此，虽然该计划获得欧盟的支持，但是市场对于希腊的前景并不看好。

四、西班牙显露债务危机端倪

愈演愈烈的希腊债务危机也逐渐波及到欧元区的一些边缘国家。其中以西班牙、葡萄牙、意大利和爱尔兰最为明显，政府赤字远远高于预期。尤其是西班牙恐成下个危机焦点。西班牙年度财政赤字已急升至双位数，占 GDP 的 11.4%。虽然标准普尔对西班牙长期债务的评级仍为"AA+"，但已将西班牙主权评级的前景从稳定降至负面，并警告西班牙将面临长期经济不景气。最近数周，西班牙国债信贷违约掉期（CDS）急升，现处于每 1000 万欧元债务需 13.9 万欧元担保的水平，是德国的 4 倍。[2]欧盟竞争委员会专员阿尔穆尼亚指出，西班牙的经济问题与希腊和葡萄牙愈来愈相似，但希腊只占欧盟 GDP 的 2.5%，而西班牙却占 16%。即使到时候德国愿意出手，也未必有能力承担西班牙的债务问题。[3]如此看来，危机的核心在西班牙，它的经济总量要比希腊的大得多。

债务危机在本质上并不仅仅因为一个国家债务量大而引起，更因为一个国家因债信评级下降，投资者害怕该国没有能力偿还这些债务而引发的。如果西班牙不采取可靠措施来控制赤字，评级公司会下调其债信评级，债务危机会继续蔓延。

预计未来受欧洲债务危机影响的国家将会

---

① 《全球出现"赤字潮"经济复苏蒙阴影》，http://finance.eastmoney.com/100207,1301021.html。
② 《西班牙恐成欧盟债务危机核心》，http://www.chinanews. com.cn/cj/cj-gjcj/news/ 2010/ 02–18/ 2125455. shtml。
③ 同上。

进一步扩大。已经爆发危机的多是欧盟中经济体大但财弱的国家，因此可能出现的多米诺骨牌效应会更让经济大国担心。

五、债务危机产生的原因

这场愈演愈烈的债务危机产生的原因是多方面的。

其一，希腊等国一方面政府财政入不敷出，另一方面又不得不在金融危机中扩大开支以刺激经济增长。

其二，一些欧元区国家财政纪律执行不严，特别是在金融危机蔓延时放松财政监管，导致债务飞速增加。我们知道欧盟的《稳定与增长公约》对欧元区成员国财政赤字和公共债务水平进行了严格的控制，但自欧元区1999年成立以来，包括德国在内，就不断有成员国财政赤字和公共债务超标，欧盟内部虽然对此存在激烈争论，也出现过黄牌警告，但最终处理的力度不够。特别是在国际金融危机，以及后来的经济危机当中，为了刺激增长，阻止衰退，保证就业，欧盟委员会对于欧元区成员国大量举债的行为也是睁一只眼闭一只眼。

其三，希腊等欧元区国家经济存在结构性弊端，竞争力下降，政府财政入不敷出。金融危机袭来，弱点暴露无疑，结果收入下降，债务激增。这也是最根本的原因。①

其四，从市场的角度出发，投资者的非理性投机炒作也是助推欧洲债务危机不断升级的重要原因。例如，正是由于一些国际投资者借希腊债务危机事件炒作，才不断抬高了希腊政府的融资成本。

六、欧洲债务危机对全球经济的影响

作为一大区域经济体，欧盟对于整个世界经济的增长来说，无疑是占有重要地位的。因此，欧洲的债务危机对于正在复苏的全球经济来说，无疑是雪上加霜。但是，它会不会影响全球经济第二次探底呢? 笔者认为，就目前看来，欧洲债务危机的影响还不足以恶化到如此地步。

首先，欧洲发生债务危机的国家对全球影响力有限。欧盟也不会对这些国家弃之不管，一定会施以援手，保持欧元区以及欧盟的经济稳定，保证第二个十年计划的顺利进行。

其次，从世界格局来看，对全球经济影响最大的一是美国，二就是以中国为代表的新兴国家。目前世界经济的复苏动力恰恰就来自于新兴国家。而美国今年经济也将有所复苏。

第三，从欧洲国家债务性质来看，这次债务主要是政府为了上一轮的金融危机救市而大量向国民借钱所致。这是各国政府对国民的欠债，而不是国与国之间的欠债，不是欧洲对美国或中国的欠债，所以这次危机不像美国的次贷危机那样，扩散能力有限。②

第四，欧洲各国政府已经开始采取相应的措施来摆脱债务危机。不管是希腊，还是西班牙都开始紧缩财政开支，降低财政赤字，开始自救。

第五，欧洲债务危机对投资者心理及情绪面肯定会有影响，但是，笔者认为不像外界所说的那么大。因此这次债务危机并不是像美国的次贷危机那样突然爆发的，而是早就有前兆，所以外界的恐慌没有急速蔓延。而且国际货币基金组织已开始介入，比如对希腊提供咨询帮

---

①《欧洲债务危机向左还是向右》，http://news.xinhuanet.com/fortune/ 2010–02/ 11/content_12967651.htm。

②易子杰：《解读当前欧洲债务危机对全球经济的影响》，http://yi805.blog.163.com/blog/static/ 50119142010110094716145/。

助等，因此出现"国家破产"的情况微乎其微。

第六，也是最重要的一条，就是欧洲国家没有"自我恐慌"[1]，即那种无论源头何在，总会自我实现的恐慌。也就是说，恐慌本身会成为证明恐慌正确的理由。最典型的例子就是银行挤兑。在经济学上，这种恐慌的破坏性非常巨大，它会让经济恶化与信心下滑形成恶性循环，形成一个破坏性的"反馈回路"，最终放大危机的破坏性。而这次发生债务危机的欧洲国家，包括现在最严重的希腊，大家都表现得十分镇定，这样外界的恐慌也没有那么大，而且欧盟通过不停的高调喊话，不断为投资者打气，希望静待市场恐慌情绪消退，然后再敦促希腊等国按部就班地削减赤字，慢慢"偿债"。

因此，这次的欧洲债务危机虽然对全球经济有影响，但不会太大，破坏性也不会像08年的金融危机那样强。

七、结束语

这场自希腊开始、波及整个欧元区或整个欧洲的债务危机虽说对世界经济的影响不是特别大，但是，还是给欧盟敲响了警钟，同时也暴露了欧盟自身存在的许多问题。

现在，欧盟已决定救助，那么就不能只针对希腊一个国家，所有受债务危机困扰的欧元区国家欧盟都得照顾到，这样总救助金额预计将达 3,200 亿欧元（约合 4,410 亿美元）。[2]巴黎银行经济学家保罗·莫蒂默-李表示，欧盟的救助计划若要取得成功，需要将大多数财政困难国家涵盖在内，救助金额将非常庞大。[3]目前希腊、葡萄牙、西班牙、爱尔兰等国的财政赤字占本国国内生产总值的比例都已达 10% 左右。

此次欧洲债务危机也让欧元在长期稳定发展过程中必然会遇到的最大的问题暴露出来，那就是，欧盟除了统一货币之外，还必须有严格的共同金融政策。时值欧洲货币联盟诞生 11 年之际，巴黎、柏林和伦敦还从来没有像现在这样坐在一起协调欧盟的金融政策。此外，在过去的 11 年中，欧盟也未建立退出机制（因为在欧盟看来，成员国退出欧盟，那就是一体化的失败），统一的货币也无法贬值，欧洲一体化扩大得太紧太快，内部发展失衡，成员国经济结构不合理，急待改革。从这些看来，欧洲债务危机对于欧盟来说，未必是件坏事，可以让欧盟的决策者们更清醒认识到这些问题。同时在困难和危机面前，欧盟成员更应团结一致，才能使欧盟这艘巨轮安全地在航道上前进。

最后，欧洲债务危机也给世界上其他债务大国，如美国、日本、加拿大敲响了警钟，为了防止更多的国家陷入债务危机的恶性循环，负债大国必须约束自己和改变不良开支行为。一旦大量债务到了偿还期限却无力偿还之时，就会重演类似希腊、迪拜一样的债务危机，导致美国等债务国，也是经济总量大国"走向地狱"，出现世界经济继续衰退的悲剧。

作者简介：关海霞，北京外国语大学德语系讲师，博士研究生。

---

① 保罗·克鲁格曼，《萧条经济学的回归和 2008 年经济危机》，（刘波译）。中信出版社，2009 年。

② 《法国巴黎银行预计救助欧元区债务危机需要 3,200 亿欧元》，http://content.caixun.com/NE/01/rl/NE01rlec.shtm（最后访问：2010-2-19）。

③ 同上。

德意志帝国的社会福利立法

徐四季

【摘要】德国是世界上第一个建立社会保障制度的西方国家。早在19世纪80年代，德意志帝国即颁布社会立法，并且俾斯麦所推行的社会保险模式对联邦德国现行的社会福利国家制度有着深远的影响。《工人医疗保险法》《工伤事故保险法》以及《残疾和老年人保险法》这三大社会立法奠定了德国社会福利国家的类型基础。其思想根源，即社会民主主义、保守主义、教会的社会学说以及社会自由主义，都保留至今。分析德意志帝国的社会立法，将有助于我们从历史的视角去审视当前德国福利国家和福利社会的种种现象与问题。

【关键词】德意志帝国，社会立法，社会保险

社会福利国家的思想在德国有着深厚的历史传统。早在19世纪80年代，德意志帝国即颁布社会立法，成为世界上第一个建立社会保障制度的西方国家。俾斯麦所推行的社会保险模式对联邦德国现行的社会福利国家制度有着深远的影响。分析德意志帝国的社会立法，将有助于我们从历史的视角去审视当前德国福利国家和福利社会的种种现象与问题。

一、德意志帝国社会立法的历史背景

人们普遍认为，西方国家社会保障制度的产生是基于工业化带来的社会问题。首先，由于工业技术的进步和城市化的发展，社会失业与流动人口快速增加，贫富分化日益悬殊，社会矛盾尖锐化引发不同程度的社会动荡，这就要求国家发挥社会功能，缓解社会紧张。其次，工业化造就了庞大的产业队伍，社会主义工人运动不断成熟和壮大，要求改善劳动和社会条件的呼声日趋高涨，也迫使政府将解决社会问题提上议事日程。[①]作为建立现代社会保障制度的先驱，德国也不例外。

近代德国的工业化是与其统一进程几乎同期实现的：1871年，德意志民族完成统一大业。向法国居民征收的战争特别税使得德意志帝国在成立初期出现了大规模的创业热潮，德

---

① 徐健：" '社会国家' 思想、公众舆论和思想家俾斯麦：近代德国社会保障制度的缘起"，《安徽史学》，2007年，第4期，第5–13。

国经济从早期资本主义逐渐转向寡头资本主义。①与此同时，德国的社会问题日益尖锐化，绝大多数人口处于相对贫困的状态。1874－1883 年经济危机期间，在"劳动者之家"乞讨的人数增加了 3 倍。②另一方面，德国的工人运动开展得很早。1863 年，拉萨尔 (Ferdinand Lassalle) 组织了"全德工人联合会"，而李卜克内西 (Wilhelm Liebknecht) 和倍倍尔 (August Bebel) 则于 1868 年组建了"德国工人协会联盟"；它们标志着德国的工人阶级开始从市民资产阶级中分离出来，发展了自己的政治组织。1869 年成立的"德意志社会民主工人党"，即社会民主党 (SPD) 的前身，为欧洲最早的工人政党。1875 年，全德工人联合会和社会民主工党在哥达实现了合并，并发布《哥达纲领》；由此，德国工人政治运动的不同源泉实现了合流。随着合并后的社会民主党在议会中的胜利（它在 1877 年的议会选举中获得了 50 万张选票，12 个席位），政府面临着两种选择：要么反对革命，镇压社会主义运动；要么实行有力改革，消除社会不满。老辣的政治家俾斯麦采取了"鞭子加糖果"的策略：一面通过反社会主义者的《非常法》，以暴力手段打击威胁国家的煽动行为；一面实施怀柔政策，迎合工人阶级的部分要求，着手建立社会福利国家。③

对于如何建立和建立怎样的社会福利国家这个问题，俾斯麦具体计划的出台是以当时德国全社会对该问题的大讨论为背景的。其中

产生重要影响的首先是"讲坛社会主义"④学派。其代表人物瓦格纳 (Adolph Wagner) 和施莫勒 (Gustav Schmoller) 在 1872 年成立了"社会政策协会"，旗下聚集了众多著名人士，通过召开代表大会、做报告和发行出版物等形式向现实政治施加影响，敦促国家社会主义改革计划，提高社会中下层的道德和经济地位，消灭和减少不公正，重建社会各阶层的友好关系。"讲坛社会主义"不仅在德国学术界产生了广泛影响，在实际政治生活中，也通过培养学生，影响了整整一代政府高级官员和那些对政治问题感兴趣的学者。⑤竭力主张由国家来解决社会问题的还有教会改革派。宫廷传教士阿道夫·斯托耶克 (Adolf Stöcker) 建立了基督教社会工人党，既鼓吹劳动保护也提倡国家救助，目的是把工人从社会民主党那里争取到教会一边，让基督教和君主制在大众心里扎根。牧师出身的社会问题专家弗里德里希·瑙曼 (Friedrich Naumann) 在 1880 年成立"新教代表大会"，引导神学和国民经济学转向关注社会问题；1896 年又创立"民族社会主义协会"，创办机关刊物《援助》，唤醒民众对社会改革的热情。⑥

二、德意志帝国社会立法的具体进程

1881 年 11 月 17 日在帝国议会开幕式上宣读的《皇帝饬令》(Kaiserliche Botschaft Wilhelm I.) 标志着德国社会立法的正式开始。

---

① Boeckh, Jürgen/Huster, Ernst-Ulrich/Benz, Benjamin: Sozialpolitik in Deutschland, Wiesbaden, 2006, 63。

② 徐健："'社会国家'思想、公众舆论和思想家俾斯麦：近代德国社会保障制度的缘起"，《安徽史学》，2007 年，第 4 期，第 5–13 页。

③ 同上，第 10 页。

④ 这是自由反对派对这个学者集团的称呼，但实际上这个称呼并不确切，它并不包括社会主义者，而是社会改革派，他们是坚决反对马克思主义的。"讲坛社会主义"学派的基本原则是：经济、社会生活与国家密切相关，国家必须引导道德规范，反对利益霸权。

⑤ 徐健："'社会国家'思想、公众舆论和思想家俾斯麦：近代德国社会保障制度的缘起"，7，《安徽史学》，2007 年，第 4 期，第 5–13 页。

⑥ 同上，第 8 页。

俾斯麦的社会改革方案既不同于"讲坛社会主义"派，也不同于宗教改革派。受封建家长制观念的影响，他最倾心的方案是社会保险制度，其思路是工人为国家的奴仆，只不过他们在经济企业中劳作而已，其养老金和残疾金理应由国家提供。①

在接下来的几年中，帝国议会通过了一系列的社会保险法：1883 年 6 月 15 日通过了《工人医疗保险法》（Gesetz betreffend die Krankenversicherung der Arbeiter）；1884 年 7 月 6 日通过了《工伤事故保险法》（Unfallversicherungsgesetz）；1889 年 6 月 22 日通过了《残疾和老年人保险法》（Gesetz betreffend die Invalididäts- und Altersversicherung）。

19 世纪 80 年代的这三大社会立法奠定了德国社会福利国家的类型基础，其基本特征包括：(1) 社会保险的性质是针对雇佣劳动者（即所有的工人和年薪在 2000 马克以下的职员）的义务保险。(2) 社会保险的目的是以事后补偿的方式来解决社会问题，诸如劳动保护之类的预防性措施处于次要地位。(3) 社会保险的主要筹资方式是保费筹资；不同的保险类别，雇主和雇员的保费承担比例也有所不同：法定医疗保险是 1 : 2，残疾和老年人保险是 1 : 1，工伤事故保险费用完全由企业主承担。国家对法定养老保险提供补贴。(4) 福利金与保费密切相关，即遵循等价原则。(5) 起先在医疗保险中，稍后在家庭保险中贯彻团结原则。(6) 社会保险的运作方式是各个保险机构自治，雇员代表可以依据保费承担比例参与其中。(7) 保险机构具有组织上的多样性。(8) 社会福利金的差别依据是法定的原因标准，而不是个人或社会定义的目的标准。②

与相对微薄的保费一样，福利金的水平开始也是相当低的，社会保险主要是针对急性疾病、工伤事故和残疾保障。养老金的领取年限设为 70 岁；鉴于当时的预期寿命，养老保险事实上仅具有象征性的意义。最先没有向家庭成员提供的福利金，直到 1892 年医疗保险才在这方面有所突破，且仅体现在各个保险机构的规章中。寡妇和鳏夫养老金起初也是没有的。尽管从数量上看，俾斯麦的社会保险水平相当低，仅略高于社会救济的水平，但这丝毫不能抹杀德国率先在整个国家推行社会立法的开创性意义，毕竟对于这样一种史无前例的制度，既没有历史经验可以借鉴，也没有确凿的统计数据可供参考。③

继三大社会立法通过以后不久，不少法律条例也发生了变更。1911 年颁布的《帝国保险法》（Reichsversicherungsordnung, RVO）将社会保险的三大类别合并。同时颁布的还有《职员保险法》（Angestelltenversicherungsgesetz），一方面明确自愿投保的替代医疗保险与法定医疗保险拥有同等地位，另一方面依据工人养老保险的模式建立了职员养老保险，其保险机构实行职员自治。职员养老保险在成立之初即引入了寡妇养老金。其理由是：由于职员的薪水比工人的工资要高一些，其妻子在职员在世时不是必须要工作，那么我们也不要求她们在丈夫去世后去工作；相反，工人养老保险中没有寡妇养老金是因为工人的工资很低，其妻子在工人在世时就必须在操持家务和照顾子女之外从事一定的工作，那么丈夫的去世对她们就没有多大影响，如果她们在丈夫去世后继续工作的话。由此可见德意志帝国社会立法的家长制和等级制特征。④

---

① Boeckh, Jürgen/Huster, Ernst-Ulrich/Benz, Benjamin: Sozialpolitik in Deutschland, Wiesbaden, 2006, 67。

② 同上，第 68–69 页。

③ 同上，第 69 页。

④ 同上，第 71 页。

三、对德意志帝国社会立法的总结

以当时的标准来衡量，德意志帝国的社会保险政策堪称全世界的榜样。1915 年，德国 57% 的从业人口被纳入了残疾和老年人保险，这一比例远远高于同时代的其他西方国家；43% 的从业人口被纳入法定医疗保险，德意志帝国在这方面同丹麦和英国一起列于工业国家之首；工伤事故保险是德意志帝国社会保险中推广面最广的保险类别，覆盖了 71% 的从业人口。[①]

社会福利开支的总体水平是比较低的，增长也不算很快，但能够反映出社会福利政策的扩展势头。1890 年，德国社会保险开支占国内生产总值的 0.5%；1913 年，这一比例上升到 1.8%。如果将社会福利政策的其他开支计算在内，一战前夕（即 1913–1914 年），社会福利总开支占国民生产总值的 4.9%，占所有公共开支的 26.8%。国家在社会福利政策的融资方面仅居次要地位：1913–1914 年，帝国在社会福利方面的开支占总开支的 5.3%，并没有形成"国家社会主义"。[②]

然而，德意志帝国的社会福利政策有一重大缺失，即没有强制的失业保险。首先建立失业保险的是英国，而不是德国。英国在 1911 年就将失业保险引入了社会立法，而德国要到 1927 年才实现了这一点。在劳动法（如劳动关系、劳动保护和劳动时间）的规范方面，德意志帝国也不是先驱者，而是迟到者。直到帝国首相俾斯麦下台以后，政府才开始着手劳动法的改革，也只是谨慎地增加了一些劳动保护的措施。当然，结社权的扩展对工人运动的政治组织有着特别重要的意义。[③]

在社会改革的首批实践者看来，德意志帝国的社会立法没有实现他们的中、短期政治目标。俾斯麦希望借助社会福利政策使工人阶级依附于君主制国家的计划应该说是失败的。事实上，社会福利政策最终加强了其左派对手的政治力量。社会保险机构建立以后，其自治成为了社会民主，特别是工会政治的主要舞台之一。其次，社会立法遭到了企业界的反对：他们或是担心国家有可能将这么大笔的资金挪作他用，或是认为这将造成政府对经济的过多干预。再次，社会福利政策的推行带来了更多的官僚主义。正如马克斯·韦伯所言，公务员阶层力量的加强大大削弱了德意志帝国的政治弹性。[④]

但从长期来看，社会福利政策还是将工人阶级及其政治代表更牢靠地纳入了国家的政治统治，其牢靠程度远远超过了当事人的想象。不错，部分社会保险机构的确成了"社会民主的士官学校"；但我们应当知道，这些"士官学校"毕竟是体制内的培训机构呀！切实改善工人及其家人生活状况的这种卓有成效的实践活动，使社会民主党逐渐背离了之前所贯彻的马克思主义意识形态，积极参与国家政治，并在 1918 年成为魏玛共和国的执政党之一。此外，学术界一致认为，德意志帝国实现了相当程度的现代化，社会福利政策就是其中的一个重要方面，并且这种现代性得到了延续。德国社会福利国家的几大根源——社会民主主义、保守主义、教会的社会学说以及社会自由主义——都保留至今。对于德意志帝国社会立法的深远影响，俾斯麦曾经做过准确的预测。他说："对

① 参见 Schmidt, Manfred G.: Sozialpolitik in Deutschland: Historische Entwicklung und internationaler Vergleich, Wiesbaden, 2005, 42。
② 同上。
③ 同上。
④ 同上，第 43 页。

无产者实施普遍保险的政策，其社会和政治意义是不可估量的。"这一论断到底有多正确，恐怕得到 20 世纪下半叶联邦德国全面建设社会福利国家时才能够看清楚。[1]

作者简介：徐四季，北京外国语大学德语系讲师，博士研究生。

---

[1] 参见 Schmidt, Manfred G.: Sozialpolitik in Deutschland: Historische Entwicklung und internationaler Vergleich, Wiesbaden, 2005, 44。

● 文学视野

读《论浪漫派》
——评海涅的文艺观

邓志全

"只有伟大的诗人才能认识他当代的诗意。"

海涅认识到作家的世界观对文学创作起着十分重要的作用。他在《论浪漫派》一文中指出："事实不过是思想的结果"（第145页）。文学艺术作品是作家对世界人生看法的表现，作家的思想品质（主观因素）和他对社会人生的态度（社会理想）必然在他的创作过程中（例如如何选材、采用什么样的创作方法）以及作品反映的内容、思想倾向等方面表现出来。

在《论浪漫派》一文中，海涅对阿里斯多芬的喜剧和蒂克喜剧作了分析比较，指出：喜剧并非因为人物滑稽可笑，情节引人发噱才产生喜剧效果，而在于其形式后面所体现的思想内容。阿里斯多芬在喜剧中显示给观众的是他那深邃的世界观，表达出深刻的思想内容；而蒂克的喜剧却逃避现实，实际上不过是布局奇形怪状、情节毫不规则、音律随心所欲的闹剧而已！是故，海涅尖锐地指出两者的本质差别就在于"阿里斯多芬之所以伟大，因为他的世界观极其伟大，比悲剧家的更加伟大，甚至更富悲剧性……可是，我们德国的阿里斯多芬却没有这样的高度，他们放弃任何一种比较高级的世界观。对于人们最重要的两个关系，政治

关系和宗教关系，他们十分谦虚地保持沉默。"（第86页）这就深刻地指出两位作家的不同是因为世界观不同。海涅在此说的世界观指的是作家个人所具有的思想品质和社会理想，在他那个时代是直接体现在作家本人对政治关系和宗教关系所持有的态度上。作家由于思想品质和社会理想不同，他们对待现实社会的政治关系和宗教关系所持的态度也就不同，笔下反映和揭示生活的内容也就不同，他所选择的题材和采用的创作手法也就必然不一。

那么，德国消极浪漫派作为一种文学流派，其作家的社会理想和宗教态度主要表现是什么呢？

德国的浪漫主义文学产生于18世纪后期，发展到19世纪前30年。在它产生之际，德国正处于封建主义解体之中，那时的德国经历了耶拿战争、拿破仑占领、施泰因等人施行政治改革、民族起义和解放战争等阶段，战争频频；而国内小邦林立，仅从莱茵河左岸看，在1797年坎陂·佛米欧（Campo Formio）和平协定之前，这里就有九个大主教和主教、六个修道院院长及德意志教团、白十字骑士团、79个侯爵和伯爵、四个帝国直属城市，还不算那些小的帝国骑士，人民头上官卡重重。浪漫派作

家就其本身特征来看，他们也是不满现状的，他们也向往一个具有丰富民族生活的、有创造力的时代。弗·许雷戈尔在 1802 年面对瓦尔特堡和莱茵河曾感慨地表示："每当人们看到这样的事物，便不由地想起：当人们还有祖国时，德国人是个什么样子。"[1]面对他们所生活的时代，奥·威·许雷戈尔在一封信中就曾痛心地表示："我们的时代正害上了所有的病症 …… 萎靡不振、犹疑模糊、无动于衷，生活四分五裂地化作微小的消遣，没有能力提出巨大的要求，一般的随波逐流，不论被驱入什么样的苦难和耻辱的泥泞也在所不顾……"[2]由于德国的现状与他们的愿望相反，加之德国分裂，资产阶级生性软弱，他们便逃避现实，转向作为理想化了的"英雄时代"——中世纪。他们面对德国当时的状况所采取的态度是：面对他们所生活的狭窄环境，他们听天由命；面对艺术创作中所表述的所谓理想世界，个个充满激情。他们把理想寄托于想象和梦幻之中，面对丑恶的现实，他们宁愿逃往封建中世纪那"明月皎皎的魔夜"。在文学上，他们反对表现现实，反对资产阶级革命和启蒙运动指向未来的理想，沉湎于封建中世纪社会五光十色的幻想之中，因而看不到革命将会开拓人类的新生活，相反，却担心使古老的、乐陶陶的生活趋于毁灭。在他们看来，只有复兴基督 —— 日耳曼中世纪传统才能使德国免于毁灭。诺瓦利斯在他的片断《基督教或欧洲》一文中，把中世纪的封建教会捧为"国粹"，认为"只有宗教能重新唤醒欧洲，庇护各族人民并以新的庄严把基督教界明显地置于世上古老的、调停的职务之中……世界其他部分等待着欧洲的和解和复兴，为的

是能参加进来成为天国的一员……基督教界必须重新变得生气勃勃而卓有成效，并且无须顾及国界，重新组建一个看得见的教会，这个教会接受所有渴望超尘脱俗的灵魂于其怀抱之中，乐于成为新旧世界的中间人。"[3]

这一批作家热衷于过去及德意志国粹，这样，霍亨斯陶芬时代的骑士文学和中世纪城市组织的市民文学便成为他们在美学上表达的理想。总之，赞美宗教、赞美封建中世纪用以寄托理想，从而逃避现实是德国消极浪漫派创作的重要特色，正如海涅所尖锐指出的那样：德国的浪漫主义究竟是个什么东西呢？它"不是别的，就是中世纪文艺的复活，这种文艺表现在中世纪的短歌、绘画和建筑物里，表现在艺术和生活之中。这种文艺来自基督教，它是一朵从基督的鲜血里萌生出来的苦难之花。"（第 5 页）

在这样的生活理想和宗教思想的指导下，就不难理解诺瓦利斯这样的浪漫派作家及其作品了。诺瓦利斯认为，诗歌就是"一和一切"，是非人间的、超自然的，他整个身心都寓于他的艺术之中，他否认理智，说"思想只是感觉的一个梦而已，是一种死去的感觉"。他认为，疾病是"人类极其重要的一个东西"，是"供我们思考的最有趣的刺激和材料。"[4]他歌颂夜沉浸着爱和死亡，是超尘脱俗的，他在《夜之颂》中把黑夜颂为"爱和乐园"，所以，他充满深情地写道："向下！我转向神圣的无以名状的神秘之夜。世界在下面，已沉入深深的墓穴，那里荒凉而孤寂。胸中的弦儿震荡起深沉的痛苦，我愿化作露珠儿滴下去，与灰烬溶于一体……"[5]诺瓦利斯对夜发泄他的感情，发挥其极大的天才和幻想，他潜心于魔夜，自信它会

---

① 格·施莱德尔：《德国浪漫主义研究》，莱比锡，1962 年，第 11 页。

② 弗·伯格特尔：《浪漫主义文学遗产·引言》，柏林，1963 年，第 13–14 页。

③ 见 德国文学卷八，《浪漫主义》I，斯图加特 1974 年，第 180 页。

④ 赫尔曼·格拉斯尔：《德国文学的道路》，法兰克福，1975，第 179 页。

⑤ 同上。

向他披露大自然的秘密，置身于魔夜之中而使自身也神奇化，从而逃避现实。现实使他失望，他便憧憬"兰花"，把这种似有却无的东西当作理想去追求。正如海涅嘲笑的那样，这种诗意实际上是一种疾病，而这种疾病的病根正在作家的思想深处，在他的世界观里，在他的宗教思想和对封建中世纪的向往上。

文学艺术作品是作家世界观、作家的思想观点的反映，瞩物思情，借物抒情，情动于中，涌出笔端。作家都想用他的作品来证明、传播或解说他所主张的政治、社会等观点，这在作品中必然流露出他的看法，从而使作品带上一定的倾向。海涅在谈到莎士比亚所写的历史剧时说："今天说得如此之多的所谓客观性无非是一句枯燥无味的谎言，描写过去而不使它带上个人的情感色彩是不可能的，正是这样，既然所谓的客观历史学家总是把他的话针对着目前，这样他便无意识地本着他自己时代的精神在写，那么，这种时代精神会在他的文章中显现出来，正如在书信中，不仅写信人的性格，而且收信人的性格都会显示出来一样。"[1]为什么呢? 海涅接着说："因为对于历史的真实不仅需要对事件的精确描述，而且还需要准确地传达出那事件对他同时代的人所产生的影响。"这种传达确是极困难的任务，难就难在它不仅需要诗人具有一般的记述史实的知识，还要求诗人拥有静观史实的能力，正如莎士比亚所说，诗人是看得见'逝去时代的性质和形态'的。"[2]描写带上作家个人的情感色彩即体现作家"静观史实的能力"，反映出作家具有什么样的世界观。所以，海涅说"诗人是按照自己的肖像来创造他的人物的"(第47页)。尽管"弗·许雷戈尔思想精深，熟知过去的种种光辉，也深感现代的一切痛苦忧伤。但是，他并不理解这些痛苦是极为神圣的，并且为了使世界将来得救，

它们也是完全必要的。他看见夕阳西下，便满腹哀愁地凝望着落日的去处，夜色四合，便悲叹黑夜的昏暗，他没有发现，一轮崭新的旭日已在相反的方向喷薄而出，光芒四射"，"由于怕死，他逃进了天主教会抖动的废墟。按照他的心绪，天主教会自然是最合适的避难所"(第66页)。所以，海涅看他的《文学讲稿》"仿佛有这样一种感觉，好像书里散发出祭坛上的缕缕香烟，书中最优美的段落里，若隐若现的尽是些出家人的思想"(第69页)。在此，海涅说的作品中的问题，正说明了作家本人思想中的问题，作品的倾向正是作家本人思想倾向的反映。

所以，海涅认为："总之，只有伟大的诗人才能认识他当代的诗意"(第69页)。他列举了莱辛、歌德、席勒等德国伟大作家的情况深一层阐述了他的这一文艺思想。他把莱辛比作约翰尼斯 —— 新时代的预言家，说他是现代德国独创文学的奠基人，他的著作中都贯穿着同一个伟大的思想，同一个先进的人道主义精神。他把歌德比作异教天神朱庇特，歌德思想深邃，眼光过人，反对宗教迷信，崇尚理性。他称席勒高擎着时代精神的大旗，他为伟大的革命思想而写作，摧毁了精神上的巴士底狱，建造着自由的庙堂。毫无疑问，当代的诗意是通过当代的社会生活反映出来的，而社会现实是广阔而又充满矛盾的，这就存在这样的问题：现实中什么才是反映当代诗意的呢? 作家歌颂什么，反对什么? 一部作品必然反映出作家的爱与憎、歌颂或暴露、同情或反对，这也都是受作家的世界观决定的。同样，作品中流露出的倾向正可使读者看出作者具有什么样的思想品质和社会理想。例如，莱辛的悲剧《爱米丽娅·迦洛蒂》通过爱米丽娅之死反映出作者抨击了封建暴政。在《智者纳丹》中，通过

---

① 海涅:《莎士比亚笔下的姑娘和妇女》(德文) 见 卡尔·伯利克雷伯:《亨利希·海涅》十二卷全集第七卷，卡尔·汉赛出版社，1979 年，第179 页。

② 同上。

三枚戒指的故事体现了作者反对正统教会的偏狭，而这一切都贯穿了作者一个伟大的思想，先进的人道主义精神。歌德的《铁手骑士葛兹·封·伯利欣根》歌颂了一位对诸侯作战的、反封建争自由的英雄。席勒的《强盗》歌颂了一位勇敢向全社会公开宣战的豪侠青年，这都充分体现了作者具有启蒙运动、狂飙突进运动的进步思想，才能认识到他所处时代的诗意。

恩格斯在批判"真正的社会主义者"卡尔·倍克的《穷人之歌》时说："情节大致相同的同样题材，在海涅的笔下会变成对德国人的极辛辣的讽刺；而在倍克那里仅仅成了对于自己和无力地沉湎于幻想的青年人看做同一个人的诗人本身的讽刺。在海涅那里，市民的幻想被故意捧到高空，是为了再故意把它抛到现实的地面。而在倍克那里，诗人自己同这种幻想一起翱翔，自然，当他跌落到现实的世界上的时候，同样是要受伤的。前者以自己的大胆激怒了市民的愤怒，后者则同自己和市民意气相投而使市民感动慰籍。"接着指出："'真正的社会主义者'由于本身模糊不定，不可能把要叙述的事实同一般的环境联系起来，并从而使这些事实中所包含的一切特殊的和意味深长的方面显露出来。"①恩格斯在此指出"真正的社会主义者"本身模糊不定就是指"他们的整个世界观模糊不定"②这就充分说明，作家的世界观对他的文学创作及作品的思想内容起着十分重要的作用。

"我全身都是欢乐和歌唱，剑与火焰。"

作家是人类解放的战士，笔是武器，作品是投枪，作家应投身于时代的洪流中去，做时代前进的鼓手，这是海涅的一个十分重要的文艺思想。他在《论浪漫派》一文中表示，坚信"总有一天人类社会将建立在更好的基础之上，全欧洲所有伟大的心灵都在为发现这个新的更美好的基础而孜孜不倦地努力着。"（第152页）他借用"保民管"、"使徒"的职称高度评价作家的社会作用，要求作家为完成这一时代的伟大任务而孜孜不倦地努力。

海涅本人便是孜孜不倦地为完成这一伟大的时代任务而战斗的战士，他自觉地认识到自己的任务。在一篇日记中，他写道："别了，我渴望的宁静。现在我重又知道，我要做什么，我应该做什么，我必须做什么…… 我是革命之子，重又拿起神圣的武器…… 花儿! 花儿! 我要头戴花冠去进行殊死的战斗。还有六弦琴，递给我六弦琴，伴着琴声我唱一首战斗之歌…… 歌词象闪烁的星星从天而落，烧毁了宫殿，照亮了茅屋……歌词宛如光闪闪的投枪，嗖嗖而上刺破七重天，正中伪善人，……我全身都是欢乐和歌唱，剑与火焰。"③

作家不脱离时代，作品紧密结合现实斗争，这是海涅从事创作的一个重要特色。

他在《英国片断》中向人民报道了他在英国的所见所闻，他透过自由繁华的外表形象、深刻地洞察到英国资本主义社会中尖锐的贫富对立，英国的资产阶级、富有商人骑着高头大马，自由自在，他们把英国当作旅馆，把意大利当作夏日花园，把巴黎当作他们的社交厅，他们无忧无虑、无拘无束地飘来飘去；而那些下层社会的穷人们却像他们眼中渺小的蚂蚁。海涅看到乞丐用呆滞的目光向人乞讨：一边是饥肠辘辘、难忍难熬；另一边是花天酒地，挥金如土。在强烈的对比下，海涅表达出对于那些下层社会的人们寄予深切的同情，认为他们的心却像蓝天一般的纯洁。诗人虽然长期生活在巴黎，但他对祖国的前途，人民的命运总时

---

① 《马克思恩格斯全集》第4卷，人民出版社，1958年，第237页。

② 《马克思恩格斯全集》第4卷，人民出版社，1958年，第237页。

③ 海涅：《路德维希·别尔内》见《海涅选集》卷五，魏玛人民出版社，1961年（德文），第210页。

时萦绕心头，他关心祖国人民的解放，他至死相信德国人民是决不会甘心忍受封建专制统治的，人民终会觉醒，或迟或早会起来革命以推翻封建专制统治，他说："我不相信会立即有一场德国革命，更不相信会有一个德意志共和国，这后者我是无论如何不会经历的，但是我确信：当我们以后静卧墓穴，遗体腐化时，人们在德国正用语言和剑在为共和国而战。因为共和国是一种思想，且德国人还从未放弃过一种思想而不彻底为其奋斗到底的！"[1]他立足于法国巴黎，不断地把法国人民革命斗争的经验教训向德国人民介绍，他揭露路易·菲利浦借助人民运动和七月革命之力上台建立起"七月王朝"，却反过来又重新把人民像铺路石子一样踩在脚下，从而揭露出大资产阶级、金融巨头的本质。他预言似的指出：一个国家只有仿佛像是得了疾病还没康复，那么人民革命就不会停止。海涅明确认识到：作为诗人，他就是要用笔作武器，用作品使人民大众觉醒，起而为美好的前途而斗争。他在《法国状况》前言中说："如果我们达到这一步时，即大多数理解了现实状况，那么各国人民就不会再被贵族的御用文人驱向仇恨和战争了，各国人民伟大的联盟 —— 各民族的神圣同盟就形成了，…… 我终生致力于此。这就是我的职务。我的敌人的憎恨正好说明我一向忠实而诚实地执行了这个职务。我将表明，我永远不愧于这种憎恨，我的敌人永远不会认错我……"[2]他用作品敲起时代前进的鼓来号召人民，使自己成为一名鼓手，同时，在斗争中也感受到作为人类解放战争中的战士的光荣，因而希望后人在他死后在他的棺木上放一柄剑，把这看做他最高的荣誉。在 19 世纪 40 年代，他结识了马克思夫妇，参加了《德法年鉴》、《前进报》的工作，他的奋斗方向更为明确，他的创作也达到前所未有的高峰，写出了密切结合人民斗争的作品，例如，为声援 1844 年西里西亚织工起义而作的诗歌《西里西亚织工》，受到恩格斯高度评价，被誉为"我所知道的最好的诗歌之一"；写出了《德国，一个冬天的童话》，痛恨普鲁士反动统治，充满了爱国主义热情。这些都构成了海涅革命精神的主要方面。从这一精神中我们可以看出，作为作家，他的作品不脱离现实，不脱离自己的时代，他能在作品中把对未来的美好理想与现实斗争有机地结合在一起；他不断地从现实斗争中汲取诗情，他的作品成为他为人的真实写照，展现出他所处时代的精神，在他身上体现了时代—作家—作品三者的统一。他阐发了文学艺术应该为人类社会建立在更美好的基础之上而孜孜不倦地努力的思想，同时，自己又以个人的文学创作实践丰富了这一思想。他是伟大的诗人，重要的，就像蝉不断蜕去旧壳那样，他更看重自己是一位不断更新、努力实践能成为以诗歌为武器去为人类社会的美好前途而奋斗的战士，这正是他以自己的艺术实践留给我们的一份宝贵遗产，是他重要的文艺思想。

最后，我想借用诗人海涅的话来结束本文。在《论浪漫派》一文中，海涅借用巨人安泰和母亲大地的寓言，形象而深刻地阐述了文艺与现实的关系、作家与生活的关系，他说：

"但是巨人安泰只有在脚踏着母亲大地之时，才坚强无比，不可征服，一旦被赫库勒斯举到空中，便失去力量；同样，诗人也只有在不脱离客观现实的土地之时，才坚强有力，一旦神思恍惚地在蓝色太空中东飘西荡，便变得软弱无比。"（第 109—110 页）

作者简介：邓志全，中国驻德国大使馆原文化参赞。

---

① 海涅：《法国状况》见《亨利希·海涅》五卷本 卷四，魏玛人民出版社，1961 年（德文），第 164 页。
② 同上，第 12 页。

自我的迷失和失语
——论尤迪特·海尔曼小说中的抑郁

何　宁

【摘要】德国新一代女作家的领军人物尤迪特·海尔曼的小说中经常出现的主题是孤独、失败的关系、身体的分裂、自我的迷失以及叙述的失败。本文将着重利用克里斯蒂娃的精神分析理论来解读海尔曼的文本，分析小说所表现的时代症候：抑郁。

【关键词】自我的迷失，身体的分裂，抑郁

上世纪 90 年代的德国文坛呈现出一幅春潮涌动、欣欣向荣的景象：以君特·格拉斯、马丁·瓦尔泽以及克丽斯塔·沃尔夫等为代表的老一代作家仍然笔耕不辍，而众多 60、70 年代出生的新一代作家已经脱颖而出。这些新锐作家的作品不仅得到了专业评论家的肯定，同时也赢得了广大读者的青睐。纯文学类作品在德国初版印数至多不过五千本的常规被打破，发行量迅速突破十万册的作家也不乏其人。一时间，德国文坛新星辈出，德国当代文学也在一片欢呼声中揭开了新的一页。而在这一片热闹的新气象中，新生代女作家的异军突起尤为引人注目。德国文学评论界作出了种种努力来分析研究新一代女作家的作品。1999 年 3 月，资深文学评论家福尔克·哈格 (Volker Hage) 在德国发行量最大的新闻杂志《明镜》上撰文，提出"文学少女奇迹" (Literarisches Fräuleinwunder)[①]这一概念，借此指代大获成功的年轻的新一代女作家们，例如尤迪特·赫尔曼 (Judith Hermann)、卡琳·杜维 (Karen

【基金项目】教育部人文社会科学研究项目基金资助 (09YJC752003)；北京语言大学校级青年基金项目 (08QN03) 资助

① 参见 Hage, Volker: ganz schön abgedreht. In: Der Spiegel, Nr. 12, 22.3.1999, S.244–246。
Fräuleinwunder 原本是指上世纪 60 年代，德国女性，尤其是德国少女因为她们的形象和气质而在美国人心目中突然获得了非常正面、积极的形象。Duden (1999) 在这里，福尔克·哈格借用了这个概念，并发展出 Literarisches Fräuleinwunder 这一概念，在国内，这一概念对应的翻译有"奇女子、文坛娘子军、小姐奇迹、小女子文学"等等，本文将之翻译为"文学少女奇迹"。

Duve)、尤利娅·弗兰克（Julia Franck）等等。他认为，这批年轻的女作家拥有新鲜的语言和新颖的写作方式，"爱和欲"是她们共同的、同时也是最重要的主题。随着时间的发展，"文学少女奇迹"这个概念已经成为文学评论界乃至德语文学史的一个重要概念，若要讨论当代德语文学，这个概念是不大可能绕过去的，但目前文学界也基本达成了共识，即"文学少女奇迹"这个概念过于片面、简单，不足以概括新一代女作家的不同写作风格以及写作内容；同样，简单的一个"爱和欲"也并非新一代女作家的唯一共同主题。那么，新一代女作家究竟还有何共同的主题，她们的写作与新一代男性作家的写作究竟有何异同？本文将尝试回答上述问题。

纵览新一代女性作家的写作，我们会发现，她们的写作经常围绕着孤独和失败的关系、身体的分裂、自我的迷失以及叙述的失败等主题。当然，我们也要看到，和新一代男性作家一样，女性作家同样描写对性的追逐、性的冒险、聚会、毒品、夜生活、边缘化的生活风格等，而且这些经历往往发生在柏林这样的大都市里。那么，是什么使新一代女性作家的写作区别于新一代男性作家的写作呢？在笔者看来，是女作家对抑郁人物以及语言或者叙述失败的持续不断的兴趣和描写。但令人遗憾的是，迄今的研究主要关注于她们对夜生活、城市性爱的描写，或者不同故事之间的明显区别。但如果我们仔细研读新一代女作家的作品中对身体、两性关系的描述以及对叙述这个问题的反思，而不是单单停留在对这些作品表面相似性（例如饮酒、性爱、毒品或者聚会）的总结归纳，我们就会发觉，女性作家和男性作家尽管描写的内容可能有很多相同之处，但女性作家仍然有着自己的独特之处，即在所有这些女性作家的文本中隐含着一种独特的、女性特有的对生活的感悟——抑郁。这种抑郁是含蓄的，但却贯穿于很多女性作家的文本。为了分析女性作家作品中体现的抑郁的本质以及它的复杂性，本文将选取新一代女作家的代表人物尤迪特·海尔曼（Judith Hermann）的文本，并尝试利用克里斯蒂娃的精神分析理论来分析海尔曼文本中所体现的抑郁。

尤迪特·海尔曼是新一代德语女性作家的领军人物。她 1970 年出生在柏林，1998 年她的处女作——短篇小说集《夏屋，以后》（Sommerhaus, später）[①]问世并大获成功。此书引来文学评论界近乎一致的颂歌般的好评，当代重量级的文学评论家争相在各大报纸、杂志的文艺版发表赞扬的文章。甚至有评论界"教皇"之称的马塞尔·赖希—拉尼茨基（Marcel Reich-Ranicki）也不吝他对海尔曼的赞誉之词，称"一位杰出的女作家出现了"。海尔曼凭借自己的处女作成为德国文学的焦点人物。四年中，该书印刷十次，销售逾 25 万册，并译成包括中文在内的十七种文字。在一片赞誉声中，海尔曼获得了一个接一个的文学奖，例如 1998 年的不来梅市文学提携奖，1999 年的胡戈—巴尔奖等，还有 2001 年获得的在德国文学界享有盛誉的克莱斯特奖。2003 年，尤迪特·海尔曼的第二部小说集《除了幽灵，别无他物》（Nichts als Gespenster）[②]出版，评论界又一片赞赏！她最新的作品是 2009 年的小说集《爱丽丝》（Alice）。但目前国内对海尔曼的介绍和研究甚少，除了她的《夏屋，以后》以及《除了幽灵，别无他物》被译成中文外，几乎没有专门的研究。因此，

---

① 尤迪特·海尔曼：《夏屋，以后》，任国强、戴英杰译，人民文学出版社，2007 年。下文中的引用则简称为《夏屋》，并标注页码，不再一一说明。

② 尤迪特·海尔曼：《除了幽灵，别无它物》，李薇译，哈尔滨出版社，2009 年。下文中的引用则简称为《幽灵》，并标注页码，不再一一说明。

本文希望抛砖引玉，利用尤莉亚·克里斯蒂娃的精神分析理论来研读海尔曼的文本。之所以选择克里斯蒂娃关于抑郁的理论作为本文的理论框架，是因为克里斯蒂娃在自己的著作《黑太阳：抑郁和哀伤》①中对抑郁的种种症状和本质进行了分析归纳，而这正好契合了海尔曼的文本。

在《黑太阳：抑郁和哀伤》中，尤莉亚·克里斯蒂娃详细阐释了抑郁和哀伤如何造成"思考和语言的危机"。(《黑太阳》，221) 而且，尽管克里斯蒂娃在该书中的研究对象是普遍的人的抑郁，但她还是另开一章，在该书的第三章专门探讨女性的抑郁。在她看来，女性要比男性更容易、也更经常抑郁。(《黑太阳》，71) 而且，似乎在与此相对应，在克里斯蒂娃举例说明抑郁的各种特征时，她提到的病人皆为女性。(《黑太阳》，53–54，55–58，71–79，80–86，87–94) 而无论是她对于普遍的抑郁还是对于女性的抑郁所作出的论述，都为我们提供了对海尔曼文本中的抑郁主题进行分析的理论框架。

克里斯蒂娃指出，抑郁的个体丧失了对生活的希望，甚至对"文字、行动乃至生命本身"都毫无兴趣。对抑郁的人来说，和他人的联系甚至仅仅是完整的自我都是"荒谬"和"不可能的"。(《黑太阳》，33) 他们最强烈的感觉往往是自我的"缺席和丧失"以及自我的"分裂和解体"。(《黑太阳》，7) 但由于抑郁和哀伤，他们没有能力去对抗这种自我的迷失感。同时，语言所具备的构建主体的功能也已经丧失。(《黑太阳》，23) 这表现在，抑郁的人虽然还能够使用语言，但他们的语言已经不能表达出意义，意义和字符之间的联系已经断裂，因此他们陷入"认知的混乱"和"失语的空白"。语言只会造成"意义的崩塌"，因为语言的含义已经与感

情经历本身脱节，(《黑太阳》，54) 语言好比"陌生的皮肤"。(《黑太阳》，53) 而且，克里斯蒂娃指出，"如果语言丧失了意义，生命也就不再重要。"(《黑太阳》，6) 因此，她的女病人经常抱怨有"彻头彻尾的虚无感"(《黑太阳》，87) 而且经常感觉自己已经死去。但令人疑惑的是，部分抑郁的人放弃了语言、不再说话，但也有部分抑郁的人反而是不停地说话。但克里斯蒂娃同时指出，即使是那些不停讲话的抑郁病人，自我与他人以及语言的意义之间也是断裂的。正如一个不停讲话的女病人所说的："但我讲的是别人的生活，和我并没有关系。而当我讲我自己的时候，就好像我在讲一个陌生人。"(《黑太阳》，54) 因此，我们可以认为，对抑郁的人来说，沉默不语或者滔滔不绝只不过是"失语"的两种不同的表现形式罢了。

在本文所要研究的海尔曼的文本中，抑郁就是一个重要的主题，海尔曼塑造了很多抑郁的人物，他们的抑郁表现为自我的迷失，存在的虚无感、身体的分裂以及失语。他们被困囿在静默的、充斥着误解的人际关系中，周围的人和他们一样迷茫。海尔曼的小说多采用女性第一人称进行叙述，但叙述行为并不能让人物建立主体感，人物往往陷入叙述困境，在叙述中丧失了自我。下文将选取海尔曼的小说集《夏屋，以后》以及《除了幽灵，别无他物》中的部分作品进行分析，以此展现人物如何体现出克里斯蒂娃意义上的抑郁。可以说，海尔曼的文本执著追寻着自我、叙述以及叙述过程中的自我迷失问题。她的文本是那些迷失了自我，失去了生存意义，视自身为空洞无物的个体的故事。而且，本文尝试借助对海尔曼的作品进行文本分析，来比较身为女作家的海尔曼的文本与新一代男作家的不同。因为，男性作家，例如本雅明·莱贝特 (Benjamin Lebert) 在《疯

---

① Kristeva, Julia: Black Sun: Depression and Melancholia. Columbia UP, New York, 1989。下文中的引语由本文作者翻译，下文中的引用简称为《黑太阳》，并标注页码，不再一一说明。

狂》(Crazy)①中，或者汉斯—乌尔里希·特莱希尔 (Hans-Ulrich Treichel) 在《失踪者》(Der Verlorene)②中虽然也涉及到和海尔曼类似的身体的分裂或者孤独主题，但我们会发现，男性作家一则不会反复写作这些主题，二则会从不同的角度进行书写。例如，特莱希尔虽也在自己的作品中描写身体的分裂感，但他不会将之与失败的人际关系联系起来。同样，本雅明·冯·施图克拉德—巴雷 (Benjamin von Stuckrad-Barre) 在《个人专辑》(Soloalbum)③也描写了失去了女友的男主人公的孤独，但他并没有将男主人公的孤独与语言和叙述的失败联系起来。因此，男性作家虽描写身体的分裂或者孤独，但并不抑郁，而以海尔曼为代表的新一代女作家则持续描写抑郁，而且她们笔下的抑郁人物不但感到自己的身体分裂、与他人隔绝、悲伤、绝望，而且陷入语言以及叙述的困境。因此，"抑郁"不仅成为新一代女性作家的一个共同主题，而且体现出与同龄的新一代男性作家的不同。下文将具体分析海尔曼作品中的人物所体现出的、克里斯蒂娃所描述的种种抑郁特点。

一、身体的分裂

在《夏屋，以后》这部短篇小说集中，海尔曼为读者展现了一系列的忧郁人物，他们之间没有对话，没有交流，没有也不愿真正了解周围的人。隐藏在聚会、饮酒、毒品、性之下的是永恒的空虚感，永久的等待，等待着他们自己都不知道是什么的东西，当然还有如影随形的抑郁。只不过，在《飓风》一篇中，这种抑郁是热带的，而在《巴厘岛女人》中，这种抑郁是冰冷的。这些人物或独自一人，或身处

热闹的人群，但他们都感觉自己与周围的世界完全隔绝。对于海尔曼小说中的女性人物来说，隔绝感以及身体的分裂感是很典型的，她们看到的往往只是身体的某个部位，而非完整的身体。而且，她们不仅看自己的身体是分裂的，甚至看到的别人也绝非完整，而只能看到对方身体的局部。

海尔曼小说《暗箱》中的女主人公玛丽在电脑里看到了自己，但她看到的并不是完整的自己，而是自己不同的身体部位在电脑上的影像，那是她试图引诱的那个艺术家把她的影像投放到他的电脑屏幕上。玛丽看到了自己身体的碎片："玛丽的头发、玛丽的前额、玛丽的眉毛，她的眼睛、她的鼻子、下巴、脖子、胸口，一张黑白色的、阴森可怕的玛丽脸"(《夏屋》，134)。在这里，我们可以观察到一个变化：玛丽刚开始看到的是她明确知道属于她的、玛丽的头发、前额、眉毛，然后变成了指代不明确的"她的"眼睛，"她的"鼻子，最后变成了简单的身体部位的列举，而在身体部位之前没有任何表示所属的限定。本文认为，海尔曼借此表现玛丽丧失了对自己的把握，丧失了主体感、身体的统一性和完整性。因为在这一段的最后，罗列出的身体部位前面没有任何关于所属的限定，就好像玛丽看到的不是她自己的身体。可以说，在小说的最后，玛丽的主体感完全丧失了，因此，她感到自己的脸"阴森可怕"。在小说结尾处，"她注视着屏幕，注视着两人这种一声不吭的、少见的你缠我绕"(《夏屋》，135)，虽然是她自己在和艺术家进行性爱，但玛丽就好像在看两个她不认识的人性爱一样，可见她的主体感已经丧失殆尽。

而且，更进一步的是，在海尔曼的小说中，甚至对性爱伙伴的描写也是通过身体的各个分

---

① Lebert，Benjamin: Crazy, Kiepenheuer & Witsch，Köln，2000。

② Treichel, Hans-Ulrich: Der Verlorene，Suhrkamp Verlag，Frankfurt a. M. 1998。

③ Stuckrad-Barre, Benjamin von: Soloalbum，Kiepenheuer & Witsch，Köln，1998。

割的部位来进行的。例如，在《露丝（女友）》中，女性叙述者"我"努力想把劳尔的各个身体部位组合起来。而劳尔是她最要好的女朋友的男朋友，并且对于他，"我"一点儿都不了解，尽管如此，她还是想和他发生"一夜情"。不管她怎样努力，她仍然不能在脑海里将劳尔的各个身体部位组合成一个完整的形象："在我的脑海中，几乎已经拼不成一张他的面孔的完整画像，有的只是一个又一个碎片。他的眼睛，他的嘴，他左手的某一个动作，他的声音。"（《幽灵》，22）但尽管她不能将他的各个身体部位拼凑为完整的个体，她还是欺骗了自己最好的朋友，和劳尔睡了觉，然后离开了他。

在海尔曼的另外一篇小说《冰蓝》里，也出现了相似的场景：女性主人公约尼娜在观察和自己同床共枕的伴侣马格努斯的脸，和《露丝（女友）》中的女性叙述者"我"一样，约尼娜也努力将自己伴侣的脸的各个部分拼凑起来，但她在丈夫脸部的各个部分所看到的却是他那种冰冷的挑衅，就好像一个完全陌生的人的那种冷冰冰："他的脸其实很冷酷，那是一张极具攻击性的、挑衅似的、意志坚决的，同时也是像冰一样冷的脸。每当他钻出水面，或是熟睡的时候，她便能看到这样的他。她不知道，他是否一直有意掩饰自己的这种冷酷。这种冷酷并没有吓走她，但也没有吸引她。那是一个陌生人的冷酷，一个她可以和他一起生活几千年几万年，却永远不能真正了解他的某个人的冷酷。这就是像冰一样冷的事实，一个冰蓝色的事实。"（《幽灵》，65）约尼娜在马格努斯脸部的各个部分看到的是冷冷的挑衅，冰冷的冷漠，而这是她永远也无法跨越的鸿沟，哪怕是她和他共度千年的时光。

二、亲密关系的丧失

在名为《巴厘岛女人》的小说中，海尔曼展现了当代那些忧郁的个体即使身处所谓的"亲

密朋友"之间，但依然挥之不去的那份孤独。她敏锐地捕捉到了现今社会的个体存在的无意义以及人与人之间关系的空洞，并透过小说中的人物马尔库斯的语言表现了出来。马尔库斯说，他会为自己和朋友们制作一部电影："一部这样的电影，关于什么都没有的电影，关于我们之间和我们周围什么都没有的电影，只有这样的一个晚上，你，我，还有克里斯蒂安娜"。（《夏屋》，104）

而在海尔曼的另一部小说《靠妓女过活的男人》中，女性叙述者使用了一种更为激烈的表达，她认为对于自己和自己的朋友约翰内斯来说，他们彼此什么都不是。对于她来说，他是那么地毫无意义，就好像是一个死人一样躺在她的床上："我躺在他旁边，注视着他，发现他还是那么好看，和从前一样，像以往任何的时候，他那古怪的、柔嫩的头发，小小的下巴，还有粗糙的皮肤。我希望就这样躺在一具死尸旁边，无论是谁，无论什么地方。我对他来说是无所谓的，他对我也一样。"（《幽灵》，128）朋友和情人之间以及环绕他们的这种虚无感，这种孤独和冷漠感贯穿了海尔曼两部小说集《夏屋，以后》以及《除了幽灵，别无他物》的全部小说。而在克里斯蒂娃看来，和他人亲密关系的丧失正是抑郁者的感受之一，因此，从这一意义上，海尔曼的主人公是抑郁的。

三、失语和叙述的困境

在很多情况下，失败的关系和伴随而来的朋友或者情人的心理上的抑郁是通过语言的丧失以及交流的失败而凸显出来的。原本亲密的关系演变成为彻底的沉默。"亲密"的朋友和情人之间没有能力，甚至是不愿和对方交流，陷入抑郁的"失语"状态。

《红珊瑚手镯》里，情人之间有意义的交流的丧失是非常明显的。小说中的女性叙述者"我"将她的情人描述成为一条冰冷的鱼，"他

长着鱼肚白的眼睛、鱼肚白的皮肤，像条死鱼。他整天就躺在床上，冰冷加沉默，感觉糟透了。"（《夏屋》，8）他对自己丝毫不感兴趣，而且更重要的是，他不说话，"真要是开口，就这么一句：'我对自己没兴趣。'"（《夏屋》，9）并且，"我的恋人在打量着他的身体，就好像他已经死去。"（《夏屋》，10）恋人的这种濒死状态使得女性叙述者和他在一起时也几乎不说话。"从我跟我的恋人在一起以来，我确实有好长时间没说过话了，我几乎不跟他说话，他差不多从不和我交谈，他总是就说这么一句，有那么些瞬间片刻我都以为语言唯独是由这七个字构成的：'我对自己没兴趣。'"（《夏屋》，10）我们可以这样认为，女性叙述者和她的恋人的语言是单调无聊的、重复的，且毫无意义的。这正符合克里斯蒂娃所描述的抑郁的人对"文字、行动乃至生命本身"都毫无兴趣，(《黑太阳》，33)，而且语言已经丧失了意义。小说中的恋人虽然生活在一起，但只是表面在一起，内心却处在完全隔绝的、孤独的状态里，没有任何真正的交流。

《红珊瑚手镯》里的两个人物基本上不说话，更没有相互的交谈，而在《索尼娅》中，出现的是一种貌似相反的情景。之所以说是"貌似相反"，是因为小说中的男性叙述者"我"尽管滔滔不绝，但真正有意义的交流却根本没有发生。"我"宣称："我好像都能把索尼娅侃得灵魂出窍，而她似乎也不去阻拦，她就那么坐在那儿，两手撑着脑袋，注视着我，烟抽得吓人，喝着唯一一杯葡萄酒。她足足四个小时在细听我讲，我确信她整个晚上一字未吐。"(《夏屋》，45)在那些他们共处的夜晚里，"我"滔滔不绝，但"索尼娅从不发话，几乎是从不开口。"（《夏屋》，50）因此，他感觉，"我就像是在自说自话"。（《夏屋》，51）因为没有交流的发生，他称自己对索尼娅实质上一点儿都不了解，"直到现在我对她的家庭、她的童年、她的出生地、她的朋友都一无所知；对她靠什么

活、是否挣钱，或者是否有人养着她，她是否有职业上的打算，想要去哪儿、想干点儿什么都是全然不知。"（《夏屋》，50）在《洪特尔—汤普森—音乐》中，一位年轻的姑娘试图和孤独的老人洪特尔进行交谈，但洪特尔却不能理解这位姑娘在说什么，"他听不懂她的话，她在说一种密码，而他却解不开这个密码。"（《夏屋》，96）因为，"他对这些都不习惯了，对会面、交谈都再也不习惯了"。（《夏屋》，98）而在小说《靠妓女过活的男人》中，约翰内斯对女性叙述者"我"在不断地重复一句毫无意义的话："'去中国的路途很遥远，'他无数次地这样说，而且神秘兮兮的，似乎这对我来说应该意味着什么。"（《幽灵》，128）在上面我们所列举的情景中，对话一方确实在说话，但无论他们说话与否，效果都是一样的，那就是：隔绝和孤独，因为讲话或者说语言已经变成了自言自语。而且正如克里斯蒂娃所描述的抑郁者的语言，看似滔滔不绝，但却不包含任何意义，没有任何交流的效果。

与人物对话的困境相对应的是小说中的人物在另一层面的"叙述"，即故事的叙述和写作的困境。写作/叙述所具有的建立或者牢固主体感的功能已经丧失殆尽，他们已经没有能力去进行或是控制他们的阅读或是书写叙述，在很多情况下，人物感受到的只是叙述和自己的脱节，这带给他们的只有绝望，而绝望之后他们最终放弃了阅读或是书写的努力，因此，人物不断面对他们在叙述时的焦虑和失败。小说《红珊瑚手镯》就为我们提供了一个很好的实例。在这篇小说中，人物本身就是叙述者，但她却不能把自己从自己要叙述的故事中解脱出来，而是感觉被自己叙述的故事给紧紧地束缚住了。"我"努力挣扎着，想从自己要叙述的故事中挣脱出来，因为这个故事就要毁灭她以及她的自我。

《红珊瑚手镯》讲述的是一个关于女性叙述者"我"的故事，"我"陷入家族的故事，尤

其是曾祖母的故事而不能自拔。"我"特别想向恋人讲述"我"的故事，但恋人却告诉她，"这些都已经过去，他不想再听了"（《夏屋》，10），并且，"我"不应该把"我"的故事和曾祖母的故事混为一谈，但在"我"看来，曾祖母的故事就是"我"的故事："如烟的往事如此紧密地与我交织在一起，以至于有时候让我觉得就像是我自己的生平一样。我曾祖母的往事就是我的往事，可没有了曾祖母我自己的往事又在哪儿呢？这我不知道。"（《夏屋》，11）如果没有曾祖母的故事，或者说不把自己归入曾祖母的故事／叙述中，女性叙述者"我"已经不知道自己究竟是谁了。她自己只不过是空虚的存在，她的生活"只是疲乏无力，还有空虚无聊、平静无奇的日子"（《夏屋》，13），别人的，这里曾祖母的故事就是她，因为她自己是纯粹的虚无。但别人的故事毕竟不能填补她的虚空，并不能使她建立起自我的意识，因此，在小说里，"我"反复追问自己，这个故事到底是不是她要讲的故事："这就是我要讲的故事？我没把握。没十分的把握。"（《夏屋》，3）"这就是我想要讲的故事？我不知道，我确实是不知道。"（《夏屋》，8–9）由此可见"我"在"叙述"上的不自信和失败，这也是另一种层次上的失语。

但与以海尔曼为代表的女性作家作品中所经常体现的对于"叙述"和"故事"的不能把握相对应，男性作家笔下的人物则每每表现出对于"叙述"的自信。例如，莱贝特在《疯狂》的结尾就表达出自己对于"讲述故事"的激情，并认为他们所讲的故事就是关于他们自己的："它（故事）是关于我们自己的，"（《疯狂》，168）而且在人生的道路上，他们能够不断"发现新的故事"。（《疯狂》，169）在这里，本雅明表现出的是对故事的兴趣和关注，丝毫没有对讲述别人的或自己的故事的焦虑和不自信。

通过上文对新一代女性作家的代表人物海尔曼文本的分析，我们可以看到，海尔曼的作品展现了身体的分裂、关系的失败，交流的丧失、失语、叙述的失败等种种抑郁的表现，可以说，抑郁贯穿了海尔曼的作品。同时，这也是新生代女性作家的共通之处。当然，我们在这里必须指出的是，新生代女作家的作品无论就风格，还是就主题而言是多种多样的。但这也从另一方面说明，她们共同书写的抑郁主题的重要性。这或许就是海尔曼们对我们身处的这个时代所作出的回应，社会现实似乎并不能给人们带来太多的希望，太多的意义。面对这样的现实，人们如何不抑郁？抑郁俨然已经成为我们这个时代的症候。或许正因为如此，海尔曼笔下的抑郁人物引起了很多人的共鸣，这恐怕也是她的小说大受欢迎的原因之一。

参考文献

Ganeva, Mila: Female Flaneurs: Judith Hermann's Sommerhaus, später and Nichts als Gespenster." In : Gegenwartsliteratur 3 (2004)，250–277.

Graves, Peter J.. „Karen Duve, Kathrin Schmidt, Judith Hermann: Ein literarisches Fräuleinwunder? " In: German Life and Letters 55, 2. April 2002.

Hage, Volker: ganz schön abgedreht. In: Der Spiegel, Nr. 12, 22.3.1999, S.244–246.

Kristeva, Julia:Black Sun: Depression and Melancholia. Columbia UP, New York, 1989.

Lebert, Benjamin: Crazy, Kiepenheuer & Witsch, Köln, 2000.

Minkmar, Nils und Weidermann, Volker. „Meine Generation-was ist das eigentlich? " (Interview mit Judith Hermann) In: FAZ, 20. 01. 2003.

Radisch, Iris, „Berliner Jugendstil. In Judith Hermanns frostigen Erzählungen spiegelt sich die Stimmung einer neuen Zeitenwende. " In: Die Zeit, 06/2003.

Stuckrad-Barre, Benjamin von: Soloalbum, Kiepenheuer& Witsch, Köln, 1998

Treichel, Hans-Ulrich: Der Verlorene, Suhrkamp Verlag, Frankfurt a. M., 1998.

Hermann, Judith: Sommerhaus, später, 任国强，戴英杰译，人民文学出版社，2007 年。

Hermann, Judith: Nichts als Gespenster, 李薇译，哈尔滨出版社，2009 年。

作者简介：何宁，北京语言大学外语学院德语教研室讲师，北京大学外语学院德语系博士研究生。

艺术家的审美困境——试析托马斯·曼的《死于威尼斯》

时 晓

【摘要】艺术审美作为理性桎梏的消解力量历来备受肯定。而托马斯·曼在《死于威尼斯》里却给我们敲了一记警钟:抛弃道德伦理的审美不能抵御本能欲望的诱惑,必将堕落。这是艺术家在现实层面不得不面对的审美困境。

【关键词】艺术家,审美困境

一、引言

艺术家的生存状态是托马斯·曼关注的核心问题。艺术家是异于常人的存在,他们必须不理世事、超脱人情。艺术家所追求的是真、善、美,但是艺术家的结局往往是悲惨的。《死于威尼斯》的主人公阿申巴赫正是这样一个艺术家形象。文中,阿申巴赫是著名的腓特烈大帝史诗的作者,在五十寿辰时得授贵族头衔,登上事业顶峰。但是在日复一日兢兢业业的生活中,他感到疲倦,于是前往威尼斯消夏。在威尼斯他遇见了波兰美少年塔齐奥,深深为之吸引。后来瘟疫笼罩全城,他仍然无法自控地追随塔齐奥,最终死去。在《死于威尼斯》的前言介绍中,托马斯·曼谈到阿申巴赫对塔齐奥的向往时说:"这是美的问题。精神感

到了生活的美,生活又认为精神是美的。"[1]从美学意义上看,塔齐奥无疑是阿申巴赫心目中美的化身。阿申巴赫最终死去意味着他的审美理想归于破灭,或者至少陷入困境——这是审美的不足,还是艺术家注定的归宿? 托马斯·曼强调"精神感到生活的美,生活又认为精神是美的",又有何种深意?

二、审美反抗:"精神感到生活的美"

借助阿申巴赫这个形象,托马斯·曼想表达自己对艺术家的理解和自身作为艺术家的痛苦与选择。去威尼斯度假之前的阿申巴赫就是现实生活中托马斯·曼本人的一贯面目。阿申巴赫以艺术家自居,创作的责任感始终压在他的心头;他深恐生命力渐渐衰退,将不能鞠

---

[1] Thomas Mann: Der Tod in Venedig. Frankfurt am Main 1992. 原文为 Es ist das Problem der Schönheit, dass der Geist das Leben, das Leben aber den Geist als „Schönheit" empfindet.

躬尽瘁于事业，所以他恪守身为艺术家的责任，勤于创作，厌恶娱乐：心头刚浮现去远方邀游的画面，"就用理智和青年时代养成的自制力压抑下去，恢复了平静"。①他是"道德上的勇者"，虽然没有健康的体魄，但却靠着责任感孜孜不倦地工作，他的格言就是"坚持到底"。(166)有意思的是，"坚持到底"正是托马斯·曼本人最喜欢的词。②不可否认，托马斯·曼认为这是所有艺术家取得事业成功的秘诀，对阿申巴赫来说也当然如此。然而托马斯·曼想表达的不仅仅是艺术家外部的辉煌，还有他们内心的挣扎。阿申巴赫把全身心贡献给了艺术事业，一直压抑自己的情感。他作品中的新型英雄都是"智力发达，咬紧牙关"，"在世人面前一直隐瞒自己腐化堕落的身心的高傲自制力"，"即使身体衰弱无能为力，但心灵深处却迸发着光和热。"(168) 这就是阿申巴赫的"弱者"英雄主义——理智超群却尽力压抑情感的需要，凭坚定的理性登上事业的高峰。联系西方文明史我们可以发现，阿申巴赫所代表的这种时代精神，就是启蒙理性精神走向极端理性主义的后果。③

偏偏阿申巴赫又遇到塔齐奥，后者的美强烈地吸引着他，叩开他的心，唤醒了他对生活的向往。抽象的理性思考显然已经不能满足阿申巴赫的需要。过去，阿申巴赫总是对娱乐消遣的场合满不在乎，"不一会就怀着憎恶不安的心情让自己再在极度的疲劳中煎熬，投入他每天不可或缺的神圣工作中去"。(204) 现在，威尼斯迷住了他的心，塔齐奥的存在让他的生活焕发了光彩。在愉快的心境下，连风景都显得美妙无穷；躺在夜晚的小船中仰望星光闪烁的太空，他总要回想起他工作的夏季别墅——那里天气阴沉，景物可憎。两相对比，他觉得抵

达了"理想的乐土"，"每天自由自在、痛痛快快地过去"。(205)

这时，阿申巴赫的创作有如神助："他的思想闪烁着情感的火花，而情感却冷静而有节制"。理性的牢笼终于被突破，"思想和整个情感、情感和整个思想能完全融为一体——这是作家至高无上的快乐。"(210)

三、审美与欲望：超越还是沉沦？

为达到思想与情感的和谐状态，审美作为理性主义的消解力量的确发挥了巨大的作用。但是，《死于威尼斯》所要揭示的道理决不仅限于此。当审美走出理论的圈囿，在活生生的生活交往中释放能量的时候，危险也如影随形。

转过头来分析文本，最初阿申巴赫对于塔齐奥并无欲念，他只是远远欣赏着塔齐奥如希腊雕塑般优美的身影，为自己枯竭的生命和创作寻找灵感。但是，当他在海滩望着塔齐奥，有如神助般将那篇小品文一气呵成之后，他已经被欲望之网紧紧缠住。此后，阿申巴赫紧紧追随着塔齐奥，他的迷恋转入了狂热，死亡的阴影也越来越浓。他在小巷中与塔齐奥相遇时，吓得掉头就跑，"脚步好像听凭魔鬼的摆布，而魔鬼的癖好，就是践踏人类的理智和尊严。"(221) 威尼斯伶人的演出之后，他孤零零地坐着，仿佛看见了许多年前老家的计时沙漏：赭红色的沙子默默流过，犹如正在流逝的生命，无可挽回。应该说，阿申巴赫已经意识到自己走上了一条不归路，却无法抽身。可以说，他无力采取行动逃离死亡的根源在于他已经完全丢弃了理智。

临死之前，阿申巴赫把自己幻想为古希腊先哲柏拉图而喃喃自语。他承认，"美是通过

---

① 刘德中等译：《托马斯·曼中短篇小说集》，上海译文出版社，1980 年，第 163 页。以下出自此书者只在引文后面标页码。

② 克劳斯·施略特：《托马斯·曼》，印芝虹、李文潮译，生活·读书·新知三联书店，1992 年，第 83 页。

③ 张弘：艺术审美的危机——评《死于威尼斯》的艺术家主题，《外国文学研究》，1998 年第 3 期，第 5–14 页。

感觉的途径，通过艺术家的途径使人获得灵性的"，"这是一条纵然甜蜜但却是冒险之路"（241）；"因为秀丽的外形和超脱会使人沉醉，并唤起人的情欲，同时还可能使高贵的人陷入可怕的情感狂澜里"。（242）他得出结论：知识是深渊，美也同样会把人引向深渊。由此看来，艺术审美在实践层面遭遇困境，因为向美之心在生活中必然受到欲望的诱惑。[1]

其实，在阿申巴赫前往威尼斯之前，与审美共栖的危险信号就一直闪烁着。从神话象征意义上来看，阿申巴赫在英国花园里舒缓身心时遇到的流浪汉正是赫尔墨斯——死神的使者。他是"远方来客"，"右手握着一条端部包有铁皮的手杖"，（161）在阿申巴赫决定出游、上车返回前"那个人已行踪不明了"。（164）当他终于搭上前往威尼斯的小船，却发现威尼斯是一个处处充满腐朽气息的城市。文章行文一直暗示读者：威尼斯就是冥府，渡船人正是死神坦塔罗斯，威尼斯的平底船更是棺木——至此死亡的阴影已经笼罩了整个文本。

应该说，艺术家在审美之路上的沉沦几乎是必然的。艺术家是不通人情的人，"个性孤独、沉默寡言"，（184）较普通人来说观察和感受得更为深刻，美对于他们来说有致命的吸引力。艺术家的错误在于把精神领域的审美移入生活，这是他们的天性中的"定时炸弹"。而"几乎每个艺术家天生都有一种任性而邪恶的倾向，那就是承认美所引起的非正义性，并对这种贵族式的偏袒心理加以同情和崇拜。"（186）承认美所产生的非正义性无异于放任自己的欲望和本能。可以说，引爆艺术家体内那颗定时炸弹的，正是失去理性监控的感官本能以及接

踵而来的迷茫和放纵。审美之路由此沉沦。艺术家绝对是一种崇高而令人怜悯的角色——生来为美所吸引，又极易在追寻美的路上沉沦。

四、审美困境："生活又认为精神是美的"

审美精神在纠正理性主义积弊的同时暗含着危险，矫枉过正的感性沉醉使审美陷于困境。人性中的欲望和本能正是堕落的根源。然而，根除本能是不可能也完全不人道的。而且"'本能'无所谓低俗，关键是看在什么语境下谈论。相对于过多的压抑，本能就是生命自身的证明；在欲望泛滥之际，本能就是需要制约的力量。"[2]所以，反思审美的局限并不能否认审美对消解理性压抑的重要作用。我们需要做的就是提醒泛滥的审美沉醉可能到达的危险边缘，并探讨怎样才能达到更圆满的境界。

几千年前苏格拉底就说：美是难的。美既不是有用的，也不是有益的，更不是视听引起的快感。[3]在《死于威尼斯》中，阿申巴赫最初寻觅的也只是美，他"欣喜若狂地感到他这一眼已真正看到了美的本质——这一形象是神灵构思的产物，是寓于心灵之中唯一的纯洁的完美形象"。（207）但是，当他爱上塔齐奥之后事情在慢慢起变化。在《斐德若篇》中，苏格拉底认为有两种领导原则或行为动机控制着人类，一种是天生求快感的欲念，一种是习得的求至善的希冀。求至善的希冀借理性的援助引导人向善，是为节制，求快感的欲念违背理性、引导人贪求快感，就是纵欲。更有意思的是，苏格拉底把爱情定义为失去了理性的欲念压倒了求至善的希冀，浸淫于美所生的快感。[4]这样

---

① 张弘：艺术审美的危机——评《死于威尼斯》的艺术家主题，《外国文学研究》，1998 年第 3 期，第 5–14 页。

② 李晓林：《审美主义：从尼采到福柯》，社会科学文献出版社，2005 年，第 74 页。

③ 柏拉图：《柏拉图文艺对话集》，朱光潜译，上海文艺联合出版社，1954 年，第 274 页。

④ 同上，第 158–159 页。

看来，经由爱情式的审美抵达美的可能性几乎为零，因为爱情求的是美所生的快感，而非美本身。那么也就是说，当阿申巴赫渐渐迷恋上塔齐奥，悄声喊出"我爱你"之后，(217) 最初的美的追寻就变质为追求美所生的快感。方向偏离之后，审美失败是必然的。

审美的最基本特点是立足于人的感性存在。"在人类精神的几大领域，只有美学立足于人的感性存在，所以人们历来以美的感性力量对抗唯理主义和科技至上。"①反观文本，阿申巴赫在瘟疫肆虐的威尼斯无力逃脱时，托马斯·曼借阿申巴赫之口称塔齐奥为"善于嘲弄人的上帝的工具。"(234) 这里暗示着，上帝通过这美的形体只是向我们展示美而嘲笑人类的无能——永远只能向往着美却无法得到。审美只是乌托邦，审美基于感性存在的先天不足导致艺术家在审美实践中的失败。

既然审美先天不足的特性不能带来人的最终解放，那么就要从外部引入新的变量。这就是曾被阿申巴赫抛弃的理性。托马斯·曼写《死于威尼斯》的目的正是提醒人们注意这一点：虽然精神感到生活的美，生活又认为精神是美的。这就是说，要坚守精神的底线，以精神捍卫生活。托马斯·曼本人正是如此。他内心火热，燃烧着艺术家的烈火，爱好"美的非正义性"；表面上却是地道的中产阶级，奉行务实理性的生活方式。他内心鄙夷作为中产阶级的市民，因此也鄙夷自己。他在矛盾中做人，让真实的自己——阿申巴赫——在作品中为艺术和美殉道。有目共睹，现实生活中的托马斯·曼非常成功，不仅没有纵欲堕落，而且由于不辍的创作赢得了光荣与尊严。

五、结语

托马斯·曼时代的非理性思潮轰轰烈烈，超现实主义、达达主义等文学运动层出不穷，以尼采、叔本华为代表的非理性主义早已席卷欧洲，企图推倒理性主义的藩篱。托马斯·曼正是想用阿申巴赫这个艺术家形象提醒审美困境和对感性矫枉过正的危险：无限制的审美沉醉无异于纵欲，必将导向死亡的深渊。

托马斯·曼曾在《从我们的经验看尼采哲学》一文中指出过尼采的错误："颠倒了人世间本能和理智之间的力量对比，好像理智是危险的主宰，好像从理智手里解救本能刻不容缓似的。"②此时，理智的地位已经由峰顶落至谷底。而应该说，"在西方哲学史上，对理性的反叛、为非理性的辩护早就开始了，如今已经发展到了理性不得不为自己的合法性进行辩护的地步。"③托马斯·曼极为精辟地指出："贬抑理性和意识以捍卫本能是一时的修正，而持之以恒的、永远必要的修正是以精神——或者以道德、听凭所愿——捍卫生活。"④只有以道德来维护人类生活，才能使人类解放得到保证并使人类最终获得真正的自由。托马斯·曼企盼着更高层次的"人道主义"——理性与本能、精神与艺术的统一。他认为，偏向其中任何一端都有违人类生活的根本。

参考文献
1. Mann, Thomas: Der Tod in Venedig.

---

① 李晓林：《审美主义：从尼采到福柯》，社会科学文献出版社，2005 年，第 4 页。

② 魏育青译：从我们的经验看尼采哲学，摘自刘小枫主编，魏育青等译：《人类困境中的审美精神——哲人、诗人论美文选》，知识出版社，1994 年，第 329 页。

③ 李晓林：《审美主义：从尼采到福柯》，社会科学文献出版社，2005 年，第 10 页。

④ 魏育青译：从我们的经验看尼采哲学，刘小枫主编，魏育青等译：《人类困境中的审美精神——哲人、诗人论美文选》，知识出版社，1994 年，第 341 页。

Frankfurt am Main 1992.

2. 柏拉图:《柏拉图文艺对话集》,朱光潜译,上海:上海文艺联合出版社,1954 年。

3. 克劳斯·施略特:《托马斯·曼》,印芝虹、李文潮译,北京:生活·读书·新知三联书店,1992 年。

4. 李晓林:《审美主义:从尼采到福柯》,北京:社会科学文献出版社,2005 年。

5. 刘德中等译:《托马斯·曼中短篇小说集》,上海:上海译文出版社,1980 年。

6. 魏育青译:《从我们的经验看尼采哲学》,摘自刘小枫主编,魏育青等译:《人类困境中的审美精神——哲人、诗人论美文选》,上海:知识出版社,1994 年。

7. 张弘:《艺术审美的危机——评〈死在威尼斯〉的艺术家主题》,摘自《外国文学研究》,1998 年第 3 期,第 5–14 页。

作者简介:时晓,郑州大学外语学院助教。

● 语言世界

汉德语言中颜色及其象征意义

钱文彩

【摘要】 颜色词语具有独特的魅力，在不同民族的文化里有着很大的差异。在中国文化中，由于历史悠久，颜色的象征意义非常丰富，并且具有相当强烈的政治化和神秘化倾向。而西方文化中的颜色象征则更多地得益于西方民族开放性及科学、教育的普及程度，其象征意义少了些神秘，多了些理性，使其语义、词义理据更易追踪。不同文化的颜色象征意义又都是在社会的发展、历史的沉淀中约定俗成的，是一种永久性的文化现象。它们能够使语言更生动、有趣、幽默、亲切，所以我们应该予以足够的注意。

【关键词】 颜色，象征意义，文化内涵，文化交流

在人类语言中，颜色词语表现出的独特魅力，令人刮目相看。在汉德语言中，表示各种不同颜色或色彩的词语都很丰富。我们不仅要注意观察它们本身的基本意义，更要留心它们含义深广的象征意义。因为颜色的象征意义在汉德两个民族语言中往往有不同的特点，有些特点甚至构成了人们对经过引申、转义以后颜色的崇尚和禁忌。我们现在以红、黄、绿、白、黑和 rot, gelb, grün, weiß, schwarz 为例，来分析它们的文化内涵。

红色是我国文化中的基本崇尚色，它体现了中国人在精神和物质上的追求。它象征着吉祥、喜庆，如把促成他人美好婚姻的人叫"红娘"，喜庆日子要挂大红灯笼，贴红对联、红福字；男婚女嫁贴大红"喜"字，把热闹、兴旺叫做"红火"；形容繁华、热闹的地方叫"红尘滚滚"。它又象征革命与进步：如中共早期的政权叫"红色政权"，最早的武装叫"红军"，把政治上要求进步、业务上刻苦钻研的人称为"又红又专"等。它象征顺利、成功，如人的事业顺当，境遇很好，叫"走红"、"红极一时"、得到上司宠信的人叫"某某的红人"，把合伙经营的利润进行分配叫"分红"，给人发奖金叫"送红包"等。它还象征美丽、漂亮，如称女子的盛装为"红妆"，把女子美艳的容颜称为"红颜"。"红"在德语中就没有在汉语中那么"走红"。它象征的是血与火，如 blutrot, rot wie Blut; feuerrot。它也象征爱情：一首古老的民歌就把这三个内涵都说了："Rot ist die Liebe, rot ist das Blut, / rot ist der Teufel in seiner Wut." "红"在汉语中也象征爱情和相思，有王维的绝句为证：

"红豆生南国，春来发几枝，愿君多采撷，此物最相思。""红"在德语中还是妓女的符号，"红灯区"实际上就是妓院集中的地方，性交易在那里是合法的。魔鬼的"情人"是红头发。中国人把女人背叛丈夫的行为叫"红杏出墙"，这里的"红"就不那么美妙了。中国的现代京剧《红灯记》这个标题如果直译成德语应该是：Die Geschichte einer roten Laterne。德国人一看到标题就会大吃一惊。为什么？因为红灯区的妓院门前常亮有红灯，作为标记。这怎么能叫"样板戏"呢？为避免误解，这个标题就译成 Die Geschichte einer revolutionären Familie。因为红色是最耀眼刺激的颜色，西班牙斗牛士总是用一块红布在牛的面前晃悠，不断地刺激牛，激起牛的攻击，达到斗牛的目的。根据这种文化现象，在德语中出现不少以"红"为中心词的成语，如：ein rotes Tuch für jn. sein (oder: wie ein rotes Tuch auf jn. wirken) *惹某人生气，激怒某人*；rot sehen *火冒三丈*；jm. wird es rot vor Augen *某人发怒了*，等等。因为红色耀眼，所以用于街口的信号灯，示意车辆和行人不可穿越。这种信号功能已为全世界所接受，中国也不例外，但文革时期中国的某些造反派们却把这种功能列为"四旧"现象，应在扫除之列，因为"红色"象征革命，"革命"就应该畅通无阻，所以要把它改变为"畅通无阻"的功能，跟"绿色"换个位置，真是幼稚可笑到极点。"红灯停，绿灯走"是全世界最基本的交通常识。现代德语中 grüne Welle 和 rote Welle 除了它们的本意外，还有其引申意义。如 Er hat immer grüne Welle, ich aber, immer rote Welle. *他事事如意，而我处处受阻*。足球场上裁判对某球员亮出"红牌"就表示该球员不得再踢了。人们害臊、激动时脸色常常发红，于是"红"也表示一种情感，这在汉德语言中都有反映，如*他窘得面红耳赤* Vor Verlegenheit wurde er rot bis über die beiden Ohren。*他窘得脸红到耳根* Vor Verlegenheit wurde er rot bis hinter die Ohren。"红"在西方语言中常用来暗指社会主义、共产主义、共产党以及左派人士或左派势力。如：eine rote Revolution, rote Literatur, eine rote Regierung, er ist ziemlich rot angehaucht. Die Roten haben die Wahlen gewonnen. "红十字会"、"红线"、"红牌"等词语中的"红"已经国际化了。

黄色在中国古代是一个举足轻重的颜色，它代表权势、威严，象征中央政权，为古代封建帝王所专有，普通人是不能随随便便使用"黄色"的。如"黄袍"是天子的龙袍。"陈桥兵变，黄袍加身"，赵匡胤就做皇帝了。"黄钺"是天子的仪仗，"黄榜"是天子的诏书，"黄马褂"是清朝皇帝钦赐文武重臣的官服。古时人们把宜于办大事的日子叫"黄道吉日"。"黄"也指年幼之人，《淮南子·氾论训》："古之伐国，不杀黄口。"黄口就是指儿童。民间称未出阁的姑娘为"黄花闺女"。无独有偶，在德语中也有视黄为幼的表达：Du bist noch gelb hinter den Ohren. 意思是：你还嫩着呢。Gelbschnabel 就是指少不更事的年轻人。歌德：Wenn man der Jugend reine Wahrheit sagt, den gelben Schnäbeln behagt. (Faust II) 意思是：对年轻人讲真话，使少不更事的年轻人满意。"黄"也指称显得年轻的老年人，陶渊明在《桃花源记》中写道："黄发垂髫，并怡然自乐。"此处的"黄发"指老年人，"垂髫"指小孩子。"黄"是黄金的颜色，黄金那闪闪发亮的金光是埋在地下的阳光，皇冠金光灿烂象征皇帝的权势和威严、高贵和富有。中国的"黄"对应于"五行"中的"土"，"中央戊己土"，帝王雄踞中央，统治四方。"黄者中和之色，自然之性，万世不易。"(班固《白虎通义》)中国古代黄色代表了天德之美，万世不易，为君王所专用，成为尊色。"天地玄黄，宇宙洪荒。"(见《千字文》首句)意思是：天是黑色的，地是黄色的，广阔的天地形成于远古的混沌时代。由此可见，西方的"黄色"取自于"埋在地下的黄金"的颜色，而中国的"黄色"则取自于"黄土"的颜色。"黄色"在德语中还表现人的情绪：sich grün und gelb ärgern 气得脸色发青；gelb vor Neid sein 嫉妒至极。Das ist ja nicht gerade das Gelbe vom Ei. 这恰恰不是其精华部分。gelbe Gefahr 黄祸（白种人对黄种人的恐怖，大约起源于成吉思汗时期蒙古铁骑对欧洲的扩张）。交通口的"黄灯"意味着即将亮红灯，示意车辆停车，这种信号也已经国际化了。汉语中"黄色"也有贬义的表达，如"黄色工会"、"黄色文学"、"黄色报刊"、"扫黄"等等，这种用法是从西方引进来的，起源于19世纪末的美国。当时美国的报刊竞争十分激烈。它们大量刊登色情、凶杀、犯罪等内容的新闻，并用耸人听闻的编排手法进行处理，以吸引读者，达到获取最大利润的目的。1895年，《世界报》创办《星期日专刊》，其刊载的连环画《黄色孩童》（亦译作《黄色年轻人》），内容低级下流，不堪入目。由于此连环画的主角是一个身着黄色衣衫的孩子，当时就把这种专门登载庸俗低级内容以取悦招徕读者的报刊称为"黄色报刊"。后来这种称谓和它的含义扩展到了全世界。中国当然也不例外。

绿色是人们喜欢的颜色，它位于光谱的中间，是平衡色，象征着和平、友善、希望和生机。无论是在德语还是在汉语中，绿色的这一象征意义都是一致的。如世人公认的和平象征是一只口衔绿色橄榄枝的鸽子。绿色使人联想到大自然的和谐与宁静。"绿色食品"是当今各国商家宣传其产品最常用的一招。grüne Weihnachten 不下雪的圣诞节；grüner Plan 绿色计划（指农业辅助计划）；nie auf einen grünen Zweig kommen 永远不会走运，发不了财，不会飞黄腾达；Die sind sich nicht grün. 他们是冤家对头；Grau, teurer Freund, ist alle Theorie, Und grün des Lebens goldner Baum 亲爱的朋友，所有的理论都是灰色，而生活的金树常青（歌德《浮士德》名句）。绿色是生命的生发阶段，etwas zu grün angreifen, oder etwas zu grün abbrechen 意味着过早地干预某事，过早地打断某事，使某事夭折；Wer sich grün macht, den fressen die Ziegen. 跟汉语的"木秀于林，风必摧之"的意思相仿。grün 是交通的通行信号，由此派生出具有通行意义的词语：jm. grünes Licht geben 给某人开绿灯；grüne Welle 一路绿灯。绿色在德语中也有其贬义的一面：grüner Bursche 绿郎，是个恶魔，他常向花季少女发动攻击并杀死她。魔鬼的眼珠子是绿色的，穿着也是绿色的，看着使人毛骨悚然。

绿在汉文化五色中排行第一，与"五行"对应为"木"，与方位对应为"东"，与天时对应为"春"，象征着万物生长。"绿"通常给人的感觉是清丽恬静的，古人由此联想到青春韶光。因而在中国古代文学作品里常用"绿"字来描写年轻貌美的女子，如"红男绿女"；以"绿窗"指代闺阁，如韦庄的词中云："劝君早回家，绿窗人似花。"苏轼《昭君怨》中："谁作桓伊三弄，惊破绿窗幽梦？""绿云"即指女子黑润而稠密的美发。杜牧《阿房宫赋》里写道："明星荧荧，开妆镜也；绿云扰扰，梳晓鬟也。"周邦彦《满庭芳》："人静乌鸢自乐，小桥外，新绿溅溅。""绿"在这里指春天的流水。在中国传统文化中，绿色有两重性，它既表示侠义，也表示野蛮。如人们泛指聚集山林、劫富济贫的人为"绿林好汉"；旧时也指"绿林"为占山为王、拦路抢劫、骚扰百姓的盗匪。绿色还象征低贱，如汉朝时的仆役着绿帻，元朝以后凡娼妓都得着绿头巾，以示地位低下。因妻子有外遇而使丈夫脸上无光，低人一等，叫给丈夫戴"绿帽子"。古代，绿色是中下层官吏服饰的颜色，象征地位低微，但同时也是跨入上层官僚社会的敲门砖。唐制：六、七品为绿；明制：八、九品为绿。锦绣前程，始于青衫绿袍。然而仕途坎坷，官场险恶，又给其中一些人带来屈身于青衫绿袍的苦恼。"座中泣下谁最多？江州司马青衫湿。"（白居易《琵琶行》），诗人在元和十年被贬官，任九江郡司马，官列九品，著青衫。因此借青衫绿袍来反映心中的苦闷和抑郁，而这正是汉文化赋予绿色的特殊的象征意义。绿色象征春天生命的生发。由于绿色象征着生命、生机，因而现代汉语里绿的派生词大多与植物、农业有关，如"绿洲"、"绿肥"、"绿地"、"绿野"、"绿阴"、"绿油油"、"绿葱葱"、"红花绿叶"等等。绿色已经是环保的代名词，全世界一讲到环保就想到"绿色"。

白色在早期中国文化中（与西方接触较少的年代），是一个基本禁忌词，体现了国人在物质和精神上的摈弃和厌恶。在中国古代的五方说中，西方为白虎，西方是刑天杀神，主萧杀之秋，古代常在秋季征伐不义、处死犯人。所以白色是枯竭而无血色、无生命的表现，象征死亡、凶兆。如自古以来亲人死后家属要披麻戴孝（穿白色孝服）办"白事"，要设白色灵堂，出殡时要打白幡；旧时还把白虎视为凶神，所以现在称带给男人厄运的女人为"白虎星"。白色的心理功能在其发展过程中由于受到政治功能的影响，又象征腐朽、反动、落后，如"白色恐怖"、"白匪"、"白区"、"白专道路"；它也象征失败、愚蠢、无利可得，如在战争中失败的一方总是打着"白旗"，表示投降，称智力低下的人为"白痴"，把出力而得不到好处或没有效果叫做"白忙"、"白费力"、"白干"等，它还象征奸邪、阴险，如"唱白脸"、"白脸"奸雄；最后，它还象征知识浅薄、没有功名，如称平民百姓为"白丁"、"白衣"，把缺乏锻炼、阅历不深的文人称作"白面书生"等。

白色是纯洁的象征，这在东西文化中是一致的。"清白"就是没有污点，"不忍以清白久居浊世，遂赴汩渊自沉而死。"（王逸《离骚序》）讲的是屈原一身清白，宁死而不与浊世苟同。古代女子未操所谓卑贱职业则称身家清白。到了现代，审查某人历史未发现什么污点则称某人历史清白。称护士为"白衣天使"。西方新娘披的是白色婚纱，象征的是洁白无暇。英国的"白厅"，美国的"白宫"，是他们的最高政府机关，美其名曰"白"者，象征的是"无污点"、"廉洁"；在某科学领域有所发明，有所创造，叫"填补空白"。女孩子称自己心仪的男孩子为"白马王子"，人们把 Theodor Storm 的小说 *Schimmelreiter* 译成《骑白马的人》，象征平民主人公正直、无私、纯真的爱。中国的"白娘子"这"白"字既象征着她的"纯洁"，也象征着她对许仙的纯真的爱。

黑色在中原文化中被视为高贵的颜色之一，是政权、神权的象征。古代黑色为天玄，原来在中国文化里只有沉重的神秘之感，是一种庄重而严肃的色调，秦始皇统一天下后，定国色的基调为黑色。黑色的象征意义由于受西方文化的影响而显得较为复杂。一方面它象征严肃、正义，如民间传说中的"黑脸"包公，传统京剧中的张飞、李逵等人的黑色脸谱；另一方面它又由于其本身的黑暗无光而给人以阴险、毒辣和恐怖的感觉。它象征邪恶、反动，如指阴险狠毒的人是"黑心肠"，不可告人的丑恶内情是"黑幕"，反动集团的成员是"黑帮"、"黑手"，把统治者为进行政治迫害而开列的名单称为"黑名单"，它又表示犯罪、违法，如称干盗匪行径叫"走黑道"，把杀人越货、干不法勾当的客店叫做"黑店"，违禁的货物交易叫"黑货"、"黑市"，用贪赃受贿等非法手段得来的钱叫"黑钱"等。在德语中有同样的表达形式：Schwarzmarkt *黑市*，Schwarzhandel *黑市交易*，schwarz arbeiten *打黑工*，schwarz fahren *不打票乘车*，Schwarzliste *黑名单* 等等。阴曹地府是黑的，中国人叫它"黄泉"，"黄"代表

"地"，"黄泉"，地下之泉，引申为地府，德语叫 schwarze Hölle。德国人办丧事要戴"黑纱"，黑色装束，起码要系一条黑色领带，以示哀悼。schwarze Unterwäsche 是 Reizwäsche, Sexwäsche 的别称。西方的 Rocker 和 Punks 身着黑色衣装，标新立异于红尘世界。不过，烟囱清扫工身着黑衣是幸福的象征。ins Schwarze treffen 是成功的象征。jm. schwarz auf weißgeben 给某人一个书面证件。歌德《浮士德》：Was man schwarz auf weiß hat, kann man getrost nach Hause tragen. *魔鬼得到书面保证可以安心回家了，这是一种成功的心理*。jm. schwarz für weiß vormachen = jn.zu täuschen suchen *试图欺骗愚弄某人*；Einer sagt schwarz, der andere sagt weiß. *意见不一致*。Er ist weder Schwarz noch weiß. *他态度不明朗*。Da kannst du warten, bis du schwarz wirst. *你就等吧，是没有结果的！你会白等一场*。sich schwarz ärgern *气得要死*。

人类文化色彩斑斓而意蕴丰富。从科学的定义来说，颜色是由物体发射、反射或透过一定光波所引起的视觉现象，是人眼视觉的一种基本特征。颜色生成的这种定义，对经历封建社会时间相对短，且在近代和现代教育和科学得到普及和飞速发展的西方来说，是比较易于为他们所接受的。西方从文明一开始，就比较注重科学理性的教育和科学方法的发现，对客观世界和客观认识采取现实的科学态度。因此，西方文化中颜色的象征意义往往比较直接，一般是用客观事物的具体颜色来象征某些抽象的文化含义，所以更易追溯其语义理据和逻辑理据。但是由于中国经历了几千年的封建社会以及教育和科技的相对落后，在中国文化中，颜色的生成具有强烈的神秘色彩，它的发展受到中国社会文化发展的较大影响。在先秦，颜色词就已经与古人的世界观、哲学思想联系在一起，后来又与政治挂钩。所以中国文化中的颜色内涵和象征意义十分丰富，而且颜色词的象征意义是多元的。中国的五色还有令西方叹为观止的一面，那就是：五色对五个方位，五个季节，五行，五味：东方甲乙木，其色青（即绿），是为春；南方丙丁火，其色赤（即红），是为夏；西方庚辛金，其色白，是为秋；北方壬癸水，其色玄（即黑），是为冬；中央戊己土，其色黄，是为长夏（指三伏天）。中医根据五行理论，提出酸入肝，苦入心，辛入肺，咸入肾，甘入脾。吃五色养五脏：青养肝，赤养心，白养肺，黑养肾，黄养脾。

作者简介：钱文彩，北京外国语大学德语系教授。

从功能翻译论看电影标题的跨文化转换

章晓宇　　王建斌

【摘要】本文以 200 对德语电影标题及其汉语译名与 200 对英语电影标题及其德文译名为研究文本，从功能翻译论的角度，试通过对比分析不同语言环境中电影标题的功能与结构特点及其对翻译策略的影响，探讨电影标题的翻译策略问题。

【关键词】电影标题，标题功能，标题结构，翻译策略

一、引言

电影是一种国际性和大众性的艺术形式，人们了解电影最便捷的形式便是阅读电影标题。电影标题是编剧精心策划的产物，是对电影内容的高度浓缩。它就像商品的商标一样，具有"导视"和"促销"的功能，同时还具备独特的美学特征，因此在很大程度上决定着影片是否会被大众所接受。无论是对于外国电影的引进和推广，还是对于国产电影的出口和推广来说，电影标题的翻译都起到了至关重要的作用。

对电影标题及其翻译问题，中外学者都从理论上和实践中进行了探讨和研究，并总结了一些翻译策略。其中比较有代表性的是德国翻译工作者 Bouchehri，她在《电影标题的跨文化转换》一书中首次将 Nord 的功能翻译论与电影标题翻译结合起来，对比分析了约 1500 个英语电影标题在德、法两个文化圈中的翻译策略，并考虑到了不同文化间不同的电影标题翻译习惯。但这两项研究中都没有考虑到德语电影标题的翻译问题。因此，本文将以 200 对德语电影标题及其汉语译名与 200 对英语电影标题及其德文译名为研究文本，从功能翻译论的角度，对以下几个问题进行实证研究：

1) 电影标题具有哪些功能？德语、汉语、英语电影标题在功能顺序、标题长度、句法结构等方面有什么共同点与不同点？

2) 针对电影标题有哪些翻译策略？德语电影标题汉译与英语电影标题德译的翻译策略有什么共同点与不同点？

3) 在各语言文化中，标题功能、长度、结构对于译者选择翻译策略起到怎样的影响作用？

本文所研究的德语电影标题全部选自于全球最大的在线电影数据库网站 (http://www.imdb.com) 中国家类别为"德国"、语言类别为

"德语"的电影标题。它们的汉语译名全部来源于迅雷网站（http://www.xunlei.com）以及碟友网（http://www.dvd.com.cn），其中不仅包括正式引进的德语电影的汉语译名，还包括通过其他渠道进入国内的德语电影的汉语译名。当一个电影出现不同译名时，以最常见的译名为准。作为对比研究对象的英语电影标题及其德语译名全部选自 Bouchehri 在其《电影标题的跨文化转换》一书中所研究的英语电影标题及其德语译名。

本文将首先基于标题的六个交际功能、四个标题类型以及六个标题句法形式，分析比较德语、汉语、英语电影标题的功能与结构特征，并深入研究电影类型与制作时期对其功能与结构的影响。然后基于 Nord 的功能翻译理论，分析对比德语电影标题汉译与英语电影标题德译中所使用的翻译策略，并深入研究电影类型与电影制作时期对其翻译策略的影响。最后将在分析统计数据的基础上总结英译德与德译汉中不同功能、结构、电影类型、时期的电影标题在翻译策略方面的特征。

二、标题功能

标题一词（德语：Titel；英语：title）源于拉丁语中的"titulus"，原意是指古代图书馆里书卷上方边缘处标明作者与内容的羊皮纸条，后来标题位置先移到了文章末尾，最后移到了文章开始处（参见 Nord，1993：27）。《杜登通用德语词典》中将"Titel"定义为"一本书籍、一篇文章、一部艺术作品等的标志性姓名"（引用自 Kittel H. 等，2004：573）。虽然学术界对于是否应该将标题与姓名（Name）相提并论还存在争议，但可以确定的是，标题的主要作用是通过提供其所属文章的信息标明一篇文章，从而在潜在读者阅读文章前，与其建立起首次交流。这一交流的进行独立于文章本身，而读者要做的仅仅是认识标题。

根据 Jakobson 的交际模型（Kommunikationsmodell），标题一共具有以下六种交际功能（引用自 Boucheri，2008：25）：

元文本功能（Die metatextuelle Funktion）：标题的表达与形式结构标明了正文的存在与起始处，标题中经常会标明正文的文本类型。

例：德:*Die Legende von Paul und Paula*
汉：小镇同志的爱情故事
英：*A Soldier's story*

沟通功能（Die phatische Funktion）：标题能在读者与正文间建立、保持、强化或结束沟通联系，从而引导读者对正文的接受方式。例如报纸、杂志上的大标题能够使读者对于文章内容获得迅速的了解，并据此选择感兴趣的文章阅读。而保持并强化这种联系就需要标题具有简短性与易记性，例如通过使用某一文体典型的标题模式或表明与已存在的文章间的联系。

例：德: Parfüm
汉：K 舞之王
英：*Bingo*

阐述功能（Die Darstellungsfunktion）：标题介绍正文情况（作者、作者用意、读者群、传播媒介、地点、时间、文章创作动机等）、正文内容（人物、人物姓名和性格、物品、过程、活动的地点与时间、主题、框架等）或文章形式（文章结构、词汇结构、句法结构的特征、非言语元素的运用等）。

例：德: *Bagdad Café* (介绍地点)
汉：劳拉快跑 (介绍主角)
英：*Midnight Express* (介绍时间)

诗意功能（Die poetische Funktion）：标题可以通过头韵、韵脚、准押韵、首语重复、双关、节律、隐喻等韵律或修辞方式实现诗意功能。

例：德:Zwei Tage Zwei Nächte(首语重复)
汉：畏惧与恐惧 (韵脚)
英：*The Bay Boy* (双关)

表情功能 (Die Ausdrucksfunktion)：文章标题的创作者通过标题对于正文情况、正文内容或正文表达自己对文章的态度。实现标题的表情功能最常用的形式是明确评价、表明联系或表达感觉。

例：德: Das schreckliche Mädchen (明确评价：评价性形容词)

汉：*凶手就在我们中间* (表明联系：第一人称物主代词)

英：*The happiest millionaire*（表达感觉：最高级）

诉求功能 (Die Appellfunktion)：文章标题可以通过介绍正文内容、表现性或者修辞、韵律等方式吸引读者的兴趣，同时影响他们以一种特定的方式接受正文。

例：德: Good Bye Lenin! (加标点)

汉：伴随希特勒：暴乱人生 (富有表现力的人名)

英：*Love at a first bite* (修改习惯用语)

在上述六种标题功能中，元文本功能与沟通功能是标题交际的特殊环境决定其必须具备的基本功能，而阐述功能、诗意功能、表情功能与诉求功能是非必备的附加功能，它们在标题中的顺序与权重取决于不同文化所特有的标准与规约。由此可见，不同文化环境对于标题功能的影响不在于改变功能本身，而在于改变功能的排序与权重。通过对文本中不同语言电影标题功能进行统计分析，我们得出了以下

表一：德语、汉语、英语文本中实现各种功能的电影标题的比重

功能	德语标题	汉语标题	英语标题
阐述功能	74,75%	89,00%	70,00
诗意功能	6,25%	6,50%	9,50%
表情功能	43,00%	55,00%	33,50%
诉求功能	80,00%	74,50%	98,5%

结论：

上述数据表明，在三种语言文本中，阐述功能和诉求功能都占据了主导位置，表情功能都排在第三位，诗意功能的比重最小，都位列第四位。但在各种语言电影标题中，阐述功能与诉求功能的相互位置并不相同。德语与英语电影标题的功能排序为"诉求功能——阐述功能——表情功能——诗意功能"；而汉语电影标题的功能排序为"阐述功能——诉求功能——表情功能——诗意功能"。

由此可见，汉语电影标题的信息性 (Informativität) 与表现性 (Expressivität) 最强，呼吁性 (Appellativität) 程度最弱；而英语电影标题的呼吁性 (Appellativität) 最强，信息性 (Informativität) 与表现性 (Expressivität) 最弱；德语电影标题阐述功能、表情功能与诉求功能的程度都位于其他两种电影标题之间。

分析表明，电影标题的文本类型与电影的制作时期也在一定程度上决定了标题中各种功能的顺序与权重。电影标题的文本类型也就是指电影类型。本文对研究文本中电影标题文本类型的归类方式主要依据的是电影数据库网站 (http://www.imdb.de/) 中对电影类型的归类方式。统计表明，研究文本中主要包含以下几种电影类型：

探险片：例如 "*Das Blut der Templer*"，"*Bingo*"

动作片：例如 "*Der Clown*"，"*Breathless*"

传记片：例如 *"Der Untergang"*, *"Erin Brokovich"*

纪录片：例如 *"Berlin: Die Sinfonie der Großstadt"*, *"Atomic cafe"*

剧情片：例如 *"Am Ende der Gewalt"*, *"Angel Baby"*

家庭片：例如 *"The happiest millionaire"*

恐怖片：例如 *"Anatomie"*, *"Happy Birthday to me"*

喜剧：例如 *"Absurdistan"*, *"About last night"*

侦探片：例如 *"Das Parfüm – Die Geschichte eines Mörders"*, *"Extreme measures"*

惊悚片：例如 *"Das Biest im Bodensee"*,

表格2：德语、汉语、英语文本中不同电影类型的标题功能特征

通过分析各文本中不同电影类型的标题所具备的主要功能，可以得出以下结论：

功能	德语标题	汉语标题	英语标题
阐述功能	冒险片、纪录片	冒险片	冒险片、传记片、喜剧
诗意功能	恐怖片	传记片	传记片、恐怖片
表情功能	喜剧、恐怖片、侦探片	喜剧	冒险片
诉求功能	冒险片、侦探片	传记片	冒险片、动作片、传记片、侦探片

"Bless the child"

从上表中可以看出，在不同语言的文本中，某些类型的电影标题具备相同的功能特征。例如三种语言的冒险片标题的阐述功能都相对较强，而德语与英语的恐怖片标题、汉语与英语的传记片标题都比较重视诗意功能。德语与汉语的喜剧标题都具有较强的表情功能，德语与英语的冒险片、侦探片标题、汉语与英语的传记片标题都比较强调诉求功能。

为了研究电影制作时期对标题功能排序与权重的影响，本文将电影制作时期分为了50年代、60年代、70年代、80年代、90年代与21世纪初期等六个时间段，分别统计对比电影标题的各种交际功能在不同时期的权重，从而总结出电影标题功能的发展特征。研究表明，在英语文本中，随着时间的推移，诉求功能、阐述功能与诗意功能的比重总体上呈逐年上升趋势，而表情功能的比重逐渐下降。在德语文本与汉语文本中则未观察到如此明显的变化趋势。但仍可以发现，德语文本与英语文本不同的是，阐述功能的比重逐渐下降，而表情功能则越来越重要。汉语文本中阐述功能则一直占据稳定的主导地位。

三、标题结构

不同文化中标题的不同特征还体现在其结构特征上，即标题的形式、长度与句法结构。Nord 在《功能翻译导论——以标题与题目为例》一书中，将标题划分为以下四种形式（参见 Nord, 1993：51-56）：

单标题 (Einfachtitel)：由一个标题单位组

成的标题，这个标题单位可以是单个字母、单词、数字、主句或从句以及多个数字、单词、分句的组合。例如 "Das Blut der Templer"。

双标题 (Doppeltitel)：由 "oder" 连接起来的两个具有一定关系的单标题的组合。例如 "Artcore oder Der Neger"。

标题组 (Titelgefüge)：由一个主标题和若干个副标题组成的标题。主标题与副标题之间为从属关系。例如 "Gloomy Sunday - Ein Lied von Liebe und Tod"。

标题列 (Titelreihen)：由不同的单标题并列组成的标题。

通过对文本的分析得出结论，双标题与标题列都未出现。这是因为电影标题中的双标题通常为系列电影的标题，而研究文本中并未纳入系列电影标题；标题列也只出现在电影合集碟片的外包装上。在英语文本中，所有电影标题都是单标题；汉语文本中的单标题占 97%，另有 3% 的标题组；德语文本中的标题组最多，占 15%。因此下文主要研究的是单标题的长度与结构。值得注意的是，德语文本中 45% 的标题组是由英语文本中的单标题翻译而来的，而汉语文本中的标题组也全部是由德语电影标题组翻译而来的。

为了实现标题的沟通功能，标题长度必须控制在一定范围内，以方便受众的接受与记忆。标题长度主要取决于短时记忆的有限能力，George A. Miller 指出，这一能力范围在五至九个单词之间，但 Weinrich 认为，由于书籍标题通常独立于书籍出现，因而书籍标题长度仅能达到这一范围的最低值，即五个单词 (参见 Weinrich, 2000：14.)。而对所有电影标题长度的分析结果显示，德语电影标题与英语电影标题中，大多数单标题的长度都不超过三个词语，只有汉语电影标题中的多数单标题由四至五个字组成。而在标题组中，主标题与副标题的长度明显不同。德语电影标题组的主标题通常由一至两个单词组成，汉语电影标题组的主标题通常包含两至三个字。而副标题

明显较长，多数德语副标题的长度为三至四个单词，汉语副标题大多为四至五个字。由此可见，德语电影标题与英语电影标题在标题长度方面具有很大的共性，而明显区别于汉语电影标题。这主要是因为标题长度与标题的其他结构特征一样受到文化规约的影响。而英语文化与德语文化间的共通性远远大于两者与汉语文化间的共通性。汉语电影标题较长的一个重要原因在于，汉语中偏爱使用四个字的成语或词语，汉语的特性也决定了其很难使用一至两个词语表达出明确含义。因此在研究中发现，许多由一至两个单词组成的德语标题的汉语译名由四个字组成。例如：

英：*Barfuss* ⟹汉：*赤脚情缘*

德：*Der Clown* ⟹汉：*火线战将*

根据标题句法结构的不同，Nord 又将单标题分为以下六种标题形式 (参见 Nord, 1993, 59-82)：

名词标题 (Nominale Titel)：由单个或多个通过或不通过连词连接的专有名词或种类名词组成的标题 (可附加冠词、形容词、同位语、补语、从句等)。

例：德：Das Boot (冠词 + 名词)

汉：最卑贱的人 (形容词 + 名词)

英：*The man who love women* (名词 + 从句)

句形标题 (Satzförmige Titel)：由主句或从句组成的标题，也可以是单个主句与从句组成的句组或多个主句或多个从句组成的句列，但必须包含动词。

例：德：*Sie liebt ihn - Sie liebt ihn nicht* (句列)

汉：罗拉快跑 (祈使句)

英：*How to make an American quilt* (间接问句)

副词标题 (Adverbiale Titel)：由副词或介词引导的状语组成的标题。

例：德：Jenseits von Mitternach(时间状语)

汉：在床上 (地点状语)

英：*Always*（副词）

形容词标题（Adjektivische Titel）：由一个或多个形容词或过去分词组成的标题，其中可包含用于限定形容词的副词。

例：德：*Verliebt in die Gefahr*（形容词＋介词补语）

汉：寂静无声（形容词＋形容词）

英：*Disturbed*（形容词／过去分词）

动词标题（Verbale Titel）：由一个动词不定式、现在分词或动名词组成的标题，其中可包含宾语、副词、介词补语等。

例：德：*Der Liebe verfallen*（动词不定式

＋宾语）

汉：*从海底出击*（动词不定式＋介词补语）

英：*Get crazy*（动词不定式＋副词）

感叹词标题（Interjektionsförmige Titel）：由感叹词、问候语、祝福语、告别语、高呼语或包含人名的招呼语组成的标题。

例：德：Hallo, Mr. President（包含人名的招呼语）

汉：再见吾爱（告别语）

英：*O lucky man!*（高呼语）

通过分析不同语言文本中电影标题的句法

表格3：德语、汉语、英语单标题中各种句法结构的比重

句法结构	德语标题	汉语标题	英语标题
名词标题	77.24%	69.07%	76.5%
句形标题	8.82%	14.95%	10%
副词标题	6.47%	2.58%	4.5%
形容词标题	3.53%	1.55%	2.5%
动词标题	1.47%	10.82%	5%
感叹词标题	1.47%	1.03%	1.5%

结构，我们得出了以下结论：

上述数据表明，三种语言的电影标题在句法结构方面的区别并不明显，名词标题普遍多于其他结构的标题。值得注意的是，汉语标题中动词标题的比重远远高于英语与德语文本。

通过分析电影类型对标题结构的影响，我们得

表格4：德语、汉语、英语文本中不同电影类型的标题长度、结构特征

	德语标题	汉语标题	英语标题
标题长度			
最长标题	冒险片	纪录片	恐怖片
最短标题	传记片	传记片	侦探片
标题结构			
最复杂标题	剧情片、喜剧	剧情片、喜剧	喜剧
最简单标题	冒险片、动作片、传记片、纪录片	冒险片、动作片、传记片、纪录片、侦探片	冒险片、动作片、传记片

出以下结论：

从上表中可以看出，在不同语言的文本中，某些类型的电影标题具备相同的结构特征。例如在三种文本中，冒险片、动作片、传记片的标题都具备最为简单的结构（即名词标题所占比重最大），喜剧标题都具备最为复杂的结构（即名词标题所占比重最小）。但在标题长度方面，不同语言电影标题的结构特征各不相同。

对不同时期电影标题结构特征的分析表明，随着时间的推移，三种语言的电影标题都越来越短，结构越来越复杂，也越来越多样化。

四、电影标题的翻译策略

源语标题的功能与结构在标题翻译中起到了非常重要的作用。Nord 的功能翻译论认为，标题的翻译策略是译者分析源语标题与翻译任务后权衡的产物。她将标题翻译过程分为三个阶段：首先，译者应该分析翻译任务，确定客户对该翻译任务寄予了哪些功能以及如何实现这些功能。因此译者必须考虑到文化方面的影响因素，例如目的语文化中在标题语言形式方面的规约以及目的语读者的兴趣、背景知识等；其次，译者应该对源语标题进行功能分析，确定标题中运用了哪些要素、按照何种顺序、何种权重实现了哪些功能。该分析结果一方面取决于源语文化的规约，另一方面取决于源语作者的特殊意图，因此对于译者遵循"忠实"原则具有重要意义；最后，译者应该比较两个分析结果间的共性与区别，在实现标题基本功能的前提下，权衡所有功能的重要性，并依次研究源语作者对源语标题寄予的全部功能能否在目的语文化中得以实现，从而决定译文标题具体应该实现哪些功能，按照何种顺序和权重实现这些功能，怎样使用语言来实现这些功能，以及如何构建译文标题的句法结构。所有这些决定不仅受到翻译任务以及目的语文化的影响，还应当充分考虑源语作者的意图，力求在最大程度上实现源语作者对原文标题寄予的阐述功能、表情功能或诉求功能。因此，译者有必要按照目的语文化中的规约要求对源语标题进行改动。译文标题的质量不仅取决于其是否按照目的语交际环境来确定要实现的功能，还取决于其是否忠实于源语作者的意图和目的语读者的期待。

根据译名对于源语标题不同的改动程度，Bouchehri 将电影标题的翻译策略分为以下五种类型（参见 Bouchehri，2008：65-85）：

相同标题（Titelidentitäten）：即在电影译名中保留源语标题。这种情况越来越多地出现在英语电影标题的德译中，这是因为大多数德国人，尤其是年轻人会说英语。德国一份调查表明，1994 年至 2002 年间，有 47% 的英语电影的译名中保留了英语标题，而这一数据在 1984 至 1993 年间仅为 37%（参见作者未知，2005：1）。与之相反的是，多数中国人并不懂德语，因此一般无法在德语电影标题汉译时采取这种翻译策略。

例：英 / 德：Always

相似标题（Titelanalogien）：即仅对源语标题进行字面翻译，而并不改变其句法结构，或为适应目的语的句法结构而稍微改变次序。

例：英：8 million ways to die ⟹ 德：8 Millionen Wege zu sterben

（未作修改）

德：Wolke Neun ⟹ 汉：第九朵云（稍作修改）

这一翻译策略可能会造成功能的改变或损失，例如失去了源语标题的韵脚、节奏等。

例：英：The beauty and the beast ⟹ 德：Die Schöne und das Biest

（头韵消失）

德：Der Freie Wille ⟹ 汉：自由意志（韵脚消失）

值得注意的是，有一些英文电影的德语译

名中仍然保留了源语标题中的一些要素，例如人名或地名。

例：英：The eyes of Laura mars ⟹ 德：Die Augen der Laura Mars

（保留人名）

英：Breakfast at Tiffany's ⟹ 德：Frühstück bei Tiffany

（保留地名）

变异标题（Titelvariationen）：即对源语标题或源语标题的直译名或意译名进行了一定程度上的改动，但源语标题和译名在结构上、语义上仍然具有相似性或相等性。具体翻译方式有变动法、减词法和增词法三种。

变动法：改变源语标题或直译名。主要方式有：改变标点、词序、单复数等；替换源语标题中费解的文化专有项；用更为戏剧化的词语改变直译名；或在不改变源语标题内容的前提下，仅对句法结构进行一定调整。

例：英：Go ⟹ 德：Go！（增加标点）

英：The secret of Roan Inish ⟹ 德：Das Geheimnis des Seehundbabys

（替换文化专有项）

德：Tigerland ⟹ 汉：虎阵战地（更为戏剧化的词语）

德：Der Himmel über Berlin ⟹ 汉：柏林苍穹下（调整句法结构）

减词法：缩短源语标题或直译名。主要方式是删除冠词或源语标题中无法翻译的文化专有项。

例：英：The accussed ⟹ 德：Angeklagt（删除冠词）

德：Der Räuber Hotzenplotz ⟹ 汉：大盗贼（删除文化专有项）

增词法：扩展源语标题或直译名。主要方式有：增加冠词；增加词语解释源语中的多义词、文化专有项、历史人物名、历史事件中的

地理名称等。

例：英：Deadly friend ⟹ 德：Der tödliche Freund（增加冠词）

德：Stalingrad ⟹ 汉：斯大林格勒战役（解释词语）

创新标题（Titelinnovationen）：即创作新的电影标题，译名与源语电影标题之间不存在等值性。

例：英：Criminal law ⟹ 德：Der Frauenmörder

德：Die innere Sicherheit ⟹ 汉：末路狂奔

但译名中可能保留源语标题的关键词或句法结构。

例：英：About last night ⟹ 德：Nochmal so wie letzte Nacht

（保留关键词）

德：Der letzte Mann ⟹ 汉：最卑贱的人（保留句法结构）

采取该翻译策略的一个原因是源语标题中含有目的语受众无法理解的专有名词，因而创造一个更加具有吸引力的新标题作为译名。德语电影标题的汉译中经常使用这一策略。

例：德：Fitzcarraldo ⟹ 汉：陆上行舟

德：Krabat ⟹ 汉：鬼磨坊

值得注意的是，一些英语电影标题的译名虽然仍然是英语，但与源语标题完全不同。使用这一策略主要是因为对于德国受众来说，英语标题能够表明电影为高质量的美国电影，因而具有很大的吸引力。但由于源语标题对于德国受众来说过于费解，所以必须创造一个易于理解的新英语标题。

例：英：Jersey girls ⟹ 德：Love crash

英：Renaissance man ⟹ 德：Mr. Bill

上述四种翻译策略的混合策略：即同时使用多种翻译策略（通常为两种）。研究文本中经常使用以下三种混合策略：

相同标题 + 相似标题

例：英：Bingo ⟹ 德：Bingo - Kuck mal wer da bellt!

英：Blood simple ⟹ 德：Blood simple - Eine mörderische Nacht

变异标题 + 创新标题

例：英：A rage in Harlem ⟹ 德：Harlem action - eine schwarze Komödie

英：The blue gardenia ⟹ 德：Gardenia - Eine Frau will vergessen

相同标题 + 变异标题

例：英：Sisters ⟹ 德：Sisters - Schwestern des Bösen

英：Fearless ⟹ 德：Fearless - Jenseits der Angst

通过分析不同文本中电影标题翻译策略，

表格 5：英语电影标题德译与德语电影标题汉译中各翻译策略的比重

翻译策略	英语电影标题德译	德语电影标题汉译
相同标题	12.5%	0
相似标题	14.5%	38.5%
变异标题	18%	28.5%
创新标题	43%	33%
混合策略	13%	0

可以得出以下结论：

上述数据表明，英语电影标题的德译过程中使用到了所有翻译策略，其中创新标题策略明显占主要位置；而德语电影标题的汉译过程中仅使用到了相似标题、变异标题与创新标题等三种翻译策略，其中相似标题策略使用最为频繁，创新标题策略次之，变异标题策略比重最低。

对不同功能、长度、结构、电影类型与制作时期的电影标题翻译策略进行的统计分析表明，电影标题翻译策略在一定程度上取决于标题功能、长度、结构、电影类型与制作时

表格 6：标题功能、长度、结构、电影类型、制作时期对英语、德语电影标题翻译策略的影响

影响要素	英语电影标题德译	德语电影标题汉译
标题功能	与翻译策略无明显联系	诉求功能：相似标题 表情功能：变异标题
标题长度	源语标题越长，在翻译中的改变程度越大。	
标题结构	源语标题结构越复杂，在翻译中的改变程度越大。	
电影类型	相同标题：传记片 相似标题：恐怖片 变异标题：冒险片、动作片 创新标题：喜剧、冒险片	相似标题：冒险片、纪录片 变异标题：侦探片 创新标题：动作片、传记片

影响要素	英语电影标题德译	德语电影标题汉译
	混合策略：侦探片	
制作时期	相同标题的比重越来越大。	相似标题的比重越来越小；创新标题的比重越来越大。

期。具体结果如下：

从上表中可以看出，在英语电影标题的德译过程中，源语标题的功能与其翻译策略间未体现出明显联系。与之相反的是，具备诉求功能的德语电影标题通常使用相似标题策略进行翻译，具备表情功能的德语标题经常使用变异标题策略进行翻译。

研究表明，源语标题的长度与结构和翻译策略间存在直接联系，这一联系普遍存在于英语与德语文本中。无论是在英语电影标题的德译过程中，还是在德语电影标题的汉译过程中，源语标题的长度越长，结构越复杂，其译名对于源语标题的改变程度越大。

不同电影类型常用的翻译策略也各不相同，不同文本间的差异也更为明显。在英语文本中，相同标题策略通常用于传记片标题的翻译；相似标题策略常常用在恐怖片标题的翻译中；变异标题策略频繁使用于冒险片、恐怖片标题的翻译；创新标题策略习惯使用在喜剧、冒险片标题的翻译中；混合策略通常用于侦探片标题的翻译。而在德语文本中，侦探片标题通常使用变异标题策略进行翻译；相似标题策略常常用在冒险片、纪录片标题的翻译中；创新标题策略频繁使用于动作片与传记片标题的翻译。

对英语、德语文本中使用的翻译策略进行的历时性分析结果表明，在英语电影标题的德译过程中，相同标题策略所占的比重越来越大。而在德语电影标题汉译的过程中，目前占主导地位的相似标题策略的比重已经呈逐年下降趋势。与之不同的是，创新标题策略所占的比重不断上升。

五、结语

本篇文章主要基于 Bouchehri 的翻译策略模型，运用统计学的方法对电影标题的跨文化转换进行了经验性研究。通过分析对比德语、汉语、英语电影标题的功能与结构，总结不同语言文化中电影标题的功能特征与命题规约，进而对德语电影标题汉译以及英语电影标题德译过程中使用的翻译策略进行对比研究，同时使用统计数据来分析标题功能与结构对翻译策略的影响作用。

本文的研究文本总计包含 600 个电影标题，这一方面有利于获得具有说服性的统计数据，另一方面却导致无法详细研究个例与具体细节问题：例如可以基于具体的例子比较源语标题和目的语标题的功能，从而分析出在目的语文化中使用不同的翻译策略分别能在何种程度上实现源语标题所具备的功能。另外还能够基于这一翻译策略模型深入研究不同语言文化中翻译策略的发展轨迹，并分析不同时期的具体历史事件对翻译策略的影响作用。

尽管本文还存在许多不足，但是我仍然希望：这篇文章中总结的电影标题命名习惯与翻译习惯有助于解决德语电影标题汉译中的一些问题；这篇文章中介绍的一些概念性理论与翻译学理论有助于继续研究电影标题翻译领域中的未解问题。

参考文献

Bouchehri, 2008: Filmtitel im

interkulturellen Transfer. 1. Auflage. Berlin.

Harald Kittel, Armin P. Frank, Norbert Greiner von Gruyter, 2004: *Übersetzung-Translation-Traduction. Ein internationales Handbuch zur Übersetzungsforschung*. Berlin.

Nord, Christiane, 1993: *Einführung in das funktionale Übersetzen-am Beispiel von Titeln und Überschriften*. 1. Auflage. Tübingen.

Weinrich, von Harald, 2000: Titel für Texte. In: Jochen Mecke, Susanne Heiler (Hrsg.), 2000: *Titel-Text-Kontext-Randbezirke des Textes: Festschrift für Arnold Rothe zum 65. Geburtstag*. Galda. S. 3-19.

作者简介：章晓宇，北京外国语大学德语系硕士研究生。
        王建斌，北京外国语大学德语系教授，博士。

● 教育论坛

Die Entwicklung von fachübergreifenden Kompetenzen als Aufgabe des Bachelor-Studiums （Hauptstudienphase）

Waltraud Timmermann

Vom chinesischen „Grundstudium Germanistik " haben wir alle ein ziemlich genaues Bild: Es wird im Fachteil vom Deutsch-Sprachkurs geprägt und hat das Hauptziel, eine allgemeinsprachliche Kompetenz des Deutschen im oberen Mittelstufenbereich auszubilden. [①]

Weniger deutlich sind die Ziele des Hauptstudiums (3. und 4. Studienjahr) . Hier sind die Erwartungen vielfältig: Es soll zu einem erfolgreichen Berufsstart verhelfen, wobei die möglichen Berufsfelder für Diplom-Germanisten in China ziemlich weit sind. Gleichzeitig soll das Studium wissenschaftliche Propädeutik vermitteln, denn ein beachtlicher Teil der Absolventen schließt eine akademische Ausbildung in China oder in Deutschland an. Zum Dritten muss auch die Sprachausbildung im Hauptstudium fortgesetzt werden.

Um diese unfangreichen und zum Teil divergierenden Ziele zu erreichen, gibt es grundsätzlich zwei Ansatzpunkte.

Der erste ist die äußere Strukturierung des Studienprogramms. Sie bezieht sich auf das Angebot an Sprach-und Fachseminaren, den Umfang der Pflicht-und Wahlveranstaltungen, die Möglichkeiten, Studienschwerpunkte individuell festzulegen oder Doppelabschlüsse zu machen usw. Dieser Weg ist in China längst beschritten und hat zu unterschiedlichen fachbezogenen Studienprofilen an den Hochschulen des Landes geführt.

Zum Zweiten ist auch ein kompetenzorientierter Ansatzpunkt möglich, der danach fragt, welche （fachspezifischen und fachübergreifenden）

---

① Das Curriculum ist sehr genau festgelegt durch den Rahmenplan für das Grundstudium Germanistik (vgl. Arbeitsgruppe zur Erstellung des Rahmenplans für das Grundstudium im Fach Deutsch an Hochschulen und Universitäten, 1992: Rahmenplan für das Grundstudium im Fach Deutsch an Hochschulen und Universitäten in China. Beijing) sowie das darauf abgestimmte Lehrwerk „Grundstudium Deutsch " bzw. die Neuausgabe „Studienweg Deutsch ".

Kompetenzen in den einzelnen Kursen und im gesamten Kursprogramm ausgebildet werden sollten. Dies ist eine Konzeption, die gegenwärtig in Deutschland sehr rege im Rahmen der Studienreform diskutiert wird[①] und die auch in China bereits ihren Niederschlag im Rahmenplan für das Bachelor-Studium Germanistik von 2006[②] gefunden hat.

Dieser hochschuldidaktische Ansatz bestimmt auch meine folgenden Überlegungen zum Stellenwert fachübergreifender Kompetenzen in der Germanistenausbildung.

1.Was sind fachübergreifende Kompetenzen und welcher Stellenwert sollte ihnen im Germanistikstudium (Hauptstudium)zukommen?

Der Begriff „fachübergreifende Kompetenzen" wird hier verwendet, um den stark verwässerten Begriff der „Schlüsselqualifikationen"zu ersetzen. Er soll im Folgenden für den Bereich des Germanistikstudiums präzisiert werden. Als Ausgangspunkt dient dabei ein Modell der Handlungskompetenz, das in Deutschland im Bereich der Schul-[③], Erwachsenen- und Hochschuldidaktik weit verbreitet ist und das, wie sukzessive gezeigt werden soll, mit den Forderungen des chinesischen

Rahmenplans für das Bachelor-Studium Germanistik grundsätzlich übereinstimmt.

Der zentrale Begriff „Handlungskompetenz" beschreibt in diesem Modell (vgl. Abb.) allgemein

Abb.：Kompetenzmodell nach Lehmann& Nieke

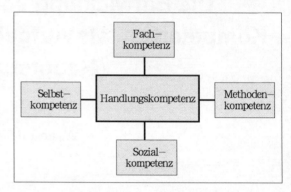

das Vermögen, in (fachlichen) Kontexten angemessen, erfolgreich und verantwortungsvoll zu agieren. Diese Handlungskompetenz resultiert dabei, wie die Abbildung zeigt, aus den vier Teilkompetenzen Fach-, Methoden-, Sozial- und Selbstkompetenz.

Fachkompetenz umfasst die Kenntnis von Fachwissen und fachspezifischen Methoden sowie die Fähigkeit, Zusammenhänge herzustellen und das Fachwissen zielgerichtet einzusetzen. -Der chinesische Rahmenplan unterscheidet diesbezüglich genauer

---

① Einen Überblick über die Probleme geben etwa Ertel & Wehr, 2007.

Das Portal des Hochschuldidaktischen Zentrums der Universität Dortmund „Hochschuldidaktik online" erschließt den Einstieg in die hochschuldidaktische Diskussion in den deutschsprachigen Ländern, online unter http://www.hd-on-line.de. Über diese Site ist auch das „Journal Hochschuldidaktik" ab 13. Jahrgang, März 2002, herunterzuladen (www.hdz.uni-dortmund.de/index).

② vgl. Anleitungskommission für Fremdsprachen als Hauptfächer an Hochschulen und Universitäten, 2006: Rahmenplan für Studium Deutsch/Germanistik als Hauptfach an Hochschulen und Universitäten in China. Revidierte Fassung. Beijing.

③ Hier in der Fassung von Lehmann & Nieke, die es für den Kompetenzerwerb in der Schule verwenden. Übernommen wird es für die Hochschuldidaktik, z.B. von Wildt, 2006. Ähnliche Modelle sind für die Erwachsenenbildung verbreitet.

zwischen Fachkenntnissen im engeren und im weiteren Sinne. Philologische Fachkenntnisse beziehen sich-ausgehend von der Fähigkeit zur „Sprachverwendung in konkreten Kommunikationssituationen" (S. 14)-auf Dolmetschen, Übersetzen, interkulturelle Kommunikation, Literatur- und Sprachwissenschaft, Landeskunde, Geschichte und Gegenwart der deutschsprachigen Länder (S. 1f.). Ergänzt werden sollen sie durch Kenntnisse aus anderen Fächern wie Erziehungswissenschaften, Diplomatie, Wirtschaft und Handel, Rechtswissenschaft, Medienwissenschaft u.a. (S. 2).

Methodenkompetenz beschreibt die weitgehend fächerübergreifenden Fähigkeiten, Informationen zu beschaffen und zu verarbeiten, Problemlösestrategien zu entwickeln, planvoll zu handeln usw.-Der Rahmenplan fordert vom Unterricht im Hauptstudium ausdrücklich, die „Fähigkeiten zum Analysieren, Recherchieren (von Informationen) und Lösen von Problemen"(S. 2), zum Zusammenfassen, Abstrahieren, Analysieren und Entdecken, zum wissenschaftlichen Arbeiten, zum Umgang mit Hilfsmitteln und den neuen Medien, zur Entfaltung von Fantasie und Kreativität sowie Methoden des selbständigen Lernens (S. 14f.) anzuregen.

Sozialkompetenz beinhaltet Kommunikationsfähigkeit (in Gesprächen und in der Vortragssituation), Teamfähigkeit, Toleranz, Empathie und Konfliktfähigkeit. – Der Rahmenplan nennt zusätzlich die „Interkulturelle Kompetenz". Von den Arbeitsformen her fordert er ausdrücklich die „wissenschaftliche Gruppenarbeit" und als Ziel die Entwicklung von „Teamgeist und Fähigkeit zu kollektiver Zusammenarbeit" (S. 14).

Selbstkompetenz beschreibt Einstellungen wie Leistungsbereitschaft, das Erkennen eigener Stärken und Schwächen, Motivation, Selbstvertrauen und Selbstständigkeit und gesellschaftliche Verantwortung.-Der Rahmenplan erfasst dies in den Formulierungen Autonomie und Selbständigkeit(S. 15)in der intellektuellen Arbeit auch nach dem Unterricht (S. 15), ethische Unterscheidungsfähigkeit (S. 2), Förderung der Kreativität und des wissenschaftlichen Denkens. Mittel zur Erreichung dieser Ziele sollen interaktive Unterrichtsmethoden, lernerzentrierter Unterricht, Aufgaben zum forschenden Lernen und vielfältige Unterrichtsformen sein (S. 15).

Wo ist die für die Fremdsprachenphilologien zentrale fremdsprachliche Kompetenz in diesem Modell zu verorten?

Sie scheint mehrfach einzuordnen zu sein:

Sie ist die wesentliche Fachqualifikation der Germanisten, was insbesondere beim professionellen Dolmetschen oder Übersetzen deutlich wird. Sie ist zudem untrennbar mit allen fachwissenschaftlichen und beruflichen Tätigkeiten verknüpft, welche sich auf den deutschsprachigen Kulturkreis beziehen.

● Das Fremdsprachenvermögen fungiert aber auch als sprachliche Komponente innerhalb der nichtfachspezifischen Kompetenzen. Hörverständnis, Leseverstehen, Fähigkeit zum Sprechen und Schreiben in der Zielsprache Deutsch übernehmen so Mittlerfunktion bei der Informationsbeschaffung und -verarbeitung (als Teil der fachübergreifenden Methodenkompetenz) und in der interkulturellen Kommunikation (als Teil der Sozialkompetenz).

● Im Bereich der Selbstkompetenz zählen hierzu die Bereitschaft, Verantwortung für den eigenen Spracherwerbsprozess und die Erweiterung kommunikativer und interkultureller Kompetenz im Studium und danach zu übernehmen und zu pflegen.

Die voranstehende Skizze macht deutlich, dass das didaktische Konzept der Handlungskompetenz im Grunde kein Ausbildungs-, sondern ein umfassendes Bildungskonzept ist, das auf der Basis der konstruktivistischen Lerntheorie lernerzentrierten Unterricht und selbstverantwortetes Lernen voraussetzt. Ziel ist die zu selbständiger Arbeit motivierte und befähigte, mündige und gesellschaftlich verantwortliche Persönlichkeit. Damit fokussiert es Dispositionen, die zum erfolgreichen und selbstverantwortlichen Studium ebenso wie zur zukünftigen Berufstätigkeit befähigen.

2.Wie werden die fachübergreifenden Kompetenzbereiche in der Studienrealität bereits berücksichtigt?

Die folgenden Überlegungen beziehen sich auf den Unterricht im Hauptstudium an der BFSU. Grundlage ist eine Befragung, die ich mit den DozentInnen, die im Hauptstudium an unserer Universität tätig sind, durchgeführt habe. Sie gaben Auskunft über ihre Unterrichtsziele, -inhalte und Methoden. Die ausführlichen Darstellungen aus der Sicht der Dozenten können dabei nur summarisch zusammengefasst werden. Gesichtspunkte bei der Auswertung sind die allgemeinen Seminarziele, die Förderung

der Sprachkompetenz, die Förderung der fachübergreifenden Methodenkompetenz sowie die Förderung der Sozial-und Selbstkompetenz. Nicht berücksichtigt wird im Folgenden der Aspekt „Fachkompetenz ".

a. Zur allgemeinen Zielsetzung der Seminarlehrer

Im Studienangebot sind drei Seminartypen zu unterscheiden:

● die translationswissenschaftlichen Seminare, die den deutlichsten Vorbereitungscharakter für spätere berufliche Aufgaben haben

● Seminare, die sich vornehmlich auf die weitere Verbesserung der sprachlichen Fähigkeiten (Hörverständnis, Schreiben und mündliche und schriftliche Fachkommunikation) konzentrieren (wobei ein allgemeiner Deutschkurs im Hauptstudium nicht angeboten wird) und

● fachorientierte Seminare (Landeskunde, Nachrichtenanalyse und die Seminare in den Bereichen Literatur, Wirtschaft, Politik, Linguistik).

Hervorzuheben ist, dass die Dozenten mit den Fachseminaren nicht nur die Vermittlung von Fachkenntnissen bezwecken, sondern eine bildende Funktion (Vermittlung deutschlandkundlichen Allgemeinwissens / sachlichen Hintergrundwissens) verfolgen. Ein zweites, von fast allen Befragten ausdrücklich genanntes Ziel ist die kognitive Förderung der Studierenden, insbesondere die Befähigung zu kritischem Denken und der Fähigkeit, begründet die eigene Meinung zu vertreten. Daneben werden in unterschiedlichem Umfang fachübergreifende Techniken (Recherche, Vortrag / Präsentation, Diskussion, Textsorten) geübt.

b. Förderung der Sprachkompetenz

Obwohl es an der BFSU im Hauptstudium keinen Kernunterricht Deutsch mehr gibt, scheint die sprachliche Ausbildung in vielfacher Hinsicht gewährleistet zu sein:

• Unterrichtssprache ist grundsätzlich Deutsch, was großes Übungs- und Anwendungspotential für das Sprechen und das Hören birgt.

• Deutlicher Akzent liegt im Fachunterricht auf der Wortschatzarbeit (fachsprachliche Ausdrücke), während ein systematisches Vertiefungsangebot im Bereich Grammatik keinen Platz hat. Der (nicht obligatorische) Linguistikunterricht will zur Reflexion über Sprache anregen, aber umfangreichere Übungsmöglichkeiten fehlen.

• Fertigkeitstraining erfolgt gezielt in eigenen Seminaren (Dolmetschen / Übersetzen, Hören, Schreiben und Fachkommunikation), daneben aber auch in unterschiedlichem Umfang in den anderen Seminaren. Dies gilt insbesondere für mündliche Kommunikationsformen (in Form von Studentenvorträgen, Diskussion) (vgl. dazu auch unten „Methodenkompetenz").

Das Leseverstehen wird von mehreren Dozenten spontan als Problem genannt, was natürlich nicht weiter erstaunlich ist. Die Einführung in die Lektüre von Fachtexten ist eine zentrale und schwierige Aufgabe eines jeden Studiums, und im vorliegenden Fall ist sie durch die Fremdsprachigkeit der Texte noch erschwert. Zu fragen ist, inwieweit diese wichtige Fertigkeit ausreichend und systematisch geübt wird. Die Lesefähigkeit für literarische Texte steht im Mittelpunkt der obligatorischen Literaturseminare. Lesen von Sach- und Fachtexten wird in verschiedenen Fächern dagegen offensichtlich vor allem zur Informationsvermittlung betrieben und in häuslicher Lektüre durchgeführt. Die verwendeten Texte sind teilweise didaktisch aufbereitet, Leseprobleme werden diskutiert, aber eine systematische Lesearbeit von Fachtexten können die DozentInnen nach eigenen Angaben aus Zeitgründen nicht durchführen.

Hervorzuheben sind jedoch die von zwei Dozentinnen beschriebenen Versuche, die Lesegeläufigkeit durch ein regelmäßig aufgegebenes Lesepensum zu erhöhen und das Lesen durch Literaturlisten anzuregen.

c. Förderung der Methodenkompetenz

Die unter diesem Begriff vor allem gefasste fachübergreifende Fähigkeit, Informationen zu recherchieren, kritisch zu bearbeiten, aufzubereiten, zu visualisieren und zu präsentieren könnte grundsätzlich gut im Rahmen von Fachseminaren (mit-)geübt werden.

Recherche und Verarbeitung von Informationen werden in der Tat von allen DozentInnen regelmäßig erwähnt, wobei die Internetrecherche wichtiger zu sein scheint als die Bibliotheksrecherche. Eine Bibliotheksführung wird den Studierenden allerdings empfohlen.

Unklar in der Befragung bleibt, inwieweit die Recherchetechniken selber zum Gegenstand der Übung und der kritischen Reflexion gemacht werden. Einige Fachlehrer beschreiben ihr Vorgehen als Einweisung in Form des Vortrags ohne weitere Übungen, andere geben an, dass die Recherchieraufgaben Teil der Hausaufgaben sind.

Weder für das dritte noch für das vierte Studienjahr gibt es bislang Absprachen, welche Anforderungen an die Recherche bzw. die kritische Verarbeitung insbesondere der Internetquellen (Quellennachweis, Anspruch an die Qualität der Quelle, Zitieren von Internetquellen, ggf. Archivierung von Internetquellen zur besseren Überprüfbarkeit der Verarbeitung) gestellt werden sollten. Die für die Abteilung verbindlichen Zitierstandards werden erst im Verlauf des 4. Studienjahrs in Form einer Einführung zur Vorbereitung der Bachelorarbeit gegeben. Ob die Lehrer schon vorher in diese Zitierweise einführen, wurde aus den Gesprächen nicht deutlich.

Die Frage nach weiteren Recherchewegen wie Erkundungen bei Institutionen und Firmen hat ergeben, dass solche Möglichkeiten gegenwärtig ungenutzt bleiben. Ansätze werden nur in den Projekten der Fachkommunikation mit Interviewaufgaben gemacht (s. unten).

Hausarbeiten (Seminararbeiten) sind (unter besonderer Berücksichtigung des Aufbaus) im Literaturunterricht und im Politik- und Wirtschaftsunterricht ein ausdrücklicher Übungsgegenstand, womit die Behandlung literarischer Themen und des Sach-Fach-Bereichs formal abgedeckt wären. Außerdem ist die Bachelorarbeit in einzelnen Aspekten Gegenstand des Schreibunterrichts im 4. Studienjahr. Eine Einführung in das wissenschaftliche Schreiben zur Vorbereitung der Bachelorarbeit dagegen wird nicht extra angeboten.

Vortragen und Präsentieren mit PowerPoint-Unterstützung wird in der Fachkommunikation im 7. Studiensemester explizit geübt, wobei Recherche und Strukturierung der Informationen, Visualisierungs- und Vortragstechnik im Mittelpunkt stehen. Die Vorbereitung erfolgt als Projektarbeit weitgehend unterrichtsbegleitend in Gruppen, die Präsentationen werden von der Klasse jeweils nach einheitlichen Kriterien evaluiert. Als Kommunikationsmittel wird die Präsentation darüber hinaus in verschiedenen Seminaren regelmäßig oder gelegentlich verwendet, wobei allerdings der Fachinhalt, nicht die Präsentationstechnik im Mittelpunkt steht. Auch diesbezüglich gibt es bislang keine Absprachen, um die Anforderungen in den verschiedenen Veranstaltungen miteinander abzustimmen.

d. Förderung von Sozialkompetenz und Selbstkompetenz

Diese beiden Kompetenzen werden hier zusammen behandelt, weil beide durch einen lernerzentrierten Unterricht, insbesondere durch Gruppenarbeit und Projekte, gefördert werden können.

In dieser Hinsicht haben die Gespräche mit den DozentInnen eher Fragen aufgeworfen als Antworten gebracht, zumal die Begriffe „Gruppenarbeit" und „Projektunterricht" vielfältig interpretiert werden können.

Offenbar ist Arbeit in Gruppen in allen Seminaren als Regel oder als Möglichkeit zu finden, allerdings wurde nicht deutlich, wie umfangreich diese Arbeiten sind. Sie scheinen zumeist auch nicht als Gruppenarbeiten betreut und evaluiert zu werden. Aus meinen eigenen Unterrichtsprojekten in der Fachkommunikation (3. Studienjahr) weiß ich, dass ein guter Teil der Studenten unter Gruppenarbeit „Arbeitsteilung" versteht.

Die Förderung der Selbstkompetenz erfordert nach Meinung der Didaktiker komplexe Aufgabenstellungen und ein geeignetes Lernumfeld. In der didaktischen Literatur werden hier besonders kooperative Projekte, praxisbezogene Aufgaben und die Bearbeitung von Fallbeispielen genannt. Größere, ggf. fachübergreifende Projektarbeiten in diesem umfassenden Sinne werden an der BFSU im Hauptstudium nicht gemacht. Den stärksten Projektcharakter haben zwei Unterrichtseinheiten in der Fachkommunikation, in denen zum einen Interviews (vornehmlich außerhalb der Universität) gemacht und schriftlich ausgewertet werden und zum anderen eine Präsentationsaufgabe mit Internetrecherche und gelegentlichen Erkundungen außerhalb der Universität. Diese Projekte werden in wiederholten Besprechungen „gecoached", so dass hier die Kooperation und der Arbeitsprozess ein Stück weit transparent werden. Allerdings ist durch die zweistündige Struktur des Unterrichts die Projektarbeit eigentlich nur als Hausarbeit durchzuführen, was eine enge Betreuung erschwert.

Für die Bereiche „Gruppenarbeit" und „Projektarbeit" bedarf es in Zukunft sicher der intensiven Bearbeitung und Erforschung, wozu vor allem auch bei den Studierenden nachgefragt werden müsste.

3. Resümee und Vorschläge

Der voranstehende Überblick zeigt, dass die DozentInnen sich verantwortungsvoll Gedanken über Ihre Unterrichtsziele machen und verschiedene Methoden praktizieren, um auch die fachübergreifenden Kompetenzen zu fördern. Insbesondere die sprachlichen Fertigkeiten werden nicht nur durch ein entsprechendes Seminarangebot ausgebildet, sondern durch die Sprachpraxis in allen Seminaren auf vielfältige Weise gewährleistet. In Bezug auf die Methodenkompetenz werden viele originär akademische Techniken bereits vielfältig praktiziert, wenn aufgrund von Zeitnot auch nicht immer systematisch geübt.

Die folgenden Vorschläge sind als ein Versuch zu verstehen, an diese guten Praktiken anzuknüpfen und sie zu optimieren.

1. Im Hinblick auf das Lesen von Fachtexten beklagen die DozentInnen mangelnde Kompetenz der Studenten. Es ist deshalb zu erwägen, ein Lesetraining für Fachtexte durchzuführen, das auch in den Rahmen von einem oder zwei Fachkursen eingebettet sein könnte. Dafür wäre der Fachinhalt zu beschränken und es sollte parallel Acht auf eine geeignete Progression bei der Textauswahl, auf Texterarbeitungsstrategien, auf das Exzerpieren und das Visualisieren von Textinformationen sowie die Literaturrecherche gegeben werden. Die Verbindung dieser wichtigen Lese- und Verstehenstechniken mit Fachinhalten ist motivierender als eine Fortsetzung des allgemeinen Lesekurses aus dem Grundstudium, denn ein Fachlesekurs erlaubt anwendungsbezogenes Lernen. Natürlich sollte sich der doppelte Anspruch-auf Fachinhalte und Arbeitstechniken-auch in der Prüfung mit Testen des Fachwissens und der Lesefertigkeit zeigen.

2. Es sollte verstärkt danach gestrebt werden, fächerübergreifende Kompetenzen, insbesondere methodische Fertigkeiten, über die Seminargrenze hinweg einheitlich zu beschreiben. Dazu wäre es wünschenswert,

wenn für verschiedene Aufgaben (wie Vortrag, Präsentation, Recherche von und Arbeit mit Internetquellen, schriftliche Hausarbeiten) gemeinsame Qualitäts- und Beurteilungskriterien formuliert werden könnten. Die Studierenden könnten sich dann in allen Lehrveranstaltungen an verbindlichen Standards orientieren und die Lehrenden könnten solche Standards einfordern. Selbstverständlich sind dabei die bereits existierenden Zitiervorschriften zu berücksichtigen und zusammen mit den Recherchetechniken an praktischen Beispielen zu üben. [1] Wenn diese Anforderungen ab dem 5. Studiensemester eingeführt werden, gibt es relativ viele Gelegenheiten zur Erprobung der Standards und der Techniken. Für die wissenschaftliche Abschlussarbeit wären gleichzeitig Bewusstsein und technisches Können aller Studierenden besser ausgebildet.

3. Darüber hinaus könnte erwogen werden, ob nicht überhaupt einzelne Seminare die Einführung in bestimmte Arbeitstechniken (wie Bibliotheksrecherche und Bibliografieren, korrektes Zitieren, kritische Arbeit mit Internetquellen, Dokumentation von Arbeitsergebnissen, systematische Sammlung von Informationen) verantwortlich übernehmen, im Kontext ihrer Fachinhalte üben und die Standards für die anderen Dozenten transparent machen. Die Erarbeitung von bestimmten Textsorten (wie Protokoll oder Thesenpapier, Textwiedergabe, Sachbeschreibung u.ä.) könnte ebenfalls bestimmten Veranstaltungen zugeordnet werden. In anderen Veranstaltungen könnte dann auf das erworbene Wissen und Können zurückgegriffen werden werden.

4. Mehr Aufmerksamkeit und die durch bessere Koordination gewonnene Zeit könnte der vom Rahmenplan geforderten Förderung der Sozial- und Selbstkompetenz der Studierenden eingeräumt werden. Gruppenarbeit und eigenständig zu bearbeitende Aufgaben oder Szenarien [2] sollten bereits zum festen Bestand des Sprachunterrichts im Grundstudium gehören [3] und sind dort zeitlich einzuplanen. Darüber hinaus wären im Hauptstudium seminarübergreifende Projekttage wünschenswert. Sie würden den Lehrenden und den Studenten den zeitlichen Spielraum geben, gemeinsam neue Arbeitsweisen zu erproben. Dies könnte die Selbstständigkeit der Studierenden erhöhen und die Erkenntnis vertiefen, dass die Fremdsprache nicht nur als Sprachwissen gelernt, sondern auch als ein Werkzeug zum kompetenten Handeln eingesetzt werden kann.

Die genannten Vorschläge sollen nicht dazu führen, den Spielraum von Lehrenden und Lernern einzuengen. Mehr Transparenz in Bezug auf die Anforderungen wissenschaftlichen Arbeitens und mehr Sicherheit im Umgang mit Arbeitstechniken und Strategien werden meines Erachtens dazu führen, dass im Gegenteil Freiräume für kreatives und erfolgreiches, d.h. motivierendes Arbeiten eröffnet werden.

Literatur

---

[1] zur Arbeit mit dem Internet vgl. Timmermann, Waltraud; WANG Liping & MIAO Yulu (Ms.).

[2] vgl. Yin, 2010.

[3] zur Förderung der Lernautonomie besonders im Grundstudium vgl. die Beiträge in MU Lan, XU Lihua, Timmermann & WANG Liping (Hrsg.), 2008.

Anleitungskommission für Fremdsprachen als Hauptfächer an Hochschulen und Universitäten, 2006: Rahmenplan für Studium Deutsch/Germanistik als Hauptfach an Hochschulen und Universitäten in China. Revidierte Fassung. Beijing.

Arbeitsgruppe zur Erstellung des Rahmenplans für das Grundstudium im Fach Deutsch an Hochschulen und Universitäten, 1992: Rahmenplan für das Grundstudium im Fach Deutsch an Hochschulen und Universitäten in China. Beijing.

Ertel, Helmut & Wehr, Silke, 2007: Bolognagerechter Hochschulunterricht. Herausforderungen durch Kompetenzorientierung und Lernerzentrierung. In: Wehr, Silke & Erteil, Helmut (Hrsg.): Aufbruch in der Hochschullehre. Kompetenzen und Lernende im Zentrum. Beiträge aus der hochschuldidaktischen Praxis. Bern, Stuttgart, Wien: Haupt-Verlag, S. 13-28.

Lehmann, Gabriele & Nieke, Wolfgang, o.J.: Zum Kompetenzmodell. Online unter: www.bildungsserver-mv.de/download/material/text-lehmann-nieke.pdf.

MU, Lan; XU Lihua; Timmermann, Waltraud & WANG Liping (Hrsg.), 2008: Lernautonomie und Lernstrategien. Beijing: FLTRP.

Timmermann, Waltraud; WANG Liping & MIAO Yulu: Den kritischen Umgang mit Internet-Materialien entwickeln-Eine mediendidaktische Aufgabe für den Bachelor-Unterricht (Manuskript).

Wildt, Johannes, 2006: Kompetenzen als „Learning Outcome ".In: Journal Hochschuldidaktik, 17. Jg. Nr. 1, März 2006, S. 6-9, online unter http://www.hdz.uni-dortmund.de/index.php?id=journal.

YIN, Jia, 2010: Lern-Szenarien für „Studienweg Deutsch ", Band 2. Ergänzende Aufgabenvorschläge zur Förderung der kommunikativen Kompetenz. Magisterarbeit BFSU 2009.

作者简介: Waltraud Timmermann，北京外国语大学德语系外教，博士。

以交际为目的的大学德语教学法思考

朱雁飞

【摘要】本文通过分析中国目前德语教学现状及德语本身的难度所在，阐述了大学德语教学过程中可能遇到的困难，对克服这些困难的途径进行了研究思考，提出了弱化德语语法在教学中的地位，转为强调语言的交际目的以及改革大学德语教学考试大纲等办法。

【关键词】大学德语教学，弱化语法，交际，考试大纲改革

美国作家马克·吐温曾经戏说，一个有天赋的人花 30 小时学会英语，30 天学会法语，而学会德语需要 30 年。且不论此言论的真实性与客观性以及夸张程度，但德语比英语难学已是众多学习者达成的共识。其难度主要在于语法方面。

与英语相比，德语的语法体系更严谨、更复杂，而语言的规律性也更强。经过一段时间的学习，学生往往会发觉德语中需要记忆的语法规则太多，各种变化太过复杂。如德语的名词有阳中阴三性，且无绝对定律可循，尤其在初级阶段必须一一强记；德语的动词除了要根据主语进行变位以外，在句中的顺序也有规定；还有让人匪夷所思的形容词词尾变化，名词及代词的一二三四格等等，有时一个句子要说完整，必须考虑到将每一个单词根据其语法归属进行变位或变格。语法规则过于繁复、语言不易上口很容易引起学生的畏难情绪，从而导致学生不肯下苦功，刻意回避交际，最终失

去学习德语的兴趣。校外的众多培训机构的德语培训都会面临的一个尴尬局面——开班时济济一堂，结业时寥寥无几，正是这一点的最好证明。高校中的德语二外、辅修课程也面临着相同的问题。

从德语语法难、不易上口我们还应当看到两个更深层次的问题：一是中国人学外语历来注重语法，因此语法难很容易成为中国学生学习外语过程中的最大障碍，同时也是开口难的最直接原因。二是中国学生深受中国传统儒家思想文化的影响，性格较谦虚谨慎，怕出错，这是导致中国学生学外语往往容易学成哑巴外语的心理原因。曾有为数不少的外教提到，在国际班中，一个很常见的现象就是中国学生与其他国家的学生相比普遍地阅读写作能力较强，但是课堂上比较拘谨，不敢大胆发言，不擅与人交流。

要推广大学德语教学，我们不妨针对以上的两大困难进行一些思考。关于需求量的问题

我们无法予以主观控制，我们所能做的只是改变我们的学习观念和学习方法，以将德语这门语言掌握得更好更灵活。要做到这一点，弱化语法是一条值得考虑的途径。

注重语法一般是从小学或初中开始学外语起养成的习惯，而这个习惯的养成与我们以考试为导向的教育方式脱不了干系。针对这一点我们可以参照欧洲会议在 2001 年通过的一套建议标准——欧洲共同语言参考标准 GERS（Gemeinsame europäische Referenzrahmen für Sprachen），它为欧洲语言在评量架构和教学指引、考试、教材等方面提供了基本依据，同时也可用来评估语言学习者在所学语言方面的成就。这一标准分为 A1-C2 六个等级：

A1

能理解并运用每天熟悉、与自己喜好有关且具体的表达方式和非常基础的语句，可以介绍或询问、回答自己或他人有关个人的讯息，例如居住地、人际关系、所有物，对于他人缓慢而清晰的对话，只能以简单的方式产生反应。

A2

能理解在最贴近自己的环境中经常被使用的表达方式或语句，例如非常基本的个人和家庭资料、购物、区域地理和就业，能与人沟通简单而例行性的工作，这类工作通常只需要简单而直接的日常讯息，另外，这个等级的学习者，能够用粗浅的词语描述自身背景、以及最贴近自己的环境之中的事物。

B1

能理解自己在工作、学习环境、休闲环境等等遇到熟悉的事物做出理解，能在该语言使用地区旅游时对应各种可能的状况，也可以对于自己感兴趣或熟知的事物提出简单的相关资讯，另外还能够描述经验、事件、梦境、愿望和雄心大志，并能对自己的意见或计划做出简略的解释。

B2

能理解复杂文章段落的具体和抽象主旨，

包括灵活地讨论自己专门的领域，可自然而流畅地和该语言的母语使用者进行例行互动。可以针对广泛的主题说出清晰、细节性的文字，并且可对于一个议题提出解释与利弊分析或是各式各样的想法。

C1

能理解包括要求、长篇文章或意义含蓄的广泛讯息，自然而流畅地表达，而没有明显的词穷状况发生，懂得弹性并有效率地把语言运用在社交、学术和专业目的之上，对于复杂的主题能产生清晰且架构良好、细节性的文字，展现收放自如的组织形式、连结和精巧的策略。

C2

能够轻易理解任何吸收到的讯息，并且针对不同书面或口语来源做出大纲、重新架构不同的论点，提出的表达，自然而非常流畅，紧紧地抓住语言最唯妙唯肖的部分，更能在较为复杂的场合上辨别专业上细微的意涵。

由此可见，这套欧洲标准的重点在于学习者对所学语言的理解与应用能力，交际是其导向和最终目的。这一点在其考试的写作评判标准中体现尤为突出。如由歌德学院组织的 ZD 考试，即 B1 级别的考试，满分 15 分的作文中语法分只占三分之一还不到，主要得分点在于符合题目要求与达到交际目的，即使有部分语法错误，在不影响阅读者理解的前提下仍可以得满分，其口试评分标准亦是如此。

这也正是我们国内的大学德语教学应当借鉴的。纵览国内持有大学德语四六级证书者的德语情况，绝大部分的应用能力与其手中的证书完全不符，究其原因是多方面的，其中四六级考试以读写为主的形式及注重语法深度的题型是造成这一现象的主要原因之一。

大学德语的受众群学习德语的主要目的就是能够运用这门语言进行交流，应当注重其实用性，而不应过分强调条条框框的语法。结合中国学生谦逊的性格以及学外语不喜欢开口等特点，若是再过分强调复杂的德语语法，势必给学生开口说德语增加更重的心理负担，进一步激化畏难情绪，以至于最终抹杀学生的学习兴趣。

换一个角度，语法只是一门语言的基本规则而非绝对准则。任何一项规则都有其例外的情况，况且在全球一体化的进程中，各种语言本身也不断发生着变化，德语受到英法等外来语的冲击，很多规则都在变化，有旧规则的淘汰也有新规则的加入。如第三格的阳性和中性单音节名词大部分不再需要有加词尾 -e 的变化，只有少数习惯用语保留着这一规则（zu Hause, nach Hause, im Walde 在家，回家，在森林里）；又如动词第二虚拟式的构成形式也由原来的过去时直陈式的相应变形逐渐简化为 würden + 动词不定式（käme → kommen würden, ginge → gehen würden）；德国 Kiepenhaeuer & Witsch GmbH 出版社于 2004 年出版的 Bastian Sick 的《(Der Dativ ist dem Genitiv sein Tod)》第三格是第二格的死亡宣言一书是这一论点的又一绝佳例证。

简言之，语法本身不是一成不变的，这同时也要求教师在教学过程中不断更新自身的固有知识，更新观念，结合学生的实际情况弱化语法，转为强调交流，鼓励学生多开口练习。弱化语法并不意味着抛弃语法，而是改变语法的教学方式。比如不要把语法单独作为一门课程来开设，因为语法本是融合在语言中的，与语言是一个整体，不应割裂开来，另外独立的语法课很有可能枯燥无味，打击学生的学习兴趣。更好的教授语法的方式应该是将其融入到日常的教学中，如让学生从所学的文章、句型中自己总结出一定的规律，再配合教师的进一步讲解，甚至可以通过游戏的方式，强化学生对总结出的规律的印象和感觉，将其融入潜意识，并能做到举一反三，而不是将一个语法单独拎出来，从起源讲到发展，从基本形式讲到各种衍生变化，弄得过于复杂，不便于学生掌握。在这方面，我校的中德合作办学不失为一

个很好的榜样：中德教师搭档，通过游戏、生活场景模拟、音像教学等多种新颖的教学方式，将课堂变为教师与学生互动交流的场所，发散学生的思维，甚至由教师牵线搭桥，帮助学生找德国笔友，培养他们对德语学习的兴趣，发挥他们的能动性。在整个教学的过程中，始终强调语言的交际作用，而非语法学习。

尽管大学德语的受众群体与中德合作办学的不尽相同，但是这样有利于达到大学德语最终教学目的的良好教学方式完全可以借鉴引用，甚至于专业德语教学的初级阶段也可以采用这样的方式。为了达到推广大学德语教学以及推进现有的专业和非专业德语教学的目的，相应的改变至少有三方面：一是硬件设备的更新——教室中应设有实用的多媒体教学设备，教室的座位安排可以更加灵活，固定的如影院般的座位有碍学生之间的互动交流；二是教师自身的教学观念和方法应当予以改进，由传统的以教师讲学生听为主的方式变为教师与学生互动的方式，在此过程中，教师应退出教学的中心位置，仅仅起到引导、主持的作用。同时，应当积极组织教师参加各种培训，提高教师自身的素质，将外界各种新颖的教学方式广泛引入大学德语的教学中来。第三，也是相当关键的一点，即应对教学大纲和课程设置等进行导向性的改革，包括考试的改革。弱化德语语法在大学德语教学中的地位应当有相应的纲领性指导和保证，否则，上面两点改革也很难彻底实现，更不用说实现大学德语教学的普及了。

综上所述，要实现推广大学德语教学，必须有一套自教学、考试大纲到课程设置，到教师的教学观念及方法以及教学硬件设备等全方位的改进，实现从以考试为导向到以交流为最终目的的转变。

参考文献

[1] Bausch, Karl-Richard, Christ, Herbert und Krumm, Hans-Jürgen：Handbuch

Fremdsprachenunterricht, Francke Verlag Tübingen und Basel, 3. Aufl., 1995.

[2] Neuner, Gerhard & Hunfeld, Hans, Methoden des fremdsprachlichen Deutschunterrichts, Universität Gesamthochschule Kassel, 1. Aufl., 1993.

[3] Gemeinsamer europäischer Referenzrahmen für Sprachen: Lernen, lehren, beurteilen. Langenscheidt-Verlag, (ISBN 3-468-49469-6), München.

[4]《日耳曼学论文集》第三辑，上海外语教育出版社，2004 年。

[5]《中国德语教学论文集》，外语教学与研究出版社，2000 年。

[6] 吉哲民、李冬梅：浅谈中国学生的外语交际能力，《外语界》，2001 年第 3 期。

[7]《外语教学与研究论丛》，黑龙江人民出版社，2008 年。

作者简介：朱雁飞，上海理工大学外语学院德语系助教。